KB271301

장의문주

윤필천 新무협 판타지 소설
EXCITING ORIENTAL FANTASY

장의문주 1

윤필천 新무협 판타지 소설

초판 1쇄 찍은 날 § 2007년 9월 19일
초판 1쇄 펴낸 날 § 2007년 9월 29일

지은이 § 윤필천
펴낸이 § 서경석

편집장 § 문혜영
편집책임 § 이재권
편집 § 이환진 · 조수희

펴낸곳 § 도서출판 청어람
등록번호 § 제1081-1-89호
등록일자 § 1999. 5. 31
어람번호 § 제2-1296호

주소 § 경기도 부천시 원미구 심곡1동 350-1 남성B/D 3F (우) 420-011
전화 § 032-656-4452 팩스 § 032-656-4453
http://cyworld.nate.com/bluebook_
E-mail § blue_book@hanmail.net

ⓒ 윤필천, 2007

ISBN 978-89-251-0922-0 04810
ISBN 978-89-251-0921-3 (세트)

BLUE BOOK
도서출판 청어람

1

윤필천 新무협 판타지 소설

EXCITING ORIENTAL FANTASY

[백의소년, 홍의소녀]

장의문주

葬儀門主

目次

장의문주

누가 먼저 시작했는지도 알 수 없는 전쟁이었다. 벌써 오 년째 이어지고 있는 전쟁은 참혹하기 그지없었다.

나라와 나라 간의 전쟁이 아닌 문파와 문파 간의 끝을 모르는 비참한 전쟁.

아버지가 쓰러지면 아들이 그 빈자리를 채우고, 그마저 쓰러지면 그의 손자가 부리나케 검 잡는 법을 배워 준비를 하는… 세상에 오는 이보다 가는 이가 더 많기만 한 세상.

사람들은 산, 강, 들판에서 서로 경쟁하듯 쓰러졌다. 곳곳에 시체가 널브러져 있어도 아무도 치울 생각을 하지 않았다.

공연히 나섰다가 강호의 은원 관계에 얽매이는 것이 두렵기 때문이다.

흙이 피처럼 붉은 평원.

이미 많은 사람들이 곳곳에 쓰러져 있었다.

유임방(兪任房)은 가쁜 숨을 몰아쉬었다.

아무리 십자맹(十字盟)의 당당한 삼급무사인 자신이라도 흑오(黑鳥)의 패거리들이 여섯이나 악다구니처럼 달라붙는 데는 견딜 재간이 없었다.

검은 까마귀. 칠살(七煞)의 수십 개 하부조직 중에서도 다섯 손가락 안에 꼽히는 흑오의 조직원들은 역시나 빠르고 위협적이었다.

이미 유임방의 몸 곳곳에는 지렁이 같은 자상(刺傷)들이 꿈틀거리고 있었다.

“으윽!”

“컥!”

“욱!”

그들은 또 한 번 교차했다.

“우웩!”

유임방은 검붉은 선혈을 내뱉었다. 거듭되는 교전으로 인해 이미 내장은 심하게 손상되어 있었다. 그는 쓰러지려는 신형을 가까스로 일으켜 세웠다.

풀썩!

그때 굳은 듯이 정지해 있던 흑오 둘이 바닥을 나뒹굴었다.

'역시… 베었다!'

하지만 다음이 걱정이었다. 흑오의 남은 네 명도 지금의 자신에게는 버거운 상대였다.

넷 모두 입가에 한줄기씩 선혈을 물고는 있었지만, 유임방은 눈앞의 흑오들을 쳐다보며 점점 희망이 사라지는 것을 절감했다.

'다음 합(合)이 끝인가?'

유임방의 손이 점점 흥분과 긴장으로 인해 떨렸다. 생사의 갈림길에서 어쩐 일인지 그는 똑바로 집중할 수 없었다.

부모, 친구, 그리고 무엇보다도 고향집에 놔두고 온 정인(情人)의 얼굴이 떠올랐다.

'제기랄! 이대로는 한 명도 베지 못한 채 죽고 만다.'

유임방은 약해지려는 마음을 다잡았다. 이 지옥 같은 전투 속에서 그나마 동료들에게 희망을 심어주려면 한 놈이라도 더 저승길로 끌고 가야 한다.

하지만 유임방이 지금부터 스무 명, 서른 명을 잡는다고 하더라도 오늘 십자맹의 이백 무사들 중 한 명이라도 이곳에서 무사히 살아나갈 수 있을지 의문이었다.

'어쩌다가 이 지경까지 됐을까?'

오늘 십자맹에서는 흑도 문파인 염라교(閻羅敎)의 약점을 치라는 백도(白道)의 영수격인 구영문(九影門)의 지시를 받았다.

계획대로 십자맹에서는 이백의 인원을 동원하여 염라교의 본 단을 급습했다.

초반에는 승승장구로 염라교의 부교주를 척살하고 태반이 넘는 인원들을 생포했다.

그리고 바로 이 붉은 평원까지 교주를 쫓아왔으나, 갑자기 발밑의 땅에서 검은 까마귀 떼 같은 흑오의 무사들이 미친 듯이 뛰쳐나와 십자맹의 무사들을 도살했던 것이다.

"으아아악!"

"크으윽……!"

초반에는 십자맹의 기세가 살아 있어서 양편 모두 대등한 싸움을 벌였지만 곧 절대적인 수에서 엄청난 차이가 난다는 것을 누구나 알 수 있었다.

이백 대 팔백의 싸움. 십자맹에서도 전력의 거의 절반을 동원한 것이었지만, 역시 무림 양대 문파 중 하나인 칠살의 잠재력은 깊은 심해(深海)와도 같았다.

눈앞의 모든 것을 거칠게 삼키고 으깨 버리는 검은 바다.

그 수십 개 하부조직 중 수위 다섯 개 안에 꼽히는 흑오의 검은 까마귀 떼라면 이미 그 목숨을 보존하기는 힘들었다.

'집중하자. 검끝에 집중하자.'

유임방은 애써 잡념을 몰아내며 검끝을 바라보려고 애썼다.

상대의 검끝이 아닌 자신의 검끝. 그것을 바라보고 기를 모으면 최후의 순간까지 자신이 원하는 방향으로 검을 움직이게 할 수 있는 것이다.

그리고 집중의 결과일까? 검끝에 무언가 희뿌연 것이 아른거렸다.

'설마, 검기(劍氣)가 맺히는 것일까?

이삼십 년을 수련해도 한 줌 잔설(殘雪) 같은 흔적조차 보기 힘들다는 검기.

생과 사의 갈림길이라는 극한 상황이 그에게 초인적인 힘을 준 것일까?

그것을 수련한 지 겨우 칠 년밖에 되지 않은 유임방의 손끝에서 펼쳐지려 하고 있었다.

유임방은 점점 흥분을 감추지 못했다. 그러자 하얀 자국 같은 그것도 점차 커져 갔다.

'아니?

하얀 것의 크기는 이제 주체할 수 없을 정도였다. 앞에 있는 흑오의 무사들도 점점 크기를 더하는 하얀 것을 보고 당황하는 기색이 역력했다.

'이럴 수가! 이 정도 크기라면 근 일 갑자(甲子), 아니, 이 갑자는 수련해야 얻을 수 있는 것인데……!

하지만 하얀 그것은 유임방의 놀라움에도 불구하고 점점 더 크기를 더했다.

그리고 그것은 놀랍게도 그에게 말을 걸었다.

"비켜주실래요? 옆에 죽은 사람이 있네요."

유임방의 눈동자에 해맑게 웃고 있는 잘생긴 소년의 얼굴이 크게 확대되어 들어왔다.

그리고 소년은 태연하게 그의 옆을 지나쳐 갔다. 유임방은 너무도 놀라서 하마터면 들고 있던 칼을 떨어뜨릴 뻔했다.

검기가 아니었다. 흰 것은 바로 소년의 관, 상복(喪服)에 쓰는 하얀 관이었다.

소년은 하얀 상복을 입고 악다구니의 붉은 평원을 자유롭게 헤치고 다녔다.

유임방도 흑오의 무사들도 그 놀라운 광경에 입만 벌린 채 바라보고 있었다.

칼이 온다. 칼이 소년에게 닿는다. 소년은 아주 살짝 움찔한다. 칼이 소년을 뚫고 지나간다. 하지만 소년은 그 자리에 그대로 있던 것처럼 아무 거리낌 없이 계속 걷고 있다. 양손에 한 명씩, 죽은 사람을 끌고.

"귀, 귀신인가?"

대낮에 보는 믿을 수 없는 광경. 하지만 소년에게는 분명히 그림자와 냄새가 있었다.

"그럼 고수?"

소년의 동작은 웬만한 사람들의 눈에는 제대로 보이지도

않았다. 여기 있는가 싶더니 어느새 반대편에 가 있었고, 또 다시 그는 한쪽에서 죽은 자들을 질질 끌고 있었다.

"고수다. 틀림없어. 그것도 절정(絶頂). 저 나이에 어떻게……."

어느새 싸움터의 한 귀퉁이에는 시체의 산이 쌓였다. 그 산은 소년이 손가락을 튕기자 갑자기 화르륵 소리를 내며 불이 붙었다.

화마(火魔)는 그렇게 죽은 이들을 날름거리며 핥아먹고 있었다.

소년은 손을 높이 들고 지전을 던졌다. 지전은 공중에서 불이 붙어 재가 되어갔다.

동시에 청명한 독경(讀經) 소리가 망자의 넋을 위로하며 가을 들판에 고요히 울려 퍼졌다.

이미 싸우고 있는 사람은 없었다.

소년은 슬쩍 얼굴을 돌려 사람들을 바라보았다. 그의 얼굴에는 예의 밝은 미소가 떠나지 않은 채로,

"누구라도 돌아가시면 제가 명복을 빌어드립니다."

라고 말하자 약 칠백 명의 무사들은 누구 하나 할 것 없이 지독하게 당혹스러운 낯빛을 띠었다.

그들 중 성질 급한 흑오의 한 무사가 입을 열었다.

아까부터 장내를 압박하고 있는 무형(無形)의 기운 때문에 숨 쉬는 것조차 불편했지만 끝끝내 궁금증이 머리끝까지 치

밀어 올라 입을 열고 만 것이다.

"넌 도대체 누구냐?"

"전 장의사(葬儀士)입니다."

소년은 작은 눈을 반달형으로 만들며 눈웃음쳤다. 그 대답에서 느껴지는 무형지기가 다시 무사를 압박했고, 무사는 궁금한 것이 많았지만 결국 그 기운에 눌려 입을 다물고 말았다.

그때 멀리서부터 지축을 울리는 소리가 들렸다. 그 소리는 점점 빠르고 크게 들려왔다.

두두두두두두두두!

그 소리를 멍하니 듣고 있던 십자맹 무사들의 얼굴에 곧 화색이 돌았다.

반대로 흑오 무인들의 얼굴은 까마귀처럼 시꺼멓게 변해버렸다.

스스로를 장의사라 밝힌 백의소년(白衣少年)은 이들과는 아무런 상관도 없다는 듯 천진한 미소를 짓고 있었다.

그때 일성(一聲)이 장내를 쩌렁쩌렁하게 울렸다.

"퇴각한다!"

"존명!"

복명과 함께 흑오의 무리들은 신형을 날려 해가 저무는 서쪽으로 사라졌다. 곧 들판에는 피가 얼룩진 하얀 십자 표식을 곳곳에 장식한 십자맹의 무사들만 남게 되었다.

“휴우…….”

십자맹의 무사들은 긴장이 풀렸는지 그 자리에 그대로 주저앉는 사람도 있었고, 칼을 쥐고 있을 기운이 없어 땅바닥에 꽂아놓는 사람도 있었다.

이제 일각 후면 구영문의 아홉 가지 자랑 중 하나인 제칠기마단(第七騎馬團)이 도착하리라.

으레 그들이 움직일 때는 천지를 온통 휩쓸어 버릴 것 같은 굉음이 십 리 밖에서도 느껴졌다. 때문에 상황 판단이 빠른 흑오의 무리들은 세가 불리함을 깨닫고 즉시 퇴각한 것이다.

다행스러운 일이 아닐 수 없었다. 그러나 이러한 천운도 눈앞의 백의소년이 없었다면 구영문이 도착할 때까지 시간을 끌 수도 없었을 터.

'참 신이한 소년이군!'

십자맹의 부맹주 호연무(呼延蕪)는 소년의 몸에서 뿜어져 나오는 신비스러운 기운에 경탄을 금치 못했다. 마치 폭포수처럼 끊임없이 쏟아져 나오는 맑은 기운.

그는 앞으로 나서서 백의소년에게 말을 걸었다.

“구해주신 은혜, 정말 감사드리오. 구영문에서 보내셨소?”

점잖지만 약간은 압도적인 질문에 소년은 태연하게 웃으며 답했다.

"구영문? 그게 뭐죠?"

그러자 주변의 무사들은 모두 기겁하며 서로를 쳐다보았다.

이 정도의 무공을 지니고서도 무림 양대 문파 중 백도의 영수격인 구영문을 모르는 자가 있다니!

아무리 약관의 소년이라지만 자신들의 상식으로는 도저히 이해할 수 없는 일이었다.

"정말 구영문을 모르시오?"

"네, 그런 건 몰라요."

"그럼 여기는 어떻게 오셨는지?"

"흙 속에서 자고 있다가 죽은 사람 냄새가 나길래 화장해 주려고 나왔죠."

더더욱 경악할 일이었다. 흑오의 팔백 무사가 잠복하고 있던 들판 속에 이 소년이 한발 먼저 들어가 있었다니? 더구나 들키지도 않고?

"…아니 도대체 어디 출신이신 거요?"

"전 상문(喪門)에서 왔는데요."

"아니, 상복을 입으신 걸 보니 상중(喪中)이신 건 알겠소만……."

"상중이 아니라 제 원래 복장이 이래요. 전 상문, 즉 장의문(葬儀門)의 제십삼대 문주(門主) 백무연(白無緣)이라고 합니다."

소년의 밝은 미소가 석양을 받아 눈부시게 빛났다. 그 해맑은 미소에 호연무를 비롯한 십자맹의 모든 무사들은 얼빠진 표정을 짓고 장승처럼 가만히 서 있을 수밖에 없었다.

第一章

홍의소녀(紅依少女)

장의문주

죽은 자들을 삼키던 화마(火魔)도 점차 수그러들고 있었다.

장내에는 곳곳에 피를 뒤집어쓴 초라한 행색의 백오십여 명 십자맹(十字盟) 무사들이 서 있었다.

그리고 그와 대조적으로 먼지 하나 묻지 않은 채로 깨끗한 이십여 쌍의 준마(駿馬)와 기수(騎手)들이 조금 떨어져 그들과 대치하듯 서 있었다.

백도(白道)의 영수이면서도 얼굴을 흰 복면으로 가린 자들. 이들이 바로 무림 양대 문파 중 하나인 구영문의 제칠기마단이었다.

구영문 제칠기마단 단장(團長) 부일준(符一遵)은 자신이 탄 한혈마(汗血馬)의 목을 쓰다듬으며 십자맹의 부맹주 호연무이 책망하는 눈길을 태연하게 받아내었다.

이번 전투에서 전력의 사분지 일을 잃은 십자맹의 원망은 고스란히 전투 명령을 내린 구영문에게로 향할 수밖에 없었다.

"오십 명이 죽었습니다."

호연무는 애써 예의를 갖추었지만 이미 말속에는 날카로운 가시가 숨어 있었다.

직접적인 피해 수치까지 거론할 생각은 아니었지만, 정작 구영문 무인들의 침착한 눈빛을 보자 속에서 끓고 있던 분노가 목구멍까지 치밀어 오른 것이다.

"안타까운 일이오."

부일준은 느릿하고 애매하게 말했다. 정말 안타깝다는 것인지, 아니면 겨우 그 정도의 피해로 뭘 그러느냐는 뜻인지 호연무는 상대의 말뜻을 판단할 수 없었다.

"작전 명령은 귀 문파에서 떨어졌습니다."

"알고 있소. 정말 안타까울 따름이오."

"유인 작전에 걸려들었지만 흑오가 매복하고 있을 줄은 전혀 예상조차 하지 못했습니다."

"우리 쪽도 좀 더 조심했어야 했소. 설마 흑오의 까마귀들이 이쪽으로 파고들 줄은 전혀 몰랐소이다."

"저희는… 오십 명이 죽었습니다."

호연무는 울컥하는 감정을 가까스로 억눌렀다. 죽은 자들 가운데는 그의 조카도 있었다.

맹으로 돌아가면 형님을 대체 무슨 낯으로 본단 말인가? 눈앞에 번지려는 희뿌연 장막을 애써 떨쳐낼 때 부일준의 느릿한 목소리가 대못처럼 귓전에 꽂혔다.

"흑오는 백삼십 명쯤 죽었군. 손실은 우리가 더 적으니 기운내시오."

너무도 당황스런 나머지 호연무의 입이 반쯤 벌려져 있었다. 순간적으로 아무것도 생각이 나지 않았다.

그리고는 곧 온몸을 불사를 듯한 강한 분노가 끓어올랐다. 오십 명? 백삼십 명? 죽은 사람이 적으니 우리가 이겼다? 오십 명이 죽은 우리에게 상대편 백삼십 명을 죽인 것이 무슨 의미가 있단 말인가!

그것을 저렇게 태연하게 둘러대며 책임을 회피하는 저 부일준이라는 작자는 대체 어떻게 되어먹은 인간인가? 순간적으로 오른팔에 힘이 들어가는 것이 느껴졌고, 어느새 자신의 손은 검자루에 얹혀 있었다.

'죽일 놈.'

그때 갑자기 이 세상의 것이 아닌 듯한 청명한 소리가 들렸다. 어떤 분노도, 증오도 없는 소리. 그것 또한 한 사람의 목소리였다.

"어떻게 아셨지요? 흑오에서 죽은 사람이 백삼십 명이라는 것을 말입니다."

그리고 그것은 순수한 호기심이었다.

"자네는 누군가?"

부일준은 눈에 이채를 띠고 그의 앞에 나타난 백의소년을 쳐다보았다. 헝클어진 머리에 빛나는 눈동자를 가진 잘생긴 소년이었다.

'흐음.'

무어라고 말할 수 없는 기도가 소년의 전신에서 느껴졌다. 그리고 지그시 미소를 띤 얼굴은 마치 산중신선이 동자로 화하여 인간 세상에 내려온 듯했다.

"저는 장의문의 제십삼대 문주, 백무연이라고 합니다."

"장의문?"

부일준은 소년의 내력에 재차 놀랐다. 장의문이라는 이름은 삼십 년, 강호 경험을 가진 그로서도 전혀 들어본 적이 없는 이름이었다.

그런데 이렇게 놀라운 모습을 한 소년을 문주로 하고 있다니. 자신 역시 천하제일의 비밀문파(秘密門派)로 일컬어지는 구영문에 속해 있었지만 자신들보다 더 비밀스러운 조직이란 존재하지 않는다고 굳게 믿어왔던 터였다.

부일준은 주변을 둘러보았지만 제칠기마단의 다른 무사들도 어깨를 으쓱해 보일 뿐이었다.

"그렇군."

부일준은 태연하게 대답한 뒤 다른 이야기로 슬쩍 화제를 돌렸다.

"죽은 사람의 수를 어떻게 맞췄는지 궁금하다고 했나?"

"네."

소년의 눈은 초롱초롱하게 빛났다. 어느새 그의 얼굴은 진지해져 있었다. 마냥 웃던 얼굴이 진지해지며 인상을 쓰는 것이 마치 어린아이처럼 더할 나위 없이 귀여운 상이었다.

부일준은 속으로 생각했다.

'대단한 녀석이로군!'

그는 장의문이라는 곳이 더욱 궁금해졌다. 하지만 그 의문에 대한 대답을 들으려면 먼저 자신의 답을 말하지 않으면 안 되었다.

그때, 먼 곳에서 폭죽이 터지는 날카로운 소리가 울렸다. 부일준은 즉시 고개를 돌려 소리의 진원지를 확인했다.

다채로운 아홉 가지 색의 안개가 드러났다 사라지는 것이 그의 날카로운 안력에 박혔다.

'칠살!'

다른 백도문파가 지키고 있는 곳에 칠살의 무리들이 나타난 것이 틀림없었다. 소리가 난 곳까지의 거리와 방향으로 보아 태산파(泰山派) 방향임이 거의 확실했다.

먼 곳이라 지금부터 전속으로 달려야 겨우 닿을 수 있을 것 같았다.

"이랴!"

부일준은 즉시 말고삐를 잡아당겼다. 고개를 번쩍 쳐들었다가 가라앉는 말머리 너머로 미동도 않은 채 가만히 서 있는 백의소년의 모습이 보였다.

"아직 질문에 답을 하지 않으셨습니다만?"

말과 함께 배시시 웃는 소년의 모습에 부일준은 왠지 모를 섬뜩한 느낌이 들었다.

'정말 보통 놈이 아니다.'

몸 높이가 육 척이나 되는 자신의 한혈마가 순간적으로 상체를 번쩍 들어 올렸는데도 소년은 그 자리에 가만히 서 있었다.

무림인이라도 맨 정신을 가진 사람이면 적어도 살짝 비켜서기는 했을 텐데, 너무나도 침착하면서 아무것도 모르는 듯이 천진하게 웃고 있는 소년의 모습은 도저히 그 역량을 가늠할 수 없었다.

'본 문에 알려야겠군. 장의문이라고?'

그때 부일준의 머릿속에 하나의 옛이야기가 스쳤다. 전 무림에 숨어 있던 비밀문파들, 비문들과 그것들을 하나하나 통합시켜 지금의 구영문을 만들어낸 초대 문주.

그리고 눈앞에 있는 모종의 문파, 장의문의 문주 소년.

단편적인 사실들은 부일준의 뇌리에서 하나의 질서 정연한 이야기로 자리 잡았다.

‘설마?’

부일준은 잠시 떠올렸던 생각들을 털어냈다. 너무 개연성이 없는 이야기였다. 자신이 아는 구영문의 성격으로 볼 때 지금 생각한 것은 가당치도 않는 일이었다.

‘하지만……’

“단장, 이러다 늦겠습니다.”

부단장(副團長) 주양(周洋)의 말에 부일준은 계속되던 공상에서 깨어났다. 그는 멋쩍은 얼굴로 부단장을 바라본 뒤 소년을 일별하고 말머리를 돌렸다.

“검집을 세어보거라!”

해가 달려가는 서쪽으로 이십여 쌍의 말과 기수들이 점이 되어 사라져 갔다. 소년은 그들이 미처 사라지기도 전에 곧 환하게 웃음 지었다.

“그렇구나! 검은 풀어져도 검집은 잘 풀어지지 않으니까! 그래서 죽은 사람의 숫자와 거의 일치하는 거였어!”

소년의 깨달음. 즉 부일준이 알려준 것은 대략 이러한 내용이었다.

난전 중에 자신의 검과 상대방의 검은 서로 교차할 수도 있고 시체 한 구에 여럿이 꽂힐 수도, 자상만 남긴 채 검이 없어질 수도 있다.

하지만 검집은 다르다. 보통 한 사람의 무사가 하나의 검집을 가지고 있고, 전투 중에 검을 잃어버리는 일은 있을지언정

검집을 잃어버리는 일은 거의 없다. 때문에 부일준은 불에 타 형체를 알아보기 힘든 흑오의 시체들을 한번 슬쩍 살핀 것만으로 죽은 사람의 수를 파악할 수 있었던 것이다.

기뻐하는 소년에게 한 사람이 다가왔다.

"저……."

"네?"

소년, 백무연은 초롱초롱한 눈을 빛내며 말을 걸어온 십자맹의 부맹주 호연무를 바라보았다.

호연무는 그의 거울같이 맑은 눈동자와 마주치자 순간 말문이 막히는 것을 느꼈다. 하지만 그는 곧 자신을 다잡으며 다시 입을 열었다.

"그러니까, 음… 지금부터 어디로 갈 건가?"

"글쎄요?"

백무연은 갑작스러운 질문에 잠시 말문이 막혀 있다가,

"죽은 사람이 있는 곳이면 어디든 갑니다."

라고 시원스럽게 대답한 후 구영문의 제칠기마단이 사라져 간 서쪽을 바라보았다. 드넓은 평원에는 이미 조그만 점 하나 찾아볼 수 없었다.

호연무는 의외의 대답에 다시 머뭇거렸다.

하고 싶은 이야기는 이미 정해져 있었고 그것을 어떻게 풀어나갈지도 이미 다 생각해 놓은 바가 있었지만 그것을 풀어나가기가 힘들었다.

계속 나오는 의외의 대답과 어디에든 구애될 것 같지 않은 자유로운 백무연의 모습 때문이었다.

하지만 더 이상 시간을 지체할 수는 없다. 날이 어두워지고 있었고, 무엇보다 지금 있는 곳은 십자맹에게 안전을 보장하지 못했다.

이곳은 흑도의 세력권이다. 애초에 염라교의 뒤를 쫓아 기세를 올리며 뒤쫓아오긴 했지만, 그것은 어디까지나 주위를 돌고 있던 구영문 무사들의 존재가 있었기 때문에 가능했다.

하지만 제칠기마단이 서쪽으로 달려가 버린 지금 상황에서 더 이상의 지원을 기대할 수는 없는 법이다.

더군다나 동원한 전력의 사분지 일을 손실하고, 대다수가 중경상을 입은 지금의 인원으로서는 어디서 어떤 흑도문파를 만나 습격을 받더라도 안전을 장담하기 힘들었다.

그렇다면 믿을 것은 단 하나.

앞에서 천진하게 웃고 있는 이 장의문의 문주 소년밖에 없었다. 십자맹으로서는 몹시 자존심 상하는 일이었지만 호연무는 맹을 위해 체면이고 뭐고 내던지기로 했다.

"음, 그렇다면 이 지역을 빠져나갈 때까지만 우리와 동행하지 않겠소? 보시다시피 부상자들이 많아서 말이오."

저음의 목소리였지만 대부분의 무사들은 그 말을 듣고 순간적으로 몸이 굳어지는 것을 느꼈다.

아무리 자신들의 은인이라지만 아직 앳되 보이는 어린 소년이었다.

고작 그 어린 소년에게 십자맹의 호위를 부탁하다니, 자신들의 체면이 떨어져도 한참 떨어지는 일이었다.

비록 부상을 입은 몸이지만 무인으로서의 긍지는 목이 떨어지더라도 지켜야 하는 것.

그들은 긴장된 눈빛으로 백무연을 주시했다. 그런데 백무연은 그들의 마음을 아는지 모르는지 밝은 얼굴로 대답했다.

"그렇게 하지요. 어쩐지 여러분과 계속 동행하면 죽은 사람을 더 볼 수 있을 것 같으니까요."

말과 함께 예의 천진한 미소를 지어보이는 백무연이었다.

＊　　　＊　　　＊

날이 점점 저물어가고 있었다.

격전에서 살아남은 십자맹의 삼급무사 유임방은 호기심 가득한 눈길로 자신의 옆에서 걷고 있는 백의소년을 바라보았다.

백무연.

정체를 알 수 없는 신비한 문파 장의문의 어린 문주. 늘 입가에 달고 있는 천진하고 여유로운 웃음. 그리고 놀라운 실력과 구영문의 제칠기마단 단장조차 움찔하게 할 정도의 기도.

소년, 백무연은 지치고 상처 입은 십자맹 무사들의 틈에 섞여 천천히 걷고 있었다.

하지만 잡티 하나 없이 새하얀 백의를 입은 그의 모습은 부상과 혈흔으로 얼룩진 다른 이들과 대비되어 가히 군계일학(群鷄一鶴)이라 불러도 손색이 없을 듯했다.

'말을 걸어볼까?'

유임방은 백무연에게 궁금한 것이 너무나 많았다.

어떻게 약관의 나이에 그렇게 빨리 움직일 수 있는지, 어떻게 팔백 명이 잠복한 흙 속에서 눈에 띄지 않고 숨어 있을 수 있었는지, 시신들을 태우던 기술은 무엇인지, 전신에서 뿜어져 나오는 범상치 않은 기도는 어떤 수련의 결과로 생긴 것인지, 왜 항상 웃고 있는 것까지도.

다시 옆으로 슬쩍 눈을 돌리던 유임방은 백무연과 정면으로 눈이 마주쳤다.

'으읏!'

하지만 백무연은 깜짝 놀란 유임방에게 희미하게 웃어주었다. 그 친절한 웃음을 보고 유임방은 자기도 모르게 말문을 열었다.

"저, 저기……."

"네?"

"백 문주라고 했소?"

"네."

"젊은 나이에 정말 대단한 실력을 가지고 있는 것 같소만."

“아닙니다. 아직 수행이 많이 부족할 따름입니다.”

“수행이라면, 어떤?”

“마음이 많이 흔들립니다. 죽은 사람의 눈을 볼 때.”

백무연은 괴이한 대답을 한 뒤 다시 앞을 바라보았다. 어느새 길은 내리막으로 접어들고 있었고 일행은 잠시 후면 중앙이 낮은 분지 형태의 지형으로 들어설 것 같았다.

“음, 그렇군.”

유임방은 고개를 갸우뚱하면서도 다른 궁금증을 풀기 위해 또 질문을 던졌다.

“풍진강호에는 왜 나온 것이오?”

“글쎄요, 요즘 워낙 죽는 사람들이 많아서 장례를 치러줘야 해요. 그게 저희 장의문이 이 세상에 있는 이유입니다.”

“그렇군. 그렇다면 개인적인 목적은 없소?”

그 말에 백무연의 눈빛이 흔들렸다.

“어머니……”

“음?”

“어머니를 찾아야 해요.”

백무연은 먼 곳을 바라보았다. 지평선이 회색으로 흐려지고 있었다.

“사람이 많이 죽을 수 있는 곳이군요.”

백무연은 꿈꾸듯 중얼거렸다. 그 말을 듣고 유임방은 놀라서 주변을 바라보았다.

이미 일행은 가운데가 움푹 파인 분지 지형의 한가운데에 들어와 있었다. 바깥에서 이곳을 볼 수는 있어도 이곳에서 바깥을 살필 수는 없다.

산적이나 도적들이 길목을 지키고 있다가 포위하면 꼼짝없이 당할 수도 있는 곳이었다.

그리고,

채챙! 채챙! 채채채챙!

"와아아아아!"

갑자기 앞뒤의 야산에서 수많은 사람들의 괴성이 울리며 잡초가 자라듯 험상궂은 머리통들이 쑥쑥 솟아났다.

한눈에 보아도 오백은 되어보이는 인원들이 빽빽하게 분지의 주위를 순식간에 둘러쌌다.

펴펴펑!

뒤이어 요란한 포성(砲聲)이 울리며 정면 쪽에서 사람들이 두 갈래로 나눠지고 그 사이로 화려한 녹의(綠衣)를 차려 입은 자들이 나타났다.

그들 중 한 명이 앞장서며 십자맹의 무사들을 향해 비난을 쏟았다.

"훗훗훗, 여기서 만나다니. 대십자맹의 무사들이 이 무슨 초라한 꼬락서니란 말인가."

비웃는 듯한 어조에 유임방은 화가 치밀어 올랐다.

사람을 놀리고 비꼬는 데에 일가견이 있는 듯한 녹의사내의 모습은 어디선가 본 기억이 있기도 했다.

잘생긴 미남형이지만 신경질적으로 가느다란 얼굴 선에 이은, 어딘지 모르게 잔인한 듯한 눈매와 입꼬리.

'아니, 그러고 보니?

"구연기!"

녹의사내의 이름이 터져 나온 것은 유임방이 아닌 호연무의 입에서였다.

구연기(丘聯畿).

한때 십자맹에 몸담았던 일원이었다. 나이는 이십이 세. 외모와 실력이 출중하여 젊은 나이에도 불구하고 맹 내에서도 꽤 높은 직책에 올랐다.

그러나 그는 사람들의 인심을 얻을 수 없는 사람이었다.

그가 출세하는 방식은 남을 도우며 함께 커가는 것이 아닌, 남을 짓밟고 그 위에 올라서는 것이었고 손속이 매섭고 잔인하여 악명이 드높았다.

당시는 일 처리가 은밀하여 누구도 알지 못했지만, 후일에 밝혀진 바로는 거슬렸던 동료를 음해하였고 그 자녀인 갓난아이의 목을 손수 분질러 버리기까지도 했었다.

그러나 결정적이었던 것은 맹주의 금지옥엽에게 일어난 불행이었다.

구연기는 다른 사람들의 공작으로 인해 외면당하지만, 성심은 착하고 따뜻한 사내인 척 위장하여 맹주의 십칠 세 된 딸의 동정을 얻어냈다.

그러다 마침내 그는 그녀의 사랑까지 차지하여 백년가약을 맺었다.

그리고 그것은 십자맹에게는 씻을 수 없는 상처의 시작이었다. 혼례식날 밤, 십자맹의 맹주는 불의의 습격을 받았고 겨우 목숨을 건지게 되었다.

살수들은 자백을 강요받았지만 모두 독단(毒丹)으로 목숨을 끊었다. 또 십자맹의 본 단은 처참한 화재로 전소되었고 신혼부부의 모습은 어디에서도 보이지 않았다.

곧 수색단이 조성되었지만 구연기와 맹주의 딸의 소식은 쉽게 찾을 수 없었다.

삼개월 후, 수색단은 남쪽 지방의 한 사창가에서 자신이 맹주의 금지옥엽이라고 주장하는 참혹한 모습의 한 여자를 찾게 되었다.

그녀는 오른쪽 귀와 아랫입술이 잘려 있었고, 온몸의 근골이 파괴되어 일곱 걸음 이상을 걸을 수 없었다.

그녀는 비참하게 울부짖으며 모든 것은 십자맹을 자기 손아귀에 넣으려던 구연기의 음모라고 부르짖었다.

그리고 그 말과 함께 그녀는 피를 토하며 세상을 하직하고야 말았다.

그랬던 구연기가 지금 눈앞에 녹림의 녹의를 입고 나타났던 것이다.

호연무도 역시 앞으로 걸어나왔다. 그의 등 뒤에서 십자맹 무사들의 이 가는 소리와 저주를 퍼붓는 소리가 끊이지 않았다.

호연무 자신도 당장 검을 뽑고 싶어 미칠 지경이었다.

그토록 자애롭고 아름답던 맹주의 딸을 능욕하고, 장인이 되는 맹주마저 암살하려 한 구연기를 눈이 빠지도록 찾아 헤맸지만 도저히 찾아낼 수 없었건만!

그런데 고맙게도 이렇게 눈앞에 나타나 준 것이다.

두 눈에서 불이라도 뿜어져 나올 것 같은 호연무와는 반대로 구연기는 냉랭한 비웃음만을 입가에 물고 있었다.

"오랜만이오, 부맹주?"

"죽일 놈."

호연무는 불문곡직하고 검을 뽑아 들었다. 싸늘한 검광이 구연기의 눈을 쏘아댔지만 구연기는 자리에서 가만히 서 있기만 했다.

"널 죽이겠다."

호연무는 다시 씹어뱉듯 중얼거렸다. 그의 말에 구연기는 서서히 오른손을 들어 올렸다.

그러자 분지를 둘러싸고 있던 오백의 인원들이 일사불란하게 강전(鋼箭)을 활시위에 매겼다. 그들은 모두 분지의 한 가운데를 겨냥하고 있었다.

순식간에 팽팽한 긴장감이 분지 내를 휘감았다.

구연기는 여유있게 호연무를 바라보며 말했다.

"부하들의 목숨이 아깝다면 우리를 순순히 따라와 줘야겠소."

바위라도 꿰뚫어 버릴 것 같던 호연무의 눈빛이 흔들리기 시작했다.

너무나도 갑작스럽고 역겨운 제안이었다.

'이놈이 이곳에 녹림의 옷을 입고 나타난 것도 이상한데, 싸움을 벌이지 않고 따라오라니?'

범상치 않은 느낌이 들었다.

'중도무림에 속해 있는 녹림십팔채가 정사대전(正邪大戰) 불가침의 조약을 깨고 우리 백도의 십자맹을 핍박한다는 것부터가 이상한 일이다. 이 사실이 외부에 알려진다면 일단 구 영문이 가만히 있지 않을 텐데?'

호연무는 점차 냉정을 되찾았다. 하지만 결정을 내리기는 힘들었다.

'어떻게 하지? 이대로 따라가야 한단 말인가? 하지만 앞에 무엇이 있는지도 모르고서 무턱대고 이놈을 따라갈 수는 없다. 그리고 여기에는 뭔가 불길한 것이 있다. 그것을 밝혀내야 한다. 하지만 저 강전들을 모두 당해낼 수 있을까? 까딱하면 모두 개죽음 당할 것이다!'

"가기 싫다면 억지로 끌고 갈 수밖에 없소이다."

말과 함께 구연기가 오른손을 크게 한 바퀴 돌리자 분지를 둘러싼 오백의 활시위가 팽팽하게 당겨졌다.

장내는 긴장으로 숨이 막힐 듯했다.

하지만 호연무는 아무런 결정을 내릴 수 없었다.

'저놈을 따라갈 수는 없다. 하지만 여기서 헛되이 다 죽을 수도 없다. 어찌하면 좋단 말인가?'

그때, 그의 복잡한 머릿속에서 하얗게 지워져 있던 한 사람이 입을 열었다.

"죽는 사람들이 많아질 것 같군요."

호연무는 순간 자기도 모르게 입을 멍하니 벌렸다.

티없이 맑게 웃는 백의소년의 모습이 그의 동공 안으로 커다랗게 확대되었다.

구연기는 갑자기 앞으로 나선 백의소년을 매서운 눈빛으로 살펴보았다.

'뭣 하는 놈인가?'

십자맹의 무사는 아닌 것 같았다. 위아래로 입고 있는 하얀 상복이 특이했고, 맑고 해사한 얼굴이 눈에 띄긴 했지만 아직 세상 물정을 모르는 평범한 소년 같았다.

특별히 외공(外功)을 수련한 것 같지도 않았고, 계집애처럼 곱상하게 생긴 모습이 풍진강호와는 전혀 거리가 멀어보였다.

'뭐야, 아직 어린애로군.'

긴장이 풀어진 구연기는 느물느물한 조소를 머금었다.

"호연(呼延) 부맹주, 어디서 이런 대단한 원군을 데려온 거요?"

호연무는 그 말에 대답하지 않았다. 그때 백무연이 구연기를 쳐다보았다.

"당신은 누굽니까?"

"후후후. 지금 나에게 누구냐고 묻는 것이냐?"

"그래요."

"하하하핫!"

구연기에게 앞에 있는 백무연은 뭣도 모르고 함부로 나서는 가소로운 꼬마에 지나지 않았다.

자신이 손가락 하나만 까딱해도 즉시 피투성이가 되어 차가운 땅바닥에 쓰러질 보잘것없는 꼬맹이.

'불쌍한 놈!'

구연기는 너무나도 연약해 보이는 상대에게 일말의 동정심마저 느끼고 있었다.

"소원이라면 말해주지. 나로 말할 것 같으면 녹림십팔채(綠林十八寨)의 여덟 번째 위(位)인 쌍도채(雙刀寨)의 삼채주(三寨主) 구연기다."

"녹림도로군요. 녹림은 움직임에 있어 법도가 있고, 재물을 취함에 있어 도리가 있으며, 인명을 다룸에 있어 천명에 따른다고 하던데 지금의 행동은 무엇을 뜻하는 것입니까?"

갑자기 쏟아진 백무연의 말에 구연기는 어이가 없는 표정으로 그를 쳐다보았다.

어느새 소년의 표정은 무척이나 진지해져 있었다. 꼼짝도 하지 않는 두 눈동자에서 흘러나오는 총기(聰氣)는 마치 대성한 학자의 모습과도 같았다.

하지만 곧 구연기는 쿡쿡거리며 백무연을 비웃었다.

"뭔가 했더니 글줄이나 읽은 서생(書生)이셨군. 그래, 우리 녹림은 그렇게 움직이지만 녹림을 이루고 있는 사람들은 무엇에도 얽매임이 없이 자유롭다. 알겠느냐?"

"자유롭다는 것은 자신의 행동에 책임을 지는 상태에서 알맞은 선택을 한다는 뜻이지만, 지금 구 채주(丘寨主)의 행동은 자유라는 개념을 잘못 해석한 결과로 보이는군요."

"이놈이?"

자신도 젊은 축에 속하지만 자기보다 더 어린 녀석에게 때 아닌 훈계를 듣자 구연기의 얼굴이 시뻘겋게 달아올랐다.

하지만 곧 분을 가라앉히고 번들거리는 눈길로 백무연을 응시했다.

"네놈의 혓바닥처럼 네놈의 몸도 매끄럽게 움직이는지 좀 보도록 할까?"

말과 함께 그는 손가락을 살짝 튕겼다. 그러자 녹의를 입은 무리 중에 한 명이 주먹을 우두둑 꺾으면서 걸어왔다.

"아이 놈을 손봐주는데 칼까지 쓸 필요가 있겠습니까. 제가 처리하도록 하지요."

　육 척 장신의 거한으로 얼굴이 험상궂고 눈이 왕방울처럼 튀어나온 자가 앞으로 나섰다.

　그는 울퉁불퉁한 근육을 연신 튀어 올리며 백무연의 앞에 마주 섰다. 그러자 다른 이들은 자연스럽게 물러나며 둘만의 공간이 형성되었다.

　"한 놈이라도 움직이면 화살비가 쏟아질 거다."

　구연기가 잔인하게 덧붙이자 호연무를 비롯한 십자맹의 무사들은 손가락 하나 까딱하지 못하고 꼼짝없이 묶여 있게 되었다.

　백무연은 자신보다 머리통 두 개는 더 큰 거한의 앞에서 한 치의 흔들림도 없이 그 눈을 바라보았다. 거한은 의외로 두 눈에서 뿜어져 나오는 싸늘한 예기(銳氣)에 마음이 진동됨을 느꼈다.

　'까짓 대가리에 피도 안 마른 놈이 노려보면 어쩔 거냐?

　생각과 함께 그는 슬쩍 주먹을 뻗었다. 얼핏 보면 느린 출수(出手)였지만 속도는 갈수록 빨라져서 곧 소년의 인중에 닿을 듯했다.

　시작은 느린 듯 보이지만 끝은 눈에 보이지도 않을 정도로 쾌속한 녹림의 복호권(伏虎拳)이었다.

　백무연이 피할 기미도 보이지 않자 거한은 상대가 겁을 먹었겠거니 하고 생각했다.

　'그 반반한 얼굴을 보기 좋게 짓이겨 주마.'

거한은 내심 비릿한 조소를 흘렸다.

그런데 주먹 끝에 와 닿는 감촉은 평소처럼 사람의 뼈와 살이 부서지는 느낌이 아니었다.

오히려 그것은 강철처럼 딱딱한 느낌이었다.

'뭐, 뭐야?'

거한은 놀라서 자신의 주먹 끝을 바라보았다. 거기에 일상에서는 매우 친숙하지만 이 상황에선 상당히 낯선 물체가 그의 주먹을 가로막고 있는 것이 보였다.

그것은 거무튀튀한 한 자루의 삽이었다.

동시에 거한은 지금까지 한 번도 겪어보지 못했던 종류의 아픔을 느꼈다.

그것은 여태 자신의 주먹에 당한 수많은 사람들이 겪었을 뼈가 부서지고 살이 터지는 고통이었다.

"끄아아아악!"

비명과 동시에 거한이 주먹을 풀며 팔을 늘어뜨렸다. 그리고 그는 거품을 물며 혼절했다.

그와는 대조적으로 백무연은 상처 하나 없이 깨끗한 모습이었으며, 그가 양손으로 잡고 있는 검은 삽 역시 새것처럼 멀쩡했다.

"저, 저게 도대체 뭐야?"

바짝 긴장해서 쳐다보던 십자맹 무사들 중 유임방이 놀라서 중얼거렸다.

그때 무표정한 백무연의 입에서 한줄기 말이 새어 나왔다.

"농토삽법(弄土鍤法) 제일초(第一招) 노삽분암(駑鍤分巖)."

말과 함께 그는 삽을 바닥에 꽂았다. 삽의 앞부분이 절반쯤 땅에 박혀서 부르르 떨렸다.

잠시 아무도 말이 없었다.

장내는 살랑거리는 바람이 시끄러울 정도로 조용하기만 했다. 마치 죽음의 신이 휩쓸고 지나간 것 같았다.

구연기는 놀라서 말을 잊고 말았다.

쌍도채에서도 그 명성이 자자한 복호칠형제(伏虎七兄弟) 중 하나인 여섯째가 조그마한 애송이의 삽질 한 번에 오른손의 뼈가 산산조각이 난 채 게거품을 물고 쓰러져 버린 것이다.

내지르는 힘의 약점을 순간적으로 파악하고 그 빈틈을 찾아 정확하게 찔러야만 가능한 결과였다.

아까 서생처럼 혓바닥을 놀리던 때와는 기세 자체가 다르다. 종전의 모습이 부드럽고 맑은 물 같았다면, 지금은 광에 처박혀 있다가 오랜만에 피 맛을 본 시퍼런 장검 같았다.

구연기는 이 소년이 자신과 같은 하나의 당당한 무인임을 깨달았다.

'이놈은 도대체 누구지?'

구연기의 눈빛이 날카로워졌다. 그의 시선은 이미 소사신(小死神) 같은 기세로 이쪽을 지그시 쳐다보고 있는 백무연의 흔들림 없는 눈길이 허공에서 얽혔다.

'대계(大計)에 방해가 되지는 않을까?'

어쩐지 느낌이 좋지 않았다.

그때 자신의 뒤에서 나서는 묵직한 음성들이 들렸다.

"이 죽일 애송이 놈!"

"감히 우리가 누군지 알고!"

"네놈 콧구멍에 삽자루를 꽂아주마!"

말과 함께 복호칠형제의 나머지 여섯 명이 각기 쌍도를 꼬
나 들고 백무연의 육방(六方)을 포위했다. 백무연은 그들이
둘러싼 기세 앞에서도 전혀 흔들림이 없었다.

'훗, 저놈도 별수없겠군.'

방금 전의 삽질이 두렵기는 했지만, 상대가 취할 수 있는
온 방위를 점하며 달려드는 열두 개의 대도(大刀)를 이 작은
소년이 막아낼 수 있을 것 같지는 않았다.

'하지만 저 눈빛.'

백무연은 여전히 미동조차 하지 않은 채 정면으로 시선을
두고 있었다. 여섯 명의 복호형제들도 조금 전의 삽의 위력을
보았는지라 주변을 포위한 채로 빈틈을 살피고만 있었다.

바람이 불었다.

산들바람이 이른 낙엽을 한 장 매달고 날아왔다. 낙엽은 공
중에서 휘돌고 미끄러지며 거한 여섯과 소년 한 명의 사이를
스쳐 지나가려 했다.

"이얏!"

열두 개의 대도가 번쩍이며 낙엽을 점점이 흩어버렸다.

그 순간, 번뜩 백무연의 눈에서 빛이 났다.

"하앗!"

기합과 함께 그는 쌍수를 높이 쳐들었고 그 속에서 하얀 빛무리가 실타래처럼 풀려 나왔다.

"아니, 저건 또 뭐야?"

가슴을 졸이며 지켜보고 있던 유임방은 백무연이 펼친 의외의 출수에 놀라 중얼거렸다.

공중에 걸린 열두 개의 대도.

그것을 거미줄처럼 붙잡고 있는 가느다란 하얀 끈.

그 끈의 끝자락은 백무연의 손에 굳게 잡혀 있었다.

"이, 이, 이이익!"

"으으읍!"

여섯 복호칠형제는 용을 쓰며 자신들의 쌍도를 빼내려고 애썼지만 그것들은 마치 단단한 바위틈에 끼인 것처럼 꿈쩍도 하지 않았다.

오히려 힘을 쓸수록 하얀 천은 쌍도만이 아닌 머리, 팔, 어깨와 허리, 다리에까지 감겨왔다.

시간이 지날수록 거한들은 거미줄에 겹겹이 싸인 파리들처럼 되어 마침내는 서로 엉켜서 버둥대다 힘이 빠져 땅바닥에 주저앉고 말았다.

백무연은 냉정한 눈초리로 그들을 내려다보며 한마디를

내뱉었다.

"사자염습(死者殮襲) 제삼례(第三禮) 염포지망(殮布蜘網)!"

"시신(屍身)을 염하는 무공이라!"

호연무는 입을 딱 벌렸다. 태어나서 저런 무공은 도무지 듣도 보도 못했던 것이다.

격전지였던 붉은 평원에서 봤을 때도 백무연의 숨은 실력이 대단할 것이라고 내심 생각하고 있었지만 이렇게 특이하고 강력한 무공을 쓴다는 것은 역시 예상 밖의 일이었다.

더욱 놀라운 것은 백무연의 타고난 힘이 얼마 되지 않아 보이는 것이었다. 그럼에도 그는 염포를 교묘하게 조절하여 열두 개의 대도가 정확히 힘의 균형을 이루는 지점에 박아 넣었다.

그리고 미세하게 염포를 흔들어 결국 거한들이 제 힘과 싸우도록 했고, 그에 지쳐 쓰러지게 만들었다.

무공에 대한 어떤 깨달음의 경지를 이루지 못했다면 도저히 보일 수 없는 신위였다.

"정말 저 나이에 어떻게⋯⋯. 무슨 수련을 했기에? 아니, 무슨 일이 있었기에?"

호연무는 백무연의 일거수일투족에서 눈을 떼지 못했다. 그것은 십자맹의 무사들도, 쌍도채의 녹림도들도 마찬가지였다.

기세등등하던 거한들은 이제 염포에 눈, 코, 입까지 완전히 싸여서 숨쉬기도 어려울 지경이었다.

그들의 눈동자가 점점 풀리자 백무연은 손을 살짝 털었다. 그러자 그들을 거망(巨蟒)처럼 드세게 옭아매고 있던 염포가 거짓말처럼 휘리릭 풀려서 백무연의 소매 안으로 빨려 들어갔다. 하지만 거한들은 이미 정신을 잃은 상태였다.

백무연은 그들에게서 눈을 돌리고 다시 구연기를 바라보았다. 그 눈빛은 살아 있는 구연기를 바라봄에도 불구하고 이미 죽은 자를 보는 듯한 매우 음울하고 살벌한 눈빛이었다.

아까의 순진무구한 외양의 소년은 이미 없었다. 구연기는 자신도 모르게 몸을 살짝 떨었다.

'무조건 죽여야 한다.'

구연기의 직감이 외치고 있었다. 이 나이에 이 정도 실력이라면 나중에는 어떻게 커져 있을지 짐작조차 되지 않았다.

오늘의 일만이 아니라 차후에도 어떤 방해물이 될지 모르는 녀석이었다.

'대계와 나중을 위해서라도 이놈은 분명히 거슬린다.'

구연기는 서서히 오른손을 들어 올렸다.

하지만 부하들 중 그의 신호에 집중하는 이는 거의 없었다. 그만큼 눈앞의 상황에 얼이 빠져 있었기 때문이다. 복호칠형제가 단 한 명의 어린 소년에게 이토록 무참하게 패배할 줄 누가 감히 생각이나 했겠는가?

부하들의 동요를 알아차린 구연기는 잠시 당황했지만 곧

큰 소리로 외쳤다.

"조준!"

그제야 정신을 차린 오백의 녹림도들이 다시 활을 당겼다.

"이, 이런!"

호연무는 놀라서 구연기에게 외쳤다.

"이 무슨 짓이냐? 아직 협상이 끝나지도 않았는데 활을 쏘려 하다니!"

"저놈이 나타난 뒤로 협상은 깨졌다. 너희들은 모두 이곳에서 죽어줘야겠다."

구연기는 말과 함께 백무연을 쳐다보았다. 하지만 백무연은 여전히 구연기를 시체 바라보듯 하고 있었다.

'저, 저놈! 설마 화살을 모두 받아낼 수 있다는 건가?

자신이 알고 있는 어떤 무림인이라도 오백, 천, 천오백의 강전을 순식간에 피해내는 것은 거의 불가능한 일이었다.

하지만 백무연의 눈빛에는 두려움의 기색이 전혀 없었다.

이미 생과 사를 초월한 듯한 눈빛.

화살을 쏴도 그만이고 안 쏴도 그만이라는, 아니, 쏘든 안 쏘든 너는 결국 아무것도 할 수 없다고 그 눈빛이 말하고 있는 것 같았다.

구연기는 가슴 깊은 곳에서 자신도 모를 반발심이 강하게 끓어오르는 것을 느꼈다. 그것은 자신의 마음속 깊은 곳에 자리하고 있는 패배감과 무력감에 대한 반발심이었다.

자신의 가장 부끄럽고 숨기고 싶은 부분인 그것을 마치 손바닥 위에 올려놓고 자세히 들여다보듯 하고 있는 것 같은 백무연의 시선에 구연기는 불같은 화가 치밀어 오른 것이다.

"제기랄, 죽어라!"

그가 손을 앞으로 뻗으려고 하는 찰나,

"으아아아아악!"

포위망의 한쪽에서 섬뜩한 비명 소리가 들렸다.

어떤 육체적 고통에도 비할 수 없을 것 같은 치명적인 단말마.

포위하고 있던 자들, 포위당하고 있던 자들 모두 의외의 상황에 놀라 비명 소리가 난 쪽을 돌아보았다.

그곳에선 붉은 안개가 꿈틀거리고 있었다.

모든 것을 삼켜 버릴 듯이 부드럽고 매혹적인 붉은색.

연기는 천천히 넓게 퍼지며 주변의 녹림도들을 감쌌고 거기에 닿은 자들은 인간이 낼 수 있는 가장 참혹한 비명을 지르면서 땅바닥을 나뒹굴었다.

입술은 행려병자처럼 쉴 새 없이 떨렸고 눈에는 초점이 풀려 있었다. 그들은 눈에 띄는 외상은 없었지만, 정신적인 충격을 받은 듯 하나같이 필사적으로 안개에서 떨어지려고 발버둥쳤다.

그리고 그 안에서 하나의 인영이 나타났다.

자신을 둘러싼 붉은 안개에 동화된 선명한 홍의(紅衣).

그 치명적인 붉은 독무(毒霧) 안에서 아무렇지도 않게 숨을 쉬고 있는 한 명의 어린 소녀.

백무연의 냉정한 두 눈 안에 소녀의 흑옥(黑玉) 같은 또렷한 눈동자가 깊게 각인되었다.

구연기는 속이 뒤집혀서 미칠 것만 같았다.

십자맹의 무사들을 급습해서 생포하려고 했던 자신의 계획은 갑자기 나타나 삽과 염포를 휘두른 백의소년과 가공할 위력의 독공으로 수하들의 태반을 기절시킨 홍의소녀 때문에 완전히 무너져 버린 것이다.

'내 이놈들을 가만두지 않으리라!'

구연기는 이쪽으로 사뿐히 걸어오는 홍의소녀를 죽일 듯한 눈빛으로 바라보았다.

순간, 구연기의 눈이 놀라움으로 인해 몹시 커졌다.

전혀 예상하지 못했던 그녀의 아름다운 모습 때문이었다.

중키에 가녀린 몸매로 발그레한 홍조를 띠고 있는 양 볼과 샛별같이 빛나는 두 눈, 굳게 꽉 다문 입술은 그야말로 절세가인의 모습이었다.

어디에 내놓아도 눈에 띌 수밖에 없는 그 모습은 타는 듯한 붉은 홍의로 인해 더욱 부각되고 있었다.

'정말 이 여자가 방금 무시무시한 독공을 펼친 사람이란 말인가?

구연기는 홍의소녀의 손짓 하나에서도 눈을 떼지 못했다. 그것은 그만이 아니라 장내의 다른 사람들도 마찬가지였다. 평생에 한두 번 볼까 말까한 보기 드문 미인을 바라보는 주위의 시선은 참으로 뜨거웠다.

홍의소녀는 수줍은 듯한 미소를 지으며 구연기를 바라보았다. 치렁치렁한 긴 머리가 바람에 날리며 공중에 흩어졌다가 다시 모이곤 했다.

“말씀을 좀 묻겠습니다.”

“예? 아, 예, 예!”

구연기는 홍의소녀가 갑자기 존대를 하며 정중하게 대하는 것을 보자 자기도 모르게 그만 맞상대를 하고 말았다. 그녀의 미모에 지금의 상황도 순간 까맣게 잊어먹은 것이다.

매사에 날카롭게 갈아놓은 칼 같은 뱃심 속에는 온갖 흉계와 모략이 날뛰고 있는 그였지만 유일한 약점이 바로 여색(女色)에 있었다.

홍의소녀는 그런 구연기를 여유롭게 보더니 말을 이었다.

“혹시 염화채(炎火寨)가 어디 있는지 아십니까?”

구연기는 순간 의아한 느낌이 들었다. 염화채라면 녹림십팔채의 필두인 대채(大寨)를 말하는 것이었다. 구연기 역시 녹림의 일원으로 각 산채들의 위치는 이미 꿰고 있었지만 그것을 외인에게 함부로 알려줄 수는 없었다.

더구나 이런 아리따운 소녀가 어찌하여 녹림에 볼일이 있
는 것인지가 더욱 의문이었다. 구연기는 고개를 들어 다시 소
녀를 바라보았다.

"어쩐 일로 그러시는지……."

그때 자신의 오른손에 무언가 움찔하는 기운이 느껴졌다.
놀라서 손등을 바라보니 미세하게 긁힌 상처가 나 있는 것이
보였다. 그리고 곧바로 머리가 어질어질해졌다.

"으읏!"

구연기는 뒤집히려는 신형을 바로 하고 눈을 똑바로 떴다.

그런데 어느샌가 주변이 푸른 뱀처럼 꾸물거리는 청색의
안개로 뒤덮여 있는 것이 아닌가?

주변을 차지하고 있던 사람들은 적이든, 아군이든 온통 흐
릿해져서 실물이 제대로 보이질 않았다.

"이, 이, 이게……."

그때 자신의 앞에 홍의소녀의 얼굴이 두둥실 뜬 채로 나타
났다.

"이제 좀 기억이 나십니까?"

"으, 으흡, 커억!"

구연기는 순간 기혈이 역류하는 것을 느끼며 한 움큼의 피
를 토해냈다. 하지만 이미 홍의소녀의 모습은 눈앞에서 사라
져 있었다.

주변의 청색 안개는 깊은 바다처럼 점점 짙어져 갔고 구연

기는 자신이 망망대해에 홀로 떨어져 가라앉는다는 상상을 하며 두려움에 휩싸였다.

"아직도 생각이 안 나십니까?"

얼굴이 보이지 않는 채로 들리는 소녀의 목소리는 이미 차디차게 변해 있었다. 구연기는 순간적으로 방심했던 자신을 원망했지만 이미 때늦은 후회였다.

'악마 같은 계집!'

요사스러운 웃음을 지으며 자신에게 다가와 암수를 쓴 계집을 당장이라도 붙잡아 요절을 내고 싶었으나 한치 앞도 보이지 않는 자신으로서는 너무나도 힘든 일이었다.

"모른다!"

이를 악물며 구연기는 대답했고, 그러자 소녀는 깔깔대며 웃었다.

"기억이 안 난다면 기억나도록 해줄 수밖에."

소녀의 말끝에 주변의 푸른 기운이 요사스럽게 요동치는 것이 느껴졌다. 구연기는 갑자기 숨이 턱 막히는 것을 느끼며 그 자리에 그대로 쓰러져 버렸다.

"이 녀석은 생긴 것보다 약골이네."

소녀의 아쉬운 듯한 중얼거림과 함께 흐릿했던 청색 안개가 점차 걷혀갔다. 그 안에는 알 듯 모를 듯 희미한 미소를 띠고 있는 홍의소녀와 엉거주춤한 모습으로 입가에 피를 흘리며 쓰러져 있는 구연기가 남아 있었다.

"누구 염화채가 어디 있는지 알고 계신 분 있나요?"

홍의소녀는 쾌활하게 입을 열며 바닥에 쓰러져 있던 복호 칠형제를 쳐다보았다.

기분이 좋은 듯 웃는 그녀의 양손 끝에는 다시금 푸른 기운이 어리는 것 같았다.

그 모습을 보자 복호칠형제는 하나같이 부들부들 떨었다. 그나마 그들 중 한 명이 용기를 내어 간신히 외쳤다.

"그곳의 위치를 알고 있는 사람은 삼채주밖에 없소! 우리는 모르오."

"아, 그렇군요."

말과 함께 그녀는 신형을 돌려 죽은 듯이 쓰러져 있는 구연기를 바라보았다.

"다시 깨워야 되나."

홍의소녀는 주머니를 뒤지더니 팔뚝만큼 긴 철침 하나를 꺼내 들었다. 그것으로 그녀는 구연기를 이리저리 겨누어보았다.

눈, 목, 가슴 위쪽에 철침을 대어보며 갸우뚱하는 그 모습은 어린아이가 장난감을 두고 어떻게 망가뜨릴까 하며 궁리하는 모양새와도 같았다.

"견정혈(肩井穴)이 어디더라?"

그 무서운 광경에 복호칠형제는 절뚝거리며 분지 바깥쪽으로 내뺐고, 활을 든 채 멍청히 서 있던 다른 녹림도당들도 기절한 동료들을 수습해 모두 내빼고 말았다.

도움을 받았기에 십자맹의 무사들은 달아나지 않았지만 이미 홍의소녀에게서 멀찍이 떨어져 있었다.

그녀 곁에 자리를 지키고 있는 사람은 백무연 하나뿐이었다. 홍의소녀는 이채를 띤 눈으로 눈처럼 흰옷을 입고 단정히 서 있는 백무연을 쳐다보았다.

"이봐요! 견정혈이 어디죠?"

자못 친근하게 묻는 그녀의 어투는 아까의 점잔을 빼던 아가씨의 말투와는 달리 동기에게 대하듯 편한 어조였다.

그러자 긴장한 채로 가만히 서 있던 백무연도 순간 마음이 풀어져서 부드럽게 대답했다.

"일곱 번째 경추골(頸椎骨)과 견봉각(肩峰角) 사이입니다."

"아, 맞다. 만날 까먹는다니까."

소녀는 구연기에게 겨눈 철침을 견정혈에서 두 푼 정도 벗어난 곳에 눌렀다.

"으아아아악!"

갑자기 느껴지는 격통에 놀라 구연기는 벌떡 일어났다. 그의 얼굴은 이미 기가 빠져 피곤해 보였고, 순간적으로 맞은 고통으로 인해 심하게 일그러져 있었다.

홍의소녀는 철침을 치우고는 그에게 다시 물었다. 어깨에서 솟아난 피가 이미 옷자락 위를 흥건히 적시고 있었다.

"염화채에서 시킨 일인가요?"

"뭐, 뭐라고?"

순간 구연기의 낯빛이 심상치 않게 변했다. 경황이 없었지만 그는 소녀의 질문에 무언가 치명적인 것이 있음을 알아챈 것이다.

홍의소녀는 무표정한 얼굴로 그에게 다시 물었다.

"십자맹의 무사들을 납치하려 한 것, 또 그전에 염라교의 교도들을 납치해 소란을 일으킨 것, 태산파의 경비가 소홀한 틈을 타 한밤중에 습격해 문도들을 죽인 것, 칠살의 하부조직 중 하나인 해서후(海西侯)가 약화된 틈을 타 그 인원들을 납치한 것 등, 모두 염화채에서 시킨 것인지, 즉 녹림십팔채의 뜻인지 묻고 있는 거예요."

폐부를 찌르는 듯한 그녀의 말에 구연기는 벌린 입을 다물지 못했다.

'어떻게? 도대체 어떻게 알았단 말인가?'

자신이 그토록 비밀스럽게 추진해 왔던 일들을 이 소녀는 모두 손바닥 위에다 놓고 들여다보는 것 같았다. 구연기의 마음에 살심(殺心)이 스멀스멀 동했다.

'이 비밀을 지키기 위해서는 모두 죽여야 한다!'

하지만 지금 내상을 입은 몸으로 홍의소녀 하나도 상대하기가 벅찰 것 같았다. 주위를 둘러보니 이미 자신의 부하들은 모두 내뺀 뒤였다.

'제기랄! 그렇다면 방법은 하나뿐인가……'

구연기의 눈빛이 끊임없이 변하는 것을 본 홍의소녀가 그
에게 핀잔을 주었다.

"힘으로 안 될 것 같으니까 달아날 생각을 하는 건가요?"

그때 구연기의 눈이 번쩍 빛났고 순간 천둥 같은 소리가 울
렸다.

동시에 매캐한 연막탄이 터지며 분지는 한치 앞을 볼 수 없
는 상태가 되었다.

"콜록, 콜록!"

"캑캑!"

십자맹의 무사들은 제각기 연기 속을 헤치며 매운 기침을
토했다.

그리고 연기가 걷히자 입가에 가는 핏줄기를 문 채 창백한
얼굴로 쓰러져 있는 홍의소녀의 모습이 모두의 눈에 뚜렷하
게 박혀 들었다.

第二章
청동검객(靑銅劍客)

장의문주

찌익!

피 묻은 붉은 웃옷을 찢는 손에는 한 점 망설임이 없었다.

찢어진 옷 아래로 뽀얀 처녀의 속살이 드러났지만 백무연은 그저 침착하게 쳐다볼 뿐이다.

"어디 보자, 오른쪽 복부……. 다행히 내장 위를 스쳤군."

이미 몇 번이나 갈았는데도 새빨갛게 배어 나오는 피에 물든 붕대를 다시 걷어낸 뒤, 백무연은 상처를 완전히 지혈하고 특별히 준비해 두었던 천으로 상처를 꼭 감쌌다.

"급한 고비는 넘긴 것 같군."

백무연은 중얼거리며 소녀가 입고 있던 홍의를 벗기고 준

비해 두었던 헐렁한 백의를 입혔다.

아리따운 처녀의 나신(裸身)이 잠시나마 또렷하게 스치고 지나갔다.

백무연은 살짝 눈을 감았다. 여자를 모르는 그에게도 이것은 확실히 아찔한 광경이었다.

"휴……."

그는 소녀를 침상에 반듯이 눕힌 뒤 작은 의자에 털썩 걸터앉으며 한숨을 내쉬었다.

이들은 십자맹 본 단의 한 작은 방에 와 있었다.

백무연은 물끄러미 소녀의 얼굴을 바라보았다.

아름답다.

밀랍 인형처럼 창백했던 얼굴은 이제 숨이 불어넣어져서 조금씩 화색이 돌고 있었다. 가는 숨이 쉬어지는 것에 오똑한 코와 도톰한 입술이 귀엽게 오르락내리락하고 있었다.

'좋은 사람일까?'

그런 것 같았다.

소녀가 펼쳤던 두 번의 독무(毒霧)는 확실히 대단한 실력이었지만 결과적으로 그로 인해 죽거나 크게 상한 사람은 아무도 없었다.

마음만 먹으면 그 정도의 무공으로 사람을 해하는 것쯤은 일도 아닐 것인데, 지금 입은 상처도 상대를 다치게 하지 않으려다가 오히려 자신이 당한 꼴이었다.

‘생명의 소중함을 아는 거야.’

왠지 눈앞의 소녀가 어떤 사람인지 더욱 궁금해졌다.

녹림의 포위망을 뚫고 갑자기 나타나서, 강렬한 안개로 주위를 제압하고 의외의 큰 부상을 입어 끊어진 연처럼 무력하게 쓰러져 버린 사람.

그리고 지금 자신의 앞에서 평화롭게 잠들어 있는 사람.

작게 쌔근거리는 소녀의 숨소리가 마치 그의 귀에 대고 자장가를 속삭이는 듯했다.

백무연의 눈이 차차 부드러워졌다.

아무것도 더할 수 없는, 이대로 좋은 풍경.

눈앞에 이 소녀가 잠들어 있다는 사실이 이렇게 좋은 느낌일 줄은 몰랐다.

백무연의 입에서도 하품이 나왔다.

“아함.”

고개를 꺾어보던 백무연은 온몸에 피로가 쌓여 있는 것이 느껴졌다.

확실히 그의 몸은 정상이 아니었다. 이틀 밤을 새워 소녀의 외상을 치료했을 뿐만 아니라, 기혈이 뒤틀린 내상을 치료하기 위해 자신의 공력 중 반절 이상을 쏟아 부었기 때문에 몸과 정신 모두 물먹은 솜처럼 나른한 상태였다.

그의 공력은 쓰기는 쉬워도 쌓기는 어려운 개음(開陰)의 종류였기에 일단 발출할 때는 큰 위력이 있었지만 다시 회복하려면 오랜 시간이 걸렸다.

'정양하면 한 달은 걸리려나…….'

하지만 사람의 목숨을 구하는 데 썼으니 전혀 아깝지 않다고 그는 생각했다.

'죽는 자는 극락으로 왕생하도록 기원해 주어야 하지만 살아날 수 있는 자는 최선을 다해 살려야 한다.'

낯익은 목소리가 가슴 한구석에서 밀려왔다.

추억처럼 그리운 아버지의 목소리였다.

'아버지…….'

백무연은 갑자기 마음이 스산해져 바닥에 무릎을 껴안고 앉았다.

백무연의 아버지는 늘 병색이 완연한 모습이었다.

자신의 아들을 구하기 위해 부상을 입고 그 상태에서 마지막 힘을 짜내 육 년 동안이나 아들을 가르쳤다.

하지만 아버지는 원수의 이름을 가르쳐 주려 하지 않았다.

"복수란 덧없는 것이다. 모두가 헛된 꿈에 지나지 않아. 사람을 봐야지 원한을 보면 안 된다."

아버지는 입버릇처럼 그렇게 말했다. 그리고 언제나 웃으라고 하셨다.

"웃어라. 네 마음에 걸리는 것이 없을 때까지 웃어라. 우리 장의문의 무공은 그렇게 해서 완성되는 것이란다."

하지만 정말로 힘들었다.

아버지는 매번 피 묻은 기침을 토했고 그 상태에서도 힘든 기색 하나 보이려 하지 않으며 백무연을 가르쳤다.

그 모습을 보며 미소짓기란 도저히 불가능한 일처럼 생각되는 것이어서, 백무연은 언제나 웃음도 울음도 아닌 난처한 표정을 입가에 걸고 있었다.

그러나 그의 아버지는 웃음으로써 증오, 원한, 옳지 않은 욕망 등의 감정을 비워내야 한다고 했다.

"너의 마음이 백지처럼 깨끗해질 때 너의 무공도 더욱 선명하게 빛을 발할 것이다."

백무연은 아버지를 따라서 늘 웃었고, 그때마다 날 때부터 짙어진 감정의 찌든 때가 사라지고 순수한 기쁨이 일어나는 것을 느낄 수 있었다.

존재와 비존재에 대한, 삶과 죽음의 깨달음에 대한 본원적인 기쁨이 그를 감싸고 있었다.

그의 무공도 그에 따라 비약적으로 발전했다.

그는 늘 입가에 웃음을 달고 다니게 되었고 그것은 아버지의 임종 때도 마찬가지였다.

아버지는 마지막으로 자리에 누워 힘겹게 아들을 돌아보았다.

"웃어주지 않겠니?"

백무연은 환하게 웃었다.

“닮았구나… 네 어미와……”
“네?”
한 번도 듣지 못한 이야기였다. 아버지는 어머니가 어떤 사람이었는가에 대해서 한마디도 하지 않았던 것이다.
아버지는 힘이 달리는지 잠시 호흡을 골랐다가 다시 말을 이었다.
“네 어머니는… 분명 살아 있을 거야. 강호에 나가서 찾아보거라. 이렇게 어머니를 닮았으니 취아(翠兒)는 꼭 너를 알아볼 것이다.”
“아버지.”
“아름답구나. 너도, 취아도.”
“아버지…….”
아버지는 그 말을 끝으로 꿈꾸듯이 잠들었고 다시는 깨어나지 않았다. 백무연은 아버지를 곱게 염하여 불티 속에 흩날려 보낸 뒤 홀로 산을 내려왔다.
산새 한 마리가 외롭게 지저귀고 있었다. 백무연은 산새를 향해 가만히 웃어주었다.

백무연은 감았던 눈을 떴다.
어느새 창밖으로 노을이 지고 있었다.
붉은 노을이 소녀의 섬세한 턱 선에 닿아 수려한 그림자를 만들어내고 있었다.

반짝이는 햇살에 먼지가 닿아 그녀의 콧잔등에 사뿐히 내려앉다가 가벼운 콧김에 다시 하늘로 휘돌아 올라갔다.

꿈을 꾸는 듯 소녀는 간간이 기분 좋은 숨소리를 내며 나른한 잠에 빠져 있었다.

방 안은 소녀의 존재로 인해 온통 따뜻하고 부드러운 공기로 둘러싸인 듯했다.

'어머니도 저렇게 아름다우실까.'

백무연은 그 광경에 못 박힌 듯 잠시 머물러 있다가 곧 작은 방을 빠져나왔다.

*　　　*　　　*

"아흠……."

오밀조밀 예쁜 입이 크게 벌어지다 금세 작게 오므라들었다. 소녀는 잠이 덜 깬 눈을 깜박거리며 주변을 둘러보았다.

'여긴 어디지?'

점심때쯤 된 것 같았다. 늦가을의 청명한 햇살이 안으로 쏟아져 들어오고 있었다.

'배고파…….'

그때 눈앞의 탁자에서 무언가가 모락모락 김을 내고 있는 것이 보였다. 그와 동시에 푹 끓인 닭죽이 후각을 자극하는 기묘한 냄새를 풍겼다.

꼬로록.

'아앗!'

홍의소녀는 자신의 배에서 난 망측한 소리에 화들짝 놀라 주변을 살폈다.

다행히도 주변엔 아무도 없는 것 같았다.

'휴, 다행이다. 누가 들었으면 어쩔 뻔했어.'

혼자 있을 때에야 뭘 하든 관계없지만 다른 사람들의 시선 앞에서는 늘 새침하고 우아한 모습을 유지하고 싶어 하는 소녀였다.

자고 일어나 엉망이 됐고 닭죽 앞에서 배를 곯는 지금의 모습을 다른 누군가가 본다는 것은 그녀로서는 도저히 용납될 수 없는 일이었다.

'아, 그러고 보니, 그냥 잔 게 아니었지. 난 부상을 당했었잖아!'

이제야 생각났다.

'난 염화채가 있는 곳을 캐려다가 그 쌍도채의 삼채주인가 하는 얄미운 녀석한테 한 방을 얻어맞은 것 같은데……. 쳇, 괜히 봐줬어. 봐주는 게 아니었는데.'

다행히 누군가 자신을 구해줬는지 상처의 고통은 거의 느껴지질 않았고 또 이렇게 편안한 병상에 누워 있었다.

그리고 자신이 입었던 홍의도 이미 깔끔한 백의로 바뀌어 있었다. 다만 좀 커서 헐렁한 게 흠이었다.

‘도대체 누가 이런 걸 입힌 거야? 꼭 상복 같네.’

그녀는 불만스러운 눈길로 자신이 입고 있는 옷을 내려다 보았다.

‘그런데… 누가 입혔을까? 누가? 으, 으응?’

아무리 생각해도 짐작이 가질 않았다.

물론 자신이 무의식중이었을 때 벌어진 일이니 설마 삼두 육비의 괴물이 나타나더라도 전혀 몰랐을 것이다. 아니, 설령 정사대전(正邪大戰)의 두 거두인 구영문 문주와 칠살의 칠살 주(七煞主)가 악수를 하고 서로 껴안고 비벼대며 춤을 췄다고 해도 몰랐을 것이다.

‘자, 잠깐.’

갑자기 소녀의 머릿속에 붉은색 비상 신호가 울렸다.

아니, 도대체 누가 자신의 옷을 갈아입혔단 말인가? 그것 도 자신이 까맣게 잠든 사이에!

‘옷을 갈아입혔단 말은 그전에 입었던 옷을 벗긴 뒤에 새 것을 입혔단 말이고 난 당연히 습관적으로 상의 안에 아무것 도 입지 않…… 으아악!’

두 눈에 불똥이 튀어 오르는 것 같았다.

온몸이 근질근질하고 조그만 개미들이 콱 깨무는 것 같았 다. 새빨갛게 달아오른 열기는 그녀의 머릿속을 온통 부정적 인 상상으로 가득 메웠다.

“시, 시집도 가기 전에……”

어느새 소녀의 목소리는 울먹거리고 있었다.

"안 돼, 안 돼, 안 돼! 으아아아앙!"

"아니, 안 되다니요?"

"에, 에, 에……?"

불현듯 들려온 남자 목소리에 소녀는 깜짝 놀라서 반사적으로 창문 쪽을 바라보았다.

'세상에.'

언제부터 있었는지 백의를 입은 소년이 창틀에 걸터앉아 이쪽을 물끄러미 바라보고 있는 것이 아닌가?

소녀는 놀라서 더듬거리기만 할뿐 말을 제대로 잇지 못했다.

"저, 저……."

"푹 주무셨습니까?"

백의소년은 예의 바른 인사말과 함께 호의적인 미소를 보였다.

버들잎 같던 두 눈이 반달 모양이 되며 더없이 행복한 모습이 되었고, 그 환한 미소가 소녀의 뇌리에 아찔하게 남았다.

부드럽게 풀어헤쳐진 흑단 같은 머릿결과 제자리에 또렷한 이목구비가 가히 선계(仙界)의 사람 같은 풍채였다.

'아…….'

하지만,

"자, 잠깐, 잠깐만!"

“네?”

소녀는 눈을 질끈 감았다가 다시 떴다. 고운 아미 사이로 다시 보이는 그녀의 두 눈에서는 새파란 안광이 뿜어져 나오고 있었다.

“이게 어떻게 된 거지?”

“무, 무슨 말씀이신지?”

백무연은 갑작스런 소녀의 돌변에 놀랐다. 아까까지만 해도 아름답고 귀여운 산새 같았던 그녀가 지금은 온몸에서 푸른 살기를 뿜어내는 야차로 변해 있었다.

‘잠깐만, 푸른 살기?’

어느새 그녀의 손끝에서는 푸른색의 기운이 언뜻언뜻 보이는 듯했다. 백무연은 기억을 더듬었고, 그 끝에는 소녀가 부상당하기 전에 보였던 놀라운 신위가 생생하게 느껴졌다.

푸른색의 독무(毒霧), 쌍도채 삼채주 구연기가 그녀에게 힘없이 쓰러진 일.

‘그 남자가 손 한 번 못 쓰고 당했지!’

소녀는 손만 살짝 까딱했을 뿐이었는데 어느새 구연기는 피를 토하며 쓰러져 있었다.

그것은 정말 놀랍고도 진기한 광경이었다. 하지만 지금 그 광경이 다시 눈앞의 소녀에게서 자신에게로 재현되려 하는 것이다.

“자, 잠깐만요. 뭔가 오해가……”

"똑똑히 들어라. 무슨 일인지 나한테 정확하게 설명하지 못한다면 곧바로 지옥을 맛보게 해주겠어."

어느새 소녀의 눈까지 푸른색으로 빛나고 있는 듯했다. 백무연이 입혔던 흰 상복은 이미 서릿발 같은 살기로 둘러싸여 파랗게 변색되어 있었다.

백무연은 숨 막히는 긴장감 속에서 자신이 해야 할 일이 무엇인지 너무나도 잘 알고 있었다.

"다, 당연히 설명해 드려야죠."

"그래, 좋아."

말과 함께 소녀의 몸에서 뿜어 나오던 살기가 씻은 듯이 사라졌다.

백무연은 어안이 벙벙하여 소녀를 바라보았지만 이미 소녀의 눈은 다시 맑고 순수하며 부정적인 감정이라고는 전혀 모를 것 같은 우아한 여성의 모습으로 돌아와 있었다.

'도, 도대체 이건……?'

"먼저 세 가지만 묻겠어요. 여긴 어디죠? 누가 날 데리고 왔죠? 상처를 치료… 한 사람은 누구죠?"

소녀는 갑자기 자연스럽게 존댓말을 쓰고 있었다. 그러면서도 '상처를 치료'라고 말하는 부분에서는 아까의 푸르스름한 살기가 언뜻 내비치는 것 같았다.

백무연은 등 뒤로 식은땀 한줄기가 흘러내리는 것을 느꼈다. 자신은 바로 이 소녀를 치료하느라 공력을 극심히 소모한

상태라 지금 대답을 잘못하면 정말로 푸른색의 귀신이 된 소
녀와 다시 대립할 수도 있었다.

‘그런데…… 대답을 잘못할 게 없잖아?’

백무연은 고개를 갸웃거렸다. 그러고 보니 소녀가 이렇게
나오는 이유를 이해할 수 없었다.

구해준 사람은 자신인데, 왜 자신에게 화를 내는 것인가?

백무연은 자신의 얼굴이 구연기와 닮았는가를 순간 떠올
려 보았지만 그것은 말도 안 되는 생각이었고, 아마 소녀는
상대방에게 너무 무력하게 당한 자신에게 화가 나서 그것을
애꿎은 사람에게 푸는 모양이었다.

‘음, 그런 것이로군.’

백무연은 내심 고개를 끄덕였다.

‘그렇다면 그것이 잘못된 생각이라는 것을 깨우쳐 주어야
지.’

생각과 함께 백무연은 미소를 지었다.

“왜 웃는 거죠?”

“아니, 이건 그냥 습관입니다.”

“흐음…….”

소녀는 새침한 표정이면서도 날카로운 눈초리로 백무연을
쏘아보았다. 하지만 백무연은 이미 평소의 여유를 되찾고 있
었다.

‘하하하. 아가씨, 당신은 잘 싸웠어요. 그러니 자신에게 화

를 낼 필요가 없습니다. 더불어 그것을 남에게 전가하는 것도 의미없는 일이죠. 그렇지 않나요?"

"질문에 대답을 안 할 건가요?"

다시 높아지는 소녀의 목소리를 듣자 백무연의 긴장감이 약간 돌아왔다. 그는 세 가지 질문을 떠올린 뒤, 망설임 없이 입을 열었다.

"아니, 대답하겠습니다. 첫째, 이곳은 십자맹의 본단입니다. 둘째, 제가 소저를 이곳으로 데리고 왔습니다. 부상 경과가 심해 보였기 때문입니다."

소녀의 목울대에서 꿀꺽 침 넘어가는 소리가 났다. 그 소리를 듣자 백무연도 무의식중에 침을 꿀꺽 삼켰다. 왜인지는 모르지만 갑자기 긴장되는 순간이었다.

"셋째는?"

소녀의 물음이 허공을 가로질러 백무연에게 닿았다.

백무연은 가슴을 펴고 당당하게 대답했다.

"소저의 상처를 치료한 사람도 접니다. 더 실력 있는 사람이 했다면 좋았겠지만 현재 십자맹에도 심한 부상자들이 많기 때문에 소저까지 봐줄 여유가 없었습니다. 그래서 부족하나마 제가 손을 썼습니다."

소녀는 잠시 아무 말이 없었다.

"휴우……."

긴 한숨 소리가 방 안을 무겁게 채웠다. 소녀의 표정은 많이 가라앉아 있었다.

'상처를 치료하기 위해서였다면…… 아냐, 그래도… 어쩔 수 없었던 일인데……. 하지만 이 사람은 나에게 너무나 소중한, 하나밖에 없는 것을 내 허락도 없이 너무나 허무하게 가져 버렸는걸……! 너무해…… 너무해.'

갑자기 소녀의 눈에서 눈물이 왈칵 쏟아져 나왔다.

"소, 소저!"

백무연은 몹시 당황하여 어쩔 줄 몰랐다. 소녀는 젖은 눈시울로 그런 백무연을 올려다보았다.

"역시 보셨죠?"

"네?"

"제 몸을……."

"아, 물론 상처를 치료하려면 당연히……."

"옷도 손수 갈아입히셨겠지요."

"아하하, 옷이 마음에 드실지 모르겠습니다. 좀 커 보여서……."

"그런 말이 아니에욧!"

소녀는 날카롭게 말을 끊었다. 순간 백무연은 어안이 벙벙해졌다.

"예……?"

"보셨잖아요. 제 몸을 보셨잖아요? 상처를 치료하고, 옷을 갈아입히면서, 제 상반신… 을 확실하게 보셨잖아요? 맞아요,

틀려요?"

"아, 네. 맞습니다만."

소녀는 하늘이 무너질 듯한 한숨을 내쉬고는 백무연에게서 몸을 돌려 앉아 멍하니 벽만 바라보았다.

하지만 백무연은 마음속에서 계속 일어나는 의구심을 도무지 지워 버릴 수 없었다.

"저, 소저."

"네."

소녀의 목소리는 이미 생기를 잃어 시든 풀 같았다. 그러나 백무연은 용기를 내어 그녀에게 물었다.

"그런데 그게 무슨 문제라도?"

찰나의 정적.

그 뒤로 일어나는 모든 것을 삼켜 버릴 듯한 죽음의 푸른 안개.

"자, 잠깐만!"

등을 돌린 채 서서히 일어나는 소녀의 모습은 지옥에서 막 풀려나는 야차의 모습, 그것이었다. 그 상태에서 그녀는 천천히 뒤를 돌아다보았다.

눈동자와 흰자가 온통 푸른색으로 번들거리고 있었다.

소녀가 천천히 차가운 입술을 벌렸다.

"뭐. 라. 고. 요……?"

"아니, 그러니까 제가 무슨 잘못이라도……."

"…두말없이 죽어욧!"

소녀는 양손을 높이 치켜들었고, 순간 백무연의 주위를 짙푸른 독무가 휘감으며 그의 몸은 안개 속으로 속절없이 휩싸이고 말았다.

끊임없이 일렁거리는 푸른 안개가 백무연의 온몸을 휘감자 소녀는 그 상태에서 분주하게 양손을 놀렸다.

그녀가 취하는 손의 잔동작들이 독무 속에 휩싸인 사람에게는 무척 크고 복잡한 형상으로 바뀌어서 나타나기 때문이었다.

소녀의 오색독무(五色毒霧)는 홍, 황, 청, 흑, 백의 다섯 가지였지만 이들은 하나같이 독무 안에 상대방을 감싼 다음 그의 혼란스러운 마음 상태를 이용해서 공격을 펼치는 무공이었다.

지금 소녀의 왼손은 위아래로 잔물결을 만들 듯이 끊임없이 움직이고 있었고, 오른손은 그 앞에서 손가락 두 개를 곧게 펴고 아래로 휘젓듯 빙빙 돌리고 있었다.

작은 움직임이었지만 독무의 안에서는 미처 마주 볼 수도 없을 정도로 커다란 파도와 소용돌이가 일어난 것처럼 착각하게 될 것이다.

결국 안에 있는 사람은 자신의 혼란된 마음이 만들어낸 허상(虛像)들에 휩싸여 무공을 소진하다가 축 늘어지게 되는 것이다.

‘흥, 당해도 싸.’

소녀는 손을 계속 움직이면서도 한편으로 자신의 독무 안에 싸여 있는 소년에 대해서 생각했다.

‘도대체 저 인간은 생각이란 게 없는 거야?’

소녀는 생각과 함께 입술을 깨물었다.

자신의 나신을 봤으면 하다못해 미안하다고 수천 번을 말해도 성이 안 찰 일인데, 오히려 아무것도 모른다는 식으로 그게 뭐가 잘못됐냐고 하다니.

‘나쁜 인간.’

소녀는 더욱더 격렬하게 양손을 움직였다.

그때,

“저, 끝나셨나요?”

시간이 정지한 듯, 소녀는 밀랍을 뒤집어쓴 것처럼 순식간에 굳어버렸다.

어리둥절한 표정.

실타래처럼 겹겹으로 둘러쳐진 푸른 안개 사이로 백무연의 얼굴이 나타난 것이다.

상처 하나 없고, 지친 기색도 하나 없는 아주 멀쩡한 모습이었다.

“이, 이게…….”

“안개가 이상하게 움직이던데, 이게 뭔가요?”

“……”

소녀는 어이가 없어서 아무 말도 할 수가 없었다.

'내 혼돈청무(混沌靑霧)가 전혀 통하지 않아.'

당금 무림의 최강자들인 구영문 문주나 칠살주(七煞主)가 온다 해도 자신의 무공에 꽤 애를 먹을 것이라고 내심 자부하던 소녀였다.

왜냐하면 자신의 기술은 독특할 뿐만 아니라 상대방의 단단한 몸이 아닌 짐작할 수 없는 마음을 공격하는 것이기 때문이었다.

그런데 지금 눈앞의 백의소년은 그것에 전혀 영향을 받지 않고 있었다.

"아무 향기도 맡지 못했어요?"

소녀는 자기도 모르게 백의소년에게 묻고 있었다.

"제가 냄새를 잘 못 맡아서요. 어릴 때부터 지전(紙錢)을 태우고 화장(火葬)을 하다 보니까 후각이 마비된 모양입니다."

백의소년은 선선히 대답했다.

"지전을 태우고, 화장……?"

알쏭달쏭한 말에 소녀는 고개를 갸웃거렸다.

백의소년의 모습을 보니 확실히 독무 속의 오향연근산(五香軟筋散)에 중독되지는 않은 것 같았다.

냄새를 잘 맡지 못한다고 해서 독에 면역이 생기는 것은 아니었지만, 후각이 아예 어릴 적부터 마비되었다면 향기로 된 독에는 영향을 받지 않을 수도 있을 것 같았다.

'그래서 안 통했던 건가?'

그때 백무연의 맑은 눈동자가 그녀의 시야에 들어왔다.

'저 눈.'

명경지수(明鏡止水)와 같이 잔잔하고 깊은 눈은 그녀를 지그시 바라보고 있었다.

한 점의 티끌이나 흐릿함도 없는 깨끗한 눈.

소녀는 내심 중얼거렸다.

'저 사람의 맑은 마음 때문이구나.'

자신의 무공은 상대방의 혼란하고 사(邪)한 마음을 이용하여 스스로 그런 마음과 싸우게 하는 것이었다.

하지만 그런 것이 없는 사람에게는 당연히 힘을 발휘할 수가 없는 것이다.

'너무 착한 사람이구나.'

"휴……."

소녀는 무거운 한숨을 쉬었다.

'이렇게 되면 뭐라고 할 수도 없고.'

이미 화는 풀려 있었다. 억울함과 슬픔은 백의소년의 맑은 눈동자를 보자 어찌할 수 없이 입김처럼 스러져 버렸다.

하지만 왠지 기분이 나빴다.

아니, 기분이 안 좋다기보다는 어쩐지 이대로 끝내 버리면 안 될 것 같은 무언가 찝찝한 느낌.

"저… 왜 그러시죠?"

백무연은 자신을 바라보는 소녀의 눈길이 심상치 않아지자 다시 경계의 모습을 보였다. 그때 소녀가 그에게 성큼 다가섰다.

둘은 비슷한 키라서 소녀와 백무연은 편하게 눈과 눈을 마주 보게 되었다. 둘 사이에는 주먹 두 개 정도의 공간만이 남아 있었다.

소녀는 말없이 뚫어져라 백무연을 쳐다보았고 백무연은 아름다운 소녀의 시선을 직면하자 역시 눈을 뗄 수가 없었다.

"소저……?"

그때 소녀는 백무연의 오른손을 천천히 붙잡으려 했다.

"어엇?"

백무연은 놀란 나머지 뒤로 물러서려고 했지만 어쩐지 양볼이 화끈거리고 몸이 뜨거워져서 제대로 움직일 수가 없었다. 결국 속절없이 오른손이 잡혀 버렸다.

그런데,

"에?"

그의 손에 닿는 차갑고 물컹한 느낌은 무엇이란 말인가?

백무연은 놀라서 자신의 손을 바라보았다.

이미 자신의 엄지손가락은 작고 흰 옥함(玉函) 안에 들어가 있었다.

소녀는 다시 그의 손가락을 빼냈고 엄지손가락은 피가 난 듯 온통 빨갛게 물들어 있었다.

"아앗!"

백무연은 경기를 일으켰지만 소녀는 무서운 힘과 재빠른 동작으로 그의 손가락을 백지에 꾹 눌렀다.

"이, 이게 도대체?"

백무연은 놀라서 몇 걸음 물러선 뒤 자신의 손가락을 바라보았다. 피를 칠한 것처럼 붉게 물들어 있는 손가락이었지만 아픔이나 어지러움 같은 것은 전혀 느껴지지 않았다.

'도대체 무슨 행동이지?'

그는 떨떠름한 표정으로 소녀를 바라보았다. 소녀는 어느새 간소한 지필묵을 꺼내 들고 탁자에 앉아 아까의 백지에 무엇인가를 열심히 적어 넣고 있었다.

"소저."

그가 불렀지만 소녀는 백지에 열중해서 그를 돌아보지도 않았다.

"잠깐만요."

"저, 소저. 지금 대체 무엇을……."

"아, 가만 있으라고요!"

백무연은 그녀의 커다란 목소리에 또 한 차례 놀라 찔끔 입을 다물어 버렸다.

하지만 무엇인가를 열성적으로 계속해서 써넣고 있는 소녀를 바라보며 마음속에 왠지 모를 불안감이 계속 증폭되는 것을 막을 수는 없었다.

“저…….”

“다 됐다! 완성!”

소녀는 갑자기 벌떡 일어나며 몸을 돌렸다. 그녀가 든 종이에는 어느새 빽빽한 글씨와 함께 하단에 선명한 붉은색 지장(指章)이 새겨져 있었다.

어리둥절해 하는 백무연에게 소녀는 즐거운 목소리로 말을 걸었다.

“계약서예요. 지장 찍었으니까 다른 말하기 없기예요?”

“예, 예에?”

“호호호…….”

행복한 소녀의 웃음소리가 작은 방 안을 가득 채웠다.

＊　　　＊　　　＊

유난히도 햇볕이 쨍쨍한 날이었다.

지나가는 사람들은 늦가을의 때 아닌 더위에 신경질을 내며 느릿하게 걸었다.

성질 급한 사람은 손으로 바람을 부치며 지나갔고 여인들도 옷자락을 느슨하게 풀었다.

젊은이, 노인 할 것 없이 이맛살을 찌푸리고 쉴 새 없이 목과 뺨으로 흐르는 땀을 닦아냈다. 그야말로 지독하게 더운 날씨였다.

그런데 그러한 군상(群像)과 조금 떨어진 담벼락 밑에 한 사내가 가만히 서 있었다.

놀랍게도 그 사내는 자신의 커다란 체구에 어울리는 큼지막한 삿갓에 두툼한 짚으로 된 비옷을 입고 있었다.

햇빛을 가리려고 삿갓을 썼다 생각하면 어느 정도 이해가 될 법 했지만, 이 찌는 듯한 날씨에 두툼한 비옷은 너무나도 어울리지 않는 모습이었다.

때문에 사람들은 뙤약볕이 반사되고 있는 흰 담벼락 앞에 가만히 선 삿갓 쓴 사내를 무의식중에 힐끗힐끗 쳐다보았다.

그중 한 사람과 사내의 눈이 우연히 마주쳤다. 그러자 사내는 큰 입술을 좌우로 일그러뜨리며 씨익 웃었다.

흑단처럼 새까만 이빨이 벌린 입 안 곳곳에 맹수처럼 드러났다.

더불어 깊은 삿갓 안쪽에서 빛나는 두 눈은 찌를 듯이 상대를 바라보았다.

그러자 그와 눈이 마주쳤던 남자는 순간 다리를 휘청거리더니 걸음을 빨리하여 그 자리를 벗어났다.

하지만 삿갓을 쓴 사내는 아무 일도 없었다는 듯 여전히 우두커니 서 있을 뿐이다.

거리엔 여전히 볕이 뜨거웠고, 하늘엔 구름 한 점 없었다.

*　　　*　　　*

유임방은 십자맹의 정문으로 들어오며 놀란 가슴을 겨우 진정시켰다.

'도대체 누구지?'

아직도 심장이 쿵쾅거리며 요동치는 것 같아서 유임방은 굵은 기둥을 가만히 붙잡고 있었다.

십자맹의 동료 무사 몇이 그를 이상한 눈빛으로 바라보며 지나갔지만 유임방은 그것을 전혀 의식하지 못했다.

'그 눈빛.'

삿갓 사이로 비치던 피를 갈구하는 야수 같은 눈빛은 그 같은 무림인조차 한 번도 본 적이 없는 종류의 것이었다.

그와 눈이 마주친 순간 너무나도 떨려서 그 자리에 주저앉을 뻔했지만 간신히 몸을 가누고 십자맹으로 돌아올 수 있었다.

'저런 인간이 있다니.'

삿갓 아래로 언뜻언뜻 비치는 얼굴 윤곽은 평범한 생김새인 것 같았지만 그 위에서 번쩍이는 두 개의 광화(狂火) 같은 눈동자는 그 인물이 무척이나 위험하다는 것을 여실히 말해 주고 있었다.

그리고 그것은 더할 나위 없는 사파의 기운이었다.

치밀하고 온전하게 쌓은 내공이 아닌 특이하고 잘못된 방법으로 성급히 획득한 무공이었다.

‘도대체 누굴까?

사파의 여러 유명한 인물들을 생각해 보았지만 딱히 맞는 얼굴이 떠오르지 않았다.

‘잠깐, 그러고 보니⋯⋯.’

순간 유임방의 머릿속에 위험신호가 울렸다.

저 정도의 대단한 사기(邪氣)를 지닌 인물이 매일 나가는 거리 순찰에서 발견되었다는 것은 이 근처의 유일한 정파인 십자맹에 위협이 될 수 있다는 말과 조금도 다르지 않았다.

‘큰일 났다! 어서 부맹주께 알려야⋯⋯.’

유임방은 즉시 후원 뒤에 있는 내실로 뛰기 시작했다.

그런데,

“어이쿠!”

“아, 괜찮으십니까?”

모퉁이에서 갑자기 만난 누군가와 호되게 부딪쳐 쓰러져 버렸다. 상대편도 자신과 마찬가지로 바닥에 엉덩방아를 찧은 모습이었다.

유임방은 멍해지려는 정신을 차리고 앞에 있는 사람을 쳐다보았다.

“아, 아니?”

자신과 부딪쳐 쓰러진 사람은 바로 장의문주인 백의소년 백무연이 아닌가?

그는 넘어졌지만 전혀 당황하지 않고 일어나 몸을 추스르고는 유임방에게 손을 내밀었다. 유임방은 얼떨결에 내민 손을 붙잡고 일어났다.

백무연은 그런 그에게 멋쩍은 듯 말없이 웃어보였다.

그런데 유임방은 순간 이상한 느낌이 들었다.

'이 정도의 실력을 지닌 사람이 나 정도와 부딪쳐서 쓰러지다니?'

이미 백무연의 무공은 닷새 전의 출정에서 만난 뒤로 충분히 견식한 터라 그의 내공이나 반응 또한 어느 정도는 짐작할 수 있었다.

비록 나이는 어렸지만 그의 무공은 이미 일파의 문주로서 부족함이 없는 수준으로 보였고, 아니 사실은 그보다도 더 대단해 보였다.

십자맹의 평범한 무사인 자신 정도가 부딪쳤다고 해서 쓰러질 사람은 도저히 아니었다.

'이상한데……?'

"왜 그러십니까?"

백무연은 유임방의 찌푸린 얼굴을 보고 그의 생각을 읽었는지 질문을 던져 왔다.

그러자 유임방은 말을 꺼냈다.

"아니, 어쩌다가 쓰러지신 겁니까?"

"네에?"

"백 문주(門主)의 무공이라면 저와 부딪쳐서 쓰러질 정도라고는 도무지 생각되지 않습니다만……."

"아, 사실은 제가 공력을 소모한 일이 있습니다. 회복하는 데에 대략 한 달 이상은 걸릴 것 같습니다."

"아……."

그제야 유임방은 이해가 되었다.

백무연이 부상을 입은 홍의소녀를 십자맹에 데려와 간호해 준 일은 그도 잘 알고 있었다.

십자맹의 무사들만 해도 부상자가 무척 많았기 때문에 그녀까지 돌봐줄 의원이 없었고, 때문에 백무연이 직접 상처를 치료해 준 것 같았다.

그러면서 내상을 가라앉힌 모양인데, 도대체 얼마나 심한 내상이었길래 눈앞의 백의소년의 내력이 이토록 소모되었는지 유임방은 놀라울 따름이었다.

"그렇게 심한 내상이었습니까?"

"그게……."

그때,

갑자기 벼락처럼 온몸을 엄습하는 살기에 유임방은 굳어서 몸을 움직일 수 없었다.

오 장(丈)도 채 안 되는 거리.

백무연과 마찬가지로 눈부시게 하얀 옷을 입은 소녀가 어느새 나타나 그들을 쏘아보고 있었다.

"다, 당신은?"

유임방은 그녀를 분명 알고 있었다.

샛별같이 빛나는 두 눈과 발그레한 홍조를 띤 두 볼. 헐렁한 옷 안에 감추어져 있지만 언뜻언뜻 드러나 보이는 가녀린 몸매.

굳게 꼭 다문 새침한 입술. 쌍도채의 구연기에게 무서운 신위를 보여주고 갑자기 부상을 당해 쓰러졌던 예의 홍의소녀, 바로 그녀였다.

그녀의 모습은 며칠 정양하는 동안 더욱 아름다워진 듯했다. 흰옷을 입어서인지 볼과 입술은 더욱 붉게 보였고, 치렁치렁하던 긴 머리는 곱게 땋아 뒤로 묶어놓은 상태였다.

아직 내상이 다 낫지 않았는지 얼굴에 수척한 기운이 남아 있었으나, 그 모습은 오히려 보는 이의 동정심을 불러일으키는 연약한 서시(西施) 같았다.

하지만 그녀의 표정은 더할 나위 없이 싸늘했다. 그리고 그 눈빛에서 상대를 가만두지 않겠다는 단호한 의지가 묻어나고 있었다.

그 때문에 유임방은 그녀의 연약한 아름다움을 전혀 실감할 수가 없었다.

"반(潘) 소저?"

"휴……. 백 공자. 계약서의 내용을 잊었나요?"

'계, 계약서?'

유임방은 갑자기 튀어나온 엉뚱한 단어에 놀라 백무연을

쳐다보았다. 그러자 백무연은 선선히 고개를 끄덕이는 것이 아닌가?

"물론 잊지 않았습니다. 안 그래도 계약서에 대한 것을 유무사께 말씀드리려던 참입니다."

"무, 무슨 말이에요! 계약서에, 계약서의 내용을 다른 사람들에게 발설하면 안 된다는 조항도 써져 있잖아요."

"아… 그랬지요."

백무연은 그 말에 소녀를 향해 미소를 지었다. 소녀는 그의 바보 같은 미소를 보자 어이가 없다는 듯 혀를 찼다.

"설마, 까먹고 있었던 거예요?"

"아니, 잠시 잊고 있었을 뿐입니다."

"그게 그거잖아요!"

소녀와 백무연은 주거니 받거니 대화를 이어나갔고 그런 모습이 유임방에게는 더없이 신기하게만 보였다.

어느새 그에게로 향하던 살기는 씻은 듯이 사라져 있었다.

'휴, 다행이군…….'

소녀가 홍색과 청색의 독무를 뿌리며 녹림의 고수들을 빈사상태로 만들어놓던 광경이 눈앞에 선했다.

유임방은 소녀의 독무가 방금 자신에게 향할 수도 있었다는 상상을 하자 몸이 흠칫 떨렸다.

게거품을 물며 쓰러지던 사람, 눈이 뒤집혀서 동료들도 내팽개치고 달아나던 사람…….

눈앞의 소녀는 도저히 적으로 만들기 싫은 사람이었다. 예쁜 얼굴 뒤에 감춰진 무시무시한 실력은 정말로 가공할 만한 것이었다.

또한 아무에게나 거리낌 없이 살기를 날리는 저 살벌한 성격은 어떤가.

하지만 그런 소녀와 말다툼을 벌이는 것 같으면서도 즐거운 대화를 나누고 있는 백무연이 거기에 있었다.

'참으로 신기한 사람이야, 백 문주는.'

백무연은 저 다루기 힘들고 까다로워 보이는 소녀와 참으로 자연스럽게 대화를 나누고 있었다. 소녀도 겉으로는 열을 내고 있었지만 백무연과 이야기하는 것을 내심 즐거워하고 있는 것 같았다.

"하여튼 어서 물 좀 떠 와주세요. 몸 안의 독기를 씻어내야 하니까요."

"네, 알겠습니다."

백무연은 물통을 집어 들고 후원의 우물 쪽으로 달려갔고 유임방은 소녀와 단 둘이 남아 있기가 부담스러워서 정문 쪽으로 다시 나왔다.

'계약서……?'

유임방은 계약서라는 것이 뭔지 궁금했지만 알아낼 방법은 없었다.

'둘만의 암호 같은 것인가?'

평범한 선남선녀가 비밀스러운 밀어를 주고받는 것은 흔히 있을 수 있는 일이었다.

다만 후원에 자리 잡고 있는 두 남녀는 평범과는 무척 거리가 먼 사람들이었기에 유임방은 약간 혼란스러웠다.

'뭐, 둘은 친해 보이니까, 무슨 일이든 좋겠지.'

유임방은 나름대로 아주 편하게 결론을 내리고는 정문 쪽으로 걸어갔다. 오후의 거리 순찰을 다시 시작하기 위해서였다.

여유롭게 앞마당을 지나 정문에 다가서는 순간,

'잠깐, 그런데 내가 여기에 왜 있는 거지?

평소 같으면 마을 중심가를 대략 세 번째 정도로 지날 시간이었다.

하지만 자신은 두 번을 돌고나서 이렇게 본단에 돌아와 있다.

'무슨 볼일 같은 것도 없었는데?

아니, 뭔가 중요한 일이 있던 것 같았지만 도무지 생각이 나질 않았다. 유임방은 생각이 나지 않는 것을 생각하느라 머리를 싸맸다.

'아니, 뭐지 도대체? 거리 순찰을 빼먹고 올 정도라면 분명 보통 일은 아닌데.'

유임방은 깊은 생각에 잠겼다. 그때,

툭.

차가운 느낌이 정수리에 꽂혔다.

그는 무의식중에 위를 올려다보았다.

거뭇거뭇한 구름들이 어느새 몰려들어 큰 떼를 이루고 있었다.

투둑. 후두둑.

비가 한두 방울씩 쏟아졌다.

'비?'

유임방은 고개를 갸우뚱했다.

'비라⋯⋯.'

그리고 그의 동공이 순식간에 확대되었다.

'그, 삿갓에 우비를 입은 남자!'

그는 몸을 돌려 후원으로 다시 부리나케 달려갔다.

뚝. 뚝.

비가 삿갓 아래로 흘러내리고 있었다.

빗줄기는 점점 굵어져 시야를 온통 가릴 지경이었다.

거리를 메웠던 사람들은 갑자기 쏟아지는 비에 머리를 감싸 쥐고 이리저리 피해 버린 지 오래였다.

삿갓을 쓴 사내는 눈을 들어 먼 곳을 쳐다보았다.

그의 시선의 끝에 커다란 담벼락을 나는 듯이 뛰어넘는 수많은 검은 그림자들이 걸렸다.

그것을 보자 그는 입을 크게 벌리고 함박웃음을 지었다.

이빨 하나가 검은 눈썹처럼 반짝거렸다.

*　　　*　　　*

"아함……."

소녀, 반규린은 둥그렇고 자그마한 욕조 안에서 나른한 기지개를 폈다. 자욱한 수증기가 그녀의 앞에 어지러운 그림을 그리다 사라졌다.

그녀는 젖은 몸을 살짝 움직였다. 따뜻한 물이 나무욕조 안에서 파문을 일으키며 이리저리 흔들렸다.

"졸려라."

몸'안에 쌓인 독기를 씻어내는 일은 지루하고 힘든 작업이었다.

먼저 깨끗한 물을 준비하고, 알몸으로 욕조에 들어간 다음 꼬박 반 시진 동안 운기행공을 거듭하여 얼음처럼 차갑던 물이 화톳불처럼 뜨거워질 때까지 열독(熱毒)을 씻어내야 하는 것이었다.

반규린은 이 일을 벌써 오 일째 아침, 점심, 저녁으로 계속하고 있었다.

"휴, 지겨워."

그녀의 목소리가 작은 간이욕탕 안에서 조용하게 울렸다. 물 위로 아무렇게나 흐트러진 긴 머리를 출렁거리며 그녀는 잠시 생각에 잠겼다.

‘도대체 왜 구연기는 십자맹의 무사들을 납치하려고 했을까?’

지난 며칠 동안 그녀의 머릿속에는 이 질문에 대한 답이 수백 가지나 나타났다 사라졌다. 하지만 마음에 드는 것은 하나도 없었다.

‘도대체 무슨 생각을 하는 거야, 녹림(綠林)은?’

양쪽 모두 눈이 뒤집어진 죽음의 정사대전(正邪大戰)에서 흑도, 백도 아닌 절대중립을 지키기로 굳건히 약조했던 중도무림(中道武林)이, 이렇게 갑작스럽게 양쪽 모두에게 암수를 뻗는 이유는 무엇인지 반규린은 도무지 해답을 찾아낼 수가 없었다.

‘게다가 나한테 소총포(小銃砲)까지 쏘다니.’

그녀는 왼손에 쥐며 주물럭거리던 동그랗고 약간 길쭉한 물체를 눈앞에 들어 올렸다. 그것은 바로 부상당했던 자신의 몸 안에서 나온 총알이었다.

옆면에는 복잡하고 장식적인 고서체(古書體)로 ‘향(香)’이란 글자가 적혀 있었다.

‘향… 무슨 뜻일까?’

그녀는 그것을 이리저리 돌려보며 특별한 점을 찾았지만 처음 보고 두 번째, 수십 번째로 살펴볼 때와 마찬가지로 그 물건에 대한 단서는 알아낼 수 없었다.

다만 총알 뒤쪽에 서역어(西域語)의 한 종류로 보이는 글씨로 자그맣게 무언가가 새겨져 있다는 것이 그녀가 찾아낸 두 번째이자 마지막 정보였다.

'일단 이것에 대해 조사를 해봐야겠어.'

그녀는 생각과 함께 총알을 자그마한 손 안에 꾹 쥐었다.

그때,

"흠, 반 소저. 시간이 다 됐습니다."

"네, 알고 있어요."

반규린은 언제나처럼 정확한 백무연의 알림에 약간 감탄하며 대답했다. 그는 언제나 약속된 반 시진이 완전히 끝났을 때 그녀에게 말을 건넸다.

그녀가 그 말을 듣고 몸을 닦은 후 옷을 입고 뿌연 수증기를 헤치며 간이욕탕의 문을 밀고 나오면, 백무연은 기다렸다는 듯 마른 수건과 정양환(靜養丸) 한 알을 들고 가만히 서 있는 것이었다.

그리고 이것은 모두 계약서의 내용대로였다.

'참 편하단 말야?'

반규린은 자기도 모르게 입꼬리를 말아 올리며 행복한 웃음을 지었다.

백무연은 그녀를 위해 물도 떠왔고, 식사도 준비해 주었으며, 그 밖의 여러 가지 다양한 봉사를 충실하게 이행해 주었다.

똑똑하지만 약간 덤벙대는 구석이 있는 그녀에게, 이렇게 거의 모든 것을 알아서 챙겨주다시피 하는 백무연은 어느덧 너무나도 고맙고 또 필요한 존재가 되어버렸다.

반규린이 윽박지르듯이 내민 계약서 한 장에 백무연은 순순히 고개를 끄덕였던 것이다.

그 뒤로 반규린이 뭐라 하든 백무연은 늘 환하게 웃으며 시키는 일을 열심히 했다.

가끔 무리한 요구를 해도 그는 약간 당황스러운 표정을 지으며 머뭇거릴 뿐 결코 화를 내거나 짜증을 부리는 일이 없었다.

하긴, 백무연에게서 그런 모습은 상상할 수도 없었다.

자신이 본 백무연은 그런 부정적인 감정을 남에게 표출하는 사람이 전혀 아니었으니까.

"으음."

나른한 신음과 함께 반규린은 나무욕조에서 천천히 일어섰다. 옥체(玉體)를 따라 방울지는 물이 아름다운 곡선을 지나 바닥에 젖어 스며들었다.

반규린은 긴 머리를 아름답게 뒤로 풀어헤친 채 잠시 가만히 서 있었다.

'정말 속을 모르겠단 말야.'

그녀는 희미한 거울 앞에서 잠시 입술을 삐죽거렸다.

　　　　　　＊　　　　＊　　　　＊

　백무연은 이미 마른 수건과 정양환 한 알을 들고 문 앞에 서 있었다.

　잠시 후면 옷을 다 입은 반규린이 나와서 젖은 머리를 수건에 비비고 정양환을 입속에 털어 넣을 것이다.

　백무연은 바위처럼 조용했다. 풀벌레 소리가 귓가를 간지럽히며 초저녁을 알리고 있었다.

　'오늘은 좀 늦는구나.'

　반규린은 아직 나오지 않고 있었다.

　"다 되셨습니까?"

　"조금만 기다리세요."

　문 너머로 들리는 목소리에는 재촉에 대한 약간의 짜증이 묻어 있었지만 백무연은 전혀 느끼지 못했다.

　그는 고개를 들어 하늘을 바라보았다.

　낮까지만 해도 볕이 쨍쨍했지만, 어디선가 모여든 먹구름들이 하늘을 온통 어둑어둑하게 바꿔놓고 있었다.

　물방울 떨어지는 소리가 들리더니 빗방울이 하나씩 돋기 시작했다.

　막 뜨거운 물에 몸을 담그고 있던 반규린이 늦가을의 찬비를 맞으면 감기에 걸릴 수 있었다. 백무연이 늦어지는 반규린에게 물어본 것은 바로 그 때문이었다.

물론 그는 비가 올 것을 알고 미리 우산을 준비하기는 했다. 어둑어둑한 빗속에 하얀색의 우산이 밝은 섬처럼 펴졌다.

우산 위로 빗물이 떨어져 내리는 소리가 촘촘히 들려왔다.

'소나기도 아니고… 많이 오겠군.'

비는 밤새 내릴 것 같았다.

그때 백무연은 눈살을 살짝 찌푸렸다.

'잘못 들은 건가?'

그는 조심스럽게 미세한 소리가 들려온 쪽을 살펴보았다. 이미 저녁처럼 어두워진 회색의 담장 근처에는 아무것도 보이지 않았지만 백무연은 그쪽을 뚫어지게 노려보았다.

툭. 툭.

빗소리에 섞여서 잘 분간할 수 없었지만 그것은 분명,

툭. 툭. 툭. 툭. 툭. 툭.

사람의 발이 젖은 땅과 부딪치며 내는 소리였다.

그것과 함께 짙은 살기가 사방에서 느껴지고 있었다. 어느새 살기는 넓은 십자맹을 온통 둘러싸고 있었다.

'스물…? 백? 아니 이 백도 넘는다.'

백무연의 눈빛이 차가워졌다. 비는 끊임없이 내려서 앞이 안 보일 지경이었지만 적들의 살기는 이제 확연히 느껴져서 눈을 감아도 알 수 있을 정도였다.

'그러고 보니… 암습을 하기에 딱 좋은 날씨군.'

빗줄기는 습격자의 모습을 감춰주고 피 냄새와 혈흔마저 깨끗이 지워 버린다.

또한 비가 오는 중에 습격을 당한 쪽은 시야를 가로막는 빗줄기와 목소리를 묻어버리는 빗소리로 인해 평소보다 대처가 늦어질 수밖에 없다.

매장(埋葬)의 지세(地勢)를 살필 줄 아는 백무연에게 바로 이 순간의 십자맹은 거대한 무덤처럼 보였다.

특히나 이 후원은 동떨어져 있어서 누구의 도움도 받지 못한다. 그리고 백무연 자신과 반규린의 무공은 한참이나 약해진 상태다.

'달아나기도 이미 늦었군.'

이미 그들은 줄지어 담장을 넘어서고 있었다. 백무연은 몸이 차갑게 식는 것을 느꼈다.

백무연은 초조한 눈빛으로 반규린이 들어가 있는 욕탕 문을 바라보았다.

"반 소저."

"아 진짜! 나간다구요! 그것도 못 기다려요?"

"암습입니다."

백무연의 냉정한 어조에 반규린은 순간 뭐라고 말하려던 입을 흠칫 다물었다.

“뭐라… 고요?”

그녀는 문을 살짝 열었다.

흑색의 무복과 복면을 뒤집어 쓴 칠살(七煞)의 조직원들이 벌어진 문틈에 꽉 들어차 있었다.

그들은 빗속에서 차가운 숨을 내뱉으며 뽀얀 피부를 타는 듯한 홍의로 가린 반규린을 뚫어져라 바라보고 있었다.

반규린이 상황을 판단하는 데는 오랜 시간이 걸리지 않았다. 가을비는 차가웠고, 젖은 후원에 늘어선 흑의인들의 눈빛과 숨결은 싸늘했다.

“칠살?”

그녀는 기억을 더듬었다. 칠살에는 수십 개의 하부조직이 있었다. 그들 중 어디어디가 나타난 것일까?

만약 상위 다섯 개 안에 드는 조직이 하나라도 끼어 있다면 낭패라고 반규린은 생각했다. 빽빽하게 늘어선 흑의인들은 침묵을 지키며 이쪽의 틈만 살피고 있었다.

이들의 무공 수준은 높진 않았지만 결코 낮다고도 할 수 없었다. 더구나 현재 심한 부상을 치료 중인 반규린과 함께 내력을 소모해 정양 중에 있는 백무연에게는 결코 호락호락한 상대가 아니었다.

‘도망가야 하나?’

하지만 흑의인들이 자신들에게 온 신경을 집중하고 있는 상태에서 어디로 도망갈 수 있단 것인가?

그때,

"도망가십시오."

"네에?"

얼떨결에 우산을 받아든 반규린이 뭐라 말을 마치기도 전에 백무연은 적들의 한가운데로 뛰어들고 있었다.

무수한 검은 점들 가운데 하얀 빛줄기가 사선과 곡선을 그렸다.

백무연은 어느새 눈부시게 흰 염포(殮布)를 꺼내 들고 휘둘러댔다. 빗물을 잔뜩 먹은 염포는 밧줄처럼 단단하게 꼬여서 무시무시한 소리를 내며 바람을 갈랐다.

흑의인들은 곤(棍)처럼 사정거리가 길고 정확하면서도 검(劍)처럼 빠르고, 도(刀)처럼 파괴적이면서도 철퇴(鐵槌)처럼 방향을 가늠할 수 없는 공격에 감히 맞서지 못하고 이리저리 피할 수밖에 없었다.

"에잇!"

그들 중 몇이 염포에 달려들어 보았지만 그 힘과 빠르기를 감당하지 못하고 속절없이 병기가 튕겨져 나갔다.

백무연은 쉴 새 없이 염포를 휘두르며 흑의인들을 몰아붙였다. 흑의인들의 표정이 점점 다급해졌다. 이대로 가면 끝쪽의 담벼락까지 손도 못 쓰고 밀릴 판이었다.

"이야아!"

마침내 죽음을 각오한 자 하나가 염포의 궤적 한가운데로 뛰어들었다. 염포는 정확하게 그의 목줄기를 향하고 있었다.

검처럼 날이 선 끝이 경동맥을 순식간에 베어버릴 것이었다.

그때, 백무연의 눈빛이 변했다.

‘내가 이자를 죽여도 되는 것인가?’

순간 손에 힘이 풀리며 염포가 이상한 각도로 뒤틀어졌고, 상대의 목줄기를 미끄러지듯 비껴 나갔다.

죽을 뻔했던 자는 등골에 식은땀이 쫙 내려가는 것을 느끼며 그 자리에 털썩 주저앉았다.

“우욱!”

동시에 백무연도 쓰러졌다.

어느새 그의 입가에 가느다란 피가 흐르고 있었다.

부족한 내력을 사람을 살리려고 무리하게 운용한 결과였다.

젖은 땅에 꿇은 한쪽 무릎.

눈앞이 점점 흐릿해졌다. 빗줄기는 굵어졌고 흑의인들은 빗물에 녹아든 듯 번져 보였다.

백무연은 희미해지는 정신을 다잡으려 했지만 몸과 마음은 물먹은 솜처럼 하나 같이 말을 제대로 듣지 않았다.

하지만 그의 관심은 자신의 안위에 있지 않았다.

‘도망갔나?’

잠깐의 시간이었지만 그 정도면 충분했을 거라고 백무연

은 생각했다. 자신이 주의를 끄는 동안 반규린은 무사히 도망 갔을 것이다.

백무연은 힘겹게 뒤를 돌아보았고, 역시 그곳에는 텅 빈 문만이 보였다.

'다행이군.'

그는 생각과 함께 고개를 푹 숙였다. 흑의인들이 한 걸음씩 다가오고 있는 것이 느껴졌다.

그때,

"일어나요!"

오른쪽 귀 바로 옆에서 들리는 째지는 목소리에 백무연은 정신을 번쩍 되찾았다.

놀라서 바라보는 그의 시선에 우산 없이 차가운 비를 맞고 있는 반규린의 화난 얼굴이 자리하고 있었다.

"이런 피래미들을 놔두고 내가 도망갈 것 같아요?"

그 말에 장내의 살기는 확연히 짙어졌다. 흑의인들의 눈동자에서는 하나같이 광화가 뿜어져 나오는 듯했다.

"도대체 왜 그렇게 사람이 경솔한 거예요?"

그러다 죽으면 어쩌려고, 라는 말을 반규린은 마음속으로 삼켰다.

자신의 목숨을 구해준 이가 자신 때문에 위험 속으로 빠져드는 것은 도저히 두고 볼 수 없는 일이었다.

그것은 일단 그녀의 자존심이 허락하지 않았다.

하지만 백무연은 안타까운 어조로 말했다.

"제가 시간을 벌 때 기회를 살릴 것이지 왜 여기에……."

반규린은 말없이 정양환을 들어 그의 입속에 집어넣었다. 꿀꺽 하는 소리와 함께 백무연의 목구멍으로 동그란 정양환이 넘어갔다.

순간 온몸이 편안해지며 미친 듯이 솟구치던 내력이 진정되는 기분이 들었다.

"움직일 수 있어요?"

"네, 괜찮습니다만……."

백무연은 고개를 끄덕였다. 정양환의 약효는 정말 뛰어났다. 반규린은 백무연의 코앞에 검지를 들이댔다.

"비싼 거예요."

"예?"

순간 할 말을 잊은 백무연을 뒤로 한 채 반규린은 흑의인들을 바라보았다. 그들은 다시 전열을 정비하고 어두운 빗속에 서 있었다.

"싸울 수 있겠어요?"

"예, 이제 괜찮습니다."

"좋아요."

하며 반규린은 백무연의 앞을 막아섰다.

"후후, 피래미라."

답답한 복면 뒤의 낮고 음침한 목소리가 작고 가녀린 그녀를 비웃었다.

"너 같은 애송이 계집애가 감히 우리를 무시했겠다?"

그러자 반규린의 얼굴에 싸늘한 미소가 피어났다.

"후훗."

얼음장처럼 차가운 그녀의 미소에 장내에 내리는 비가 온통 송곳처럼 얼어붙는 듯했다. 반규린은 두 손을 높이 펼쳐들었다.

"암명흑무(暗冥黑舞)!"

순간 흑색 안개가 반규린의 뻗은 두 손바닥에서 온 사방으로 퍼져 나가는 것 같았다.

그러자 주변을 둘러싸고 있던 흑의인들의 눈빛이 일시에 초점을 잃었다. 그리고 그들은 허우적대기 시작했다.

"뭐, 뭐야?"

"어떻게 된 거야?"

"아무것도 안 보여!"

반규린은 급히 백무연을 돌아보았다.

"아까처럼 휘둘러요. 시간이 없으니까!"

"네?"

"어서요!"

겨우 말뜻을 알아들은 백무연은 염포를 다시 손에 쥐었다. 염포는 무수한 곡선과 사선을 그리며 무방비의 흑의인들을 덮쳐 갔다.

그때 간신히 눈앞의 암흑에서 벗어난 흑의인들이 정신을 차리고 주변을 둘러보았지만 보이는 것이라고는 온통 새하얀 곤봉 같은 염포의 궤적뿐이었다.

"으윽!"

"아악!"

"욱!"

그들은 순식간에 수십 대를 얻어맞고 바닥에 나뒹굴었다. 백무연은 치명상을 입은 자가 없음을 확인하고 염포를 거둬들였다.

반규린은 한숨을 내쉬었다. 부상 때문에 오색독무의 지속 시간이 짧아졌기 때문에 이류 급의 실력을 지닌 흑의인들을 상대로도 승부를 장담할 수 없는 상황이었다. 하지만 다행히 백무연이 휘두른 염포 덕분에 위기에서 벗어난 것이다.

비에 젖은 머리칼이 어깨 위에서 꼬이고 있었다.

"참 잘했어요."

반규린은 백무연에게 말을 걸었다. 그녀를 돌아본 백무연은 안심하며 밝게 웃었다.

"다행입니다."

"훗, 훗, 훗, 훗!"

"으ㅎㅎㅎㅎㅎ!"

갑자기 담벼락 뒤에서 들려온 두 갈래의 웃음소리에 반규린과 백무연의 표정은 순식간에 굳어졌다.

목소리에 실린 내력은 보통 고수가 아니었다.

"잔재주는 있는 놈들이로구나!"

"으흐흐흐흐흐!"

두 개의 인영이 번개같이 담을 넘어 젖은 바닥에 내려섰다.

웃음소리와 함께 나타난 두 사람 중 한 명은 수수깡처럼 깡마른 자였고, 또 한 명은 흑의를 입었지만 유난히 뚱뚱하고 키가 작은 자였다.

그들은 바닥에 쓰러진 흑의인들과 마찬가지로 눈, 코, 입만 뚫린 복면을 쓰고 있었지만 그들의 서 있는 자세나 사방을 둘러보는 모습은 지금까지 상대했던 자들과 큰 차이가 있었다.

"으흐흐흐흐흐!"

뚱뚱한 자가 큰 입술을 찢으며 울부짖 듯 웃었다. 반규린은 순간 그자의 웃음에 내력이 진탕되는 것을 느끼고 간신히 숨을 고르며 심신을 진정시켰다.

"혹시나 해서 와봤더니……. 역시나로군."

깡마른 흑의인이 바닥에 쓰러진 자들을 살피며 신경질적으로 중얼거렸다. 쓰러진 자들은 신음 소리도 내지도 못할 정도로 완전히 기절해 있었다.

흑의인의 날카로운 눈이 백무연을 쏘아보았다. 여자처럼 고운 모습이면서도 몸에서 뿜어져 나오는 단아한 기도는 보통내기가 아님을 짐작하게 해주었다.

"예전에 칠살의 일을 방해한 게 너로군? 흑오(黑烏)가 제대로 임무를 수행하지 못하게 했다고. 흥."

그리고 그는 반규린 쪽을 돌아보았다. 순간 그의 눈이 살짝 커졌다.

하염없이 내리는 비를 맞은 그녀의 얇은 홍의는 아름다운 몸매에 안기듯 착 달라붙어 있었다. 그 아래로 성숙하면서도 미성숙한 여인의 굴곡이 그대로 드러났다.

게다가 빗물에 젖어 아무렇게나 흩어진 앞머리는 갸름한 뺨 위에 아름다운 선을 그려냈고, 물기를 가득 머금고 금세 뿌옇게 뿜어낼 듯한 도톰한 붉은 입술.

이마 위로 흐르는 빗방울을 씻어내는 우아한 손길에 흑의인은 저도 모르게 숨이 멈췄다.

뚱뚱한 흑의인도 어느새 반규린의 뇌쇄적인 모습에 넋을 잃고 있었다. 손을 뻗으면 단숨에 잡힐 듯, 가녀린 소녀의 몸은 본의 아니게 그들을 유혹하고 있었다.

"뭐야?"

반규린은 그들이 말을 않고 자신을 쳐다보자 이상한 느낌이 들었다.

'내 몸에 뭐가 묻었나?'

그리고 그녀는 자신의 옷이 비에 젖어 몸매를 그대로 드러내고 있는 것을 발견했다. 순간 그녀의 머릿속이 새하얘졌다.

깡마른 흑의인이 두 눈을 빛내며 말했다.

"간만에 보는 귀여운 계집이로고. 노부가 오랜만에 색계(色戒)를 깨고 몸소 거두어주어야겠는걸."

그러자 뚱뚱한 흑의인도 입을 열어 힘겹게 말했다. 말 중간에 자주 쉬는 편이라서 자연히 말이 느려질 수밖에 없었다.

"말라깽이 네 녀석이, 힘을, 써봐야 얼마나 쓴다고, 그러느냐. 그나마, 한 살이라도 젊은 내게, 맡기고 너는, 나중에 찌꺼기나 치우거라."

"웃기지 마라. 땅딸보 네 녀석은 까치발을 해봐야 저 계집의 배꼽에나 닿을 수 있겠느냐?"

"이놈아, 누가 세워놓고, 일을, 치르느냐. 엎어치든, 메치든 힘닿는 데까지, 하는 것이지. 네놈이야말로, 부실해서 막상 일을 치를, 때가 되어, 내빼는 것은 아니냐."

"아니, 이 녀석이?"

둘은 옥신각신하다 다시 음탕한 시선으로 반규린의 전신을 훑었다.

"참으로 좋구나."

"말라깽이야. 어차피 우리가, 저 계집을, 갖는 것은 정해진, 일이니 그 순서만, 정하면 될 것이 아니냐?"

"그렇지."

"그렇다면, 저 꼬마 놈의, 심장을, 먼저 꺼내는 쪽이, 우선권을 갖는 것이 어떠냐?"

“오, 그 말이 매우 듣기 좋다.”

둘의 하는 수작을 보고 있던 반규린은 하도 어처구니가 없어서 코웃음을 쳤다.

“흥!”

먹을 것을 두고 정신없이 침을 흘리는 개처럼 이야기에 빠져 있던 두 사람은 의외의 반응에 반규린을 바라보았다.

“꼴 같지도 않은 것들이.”

“뭐, 뭐라고?”

“말하는 꼬락서니를 보니 나잇살이나 처먹은 것 같은데 정신연령은 아직도 두 살에서 세 살 사이인 것 같구나. 아니, 장난감도 들었으니까 좀 높게 쳐서 다섯 살이라고 해줄까? 그나마 보는 눈은 있어 가지고 껄떡거리나 본데, 너희 같은 것들은 내 발바닥에 낀 먼지를 마실 자격도 없다. 집에 가서 손장난이나 맘껏 하려무나. 아, 재수가 없으려니까 별, 퉤!”

장내에는 정적이 흘렀다.

흑의인들은 살기를 내뿜으며 반규린을 노려보았다.

“혀가 독한 계집이로구나.”

“으흐흐흐흐흐, 네 년의, 혀를, 뽑은 다음에도, 그렇게, 독살스럽게, 굴 수 있는지 한번 보자꾸나.”

흑의인들의 눈이 반짝반짝 빛나기 시작했다. 암암리에 공력을 끌어모으고 있다는 증거였다.

“오, 그래, 실력 구경 좀 할까?”

반규린도 응수하며 두 손을 교차하고 푸른 살기를 끌어올렸다. 손끝에 걸리는 푸른 기운이 짙어질수록 반규린의 안색도 창백해졌지만 본인은 그것을 전혀 모르는 듯했다.

그 모습을 보고 있던 백무연은 이대로는 도저히 안 되겠다고 생각하며 반규린의 팔을 잡았다. 팔은 이미 얼음장처럼 차가워져 있었다.

"뭐예요?!"

반규린은 소리를 질렀지만 백무연은 그녀를 뒤로 한 채 앞으로 나섰다.

"제가 맡겠습니다."

그는 흑의인들의 앞에 우뚝 섰다. 그러자 반규린은 백무연의 등 뒤에다 불만스러운 어조로 중얼거렸다.

"뭐, 다 늙어빠진 퇴물 둘이니까, 백 공자처럼 앞길이 창창한 젊은이라면 단숨에 네 토막을 낼 수 있을 거예요."

"계집, 말투가 심히 고약하구나!"

일성과 함께 깡마른 흑의인은 시뻘건 도광(刀光)을 발했다. 하지만 백무연은 아랑곳 않고 뒤에 선 반규린을 굳건히 막아서 있었다. 둘의 몸이 엄청난 압력에 의해 갈갈이 찢어지는가 하는 순간,

백무연은 양손을 앞으로 마주 뻗었다.

그러자 눈부시게 새하얀 빛줄기가 도광을 감쌌다.

하얀 빛은 붉은 도광을 친친 감더니 어느새 꽉 잡고 놓아주

지 않았다. 뜻밖의 상황에 깡마른 흑의인은 눈살을 찌푸렸다.

"아니, 이놈이?"

그는 자신의 독문병기인 혈도(血刀)를 빼내려 했지만 마치 억센 돌 틈에 끼인 듯 절대 빠져나오지 않았다. 혈도를 싸매고 있는 하얀 천의 끝에는 백무연의 얇은 손이 있었다.

"사자염습(死者殮襲) 제삼례(第三禮) 염포지망(殮布蜘網)."

백무연의 눈빛은 어느새 서리처럼 차갑게 바뀌어 있었다.

"으흐흐흐!"

그때 주변을 흔들어놓는 음침한 웃음소리와 함께 뚱뚱한 흑의인이 자신의 두 팔을 염포 쪽으로 힘차게 뻗어내었다.

하지만 염포는 출렁 하더니 뚱뚱한 흑의인, 고죽동의 두 팔마저 완전히 감싸 버렸다.

고죽동은 양팔을 묶인 채 낑낑거렸지만 염포는 족쇄처럼 그의 두 팔을 잡고 놓아주지 않았다.

세 명은 품(品)자 형으로 서서 균형을 유지하고 있었다.

반규린은 겨우 몸을 빼서 호흡을 가다듬었다. 간발의 차로 혈도의 공격을 피했지만 약간의 내상을 입었던 것이다.

하지만 목소리는 여전히 쌩쌩했다.

"빨리 끝내 버려요! 그깟 떨거지들은."

그러나 그녀의 마음속에는 백무연에 대한 걱정이 있었다.

'괜찮을까? 그래도 저 두 사람을 상대로 저 정도라니, 역시 쓸 만한걸.'

그가 맞서고 있는 두 사람은 각기 혈도귀(血刀鬼), 고죽동(苦竹童)이라는 별호로 알려진 자들로 본명은 아무도 알지 못했다.

이들은 칠살의 수십 개 하부조직 중 혈도와 죽련(竹聯)의 수장인 대살(大煞)을 맡고 있었다. 이 정도 직책의 고수 둘이 동시에 출현한 것은 그야말로 보기 드문 일이었다.

'십자맹을 아예 끝장내려고 온 거야.'

혈도와 죽련이라면 칠살 내에서 상위 열 개 안에 드는 조직들로, 정보에 의하면 대략 칠팔위를 다투는 정도였다.

하나만 붙어도 지금의 십자맹으로서는 감당하기 힘들 텐데 둘을 동시에 보냈다는 것은 십자맹이라는 세 글자를 무림에서 완전히 지워 버리겠다는 뜻과도 같았다.

'칠살에서 점점 세게 나오는군.'

반규린의 냉정한 머리는 현재 무림의 판도를 여러 가지로 분석하기 시작했다.

그때,

펑!

무언가 폭발하는 소리가 들리고, 번뜩 눈을 돌린 반규린의 시야에 실 끊어진 연처럼 날아가는 백무연의 모습이 잡혔다.

"으윽!"

백무연은 바닥에 쓰러졌다. 다행히 외상은 없었지만 호흡이 가빠지고 안색이 파래져 있었다. 그 위로 염포가 조각조각

찢어져 꽃잎처럼 흩날렸다.

"괘, 괜찮아요?"

백무연은 반규린의 팔을 잡고 다시 일어섰다. 하지만 비틀거리며 몸을 제대로 가누지 못했다.

그 모습을 본 반규린은 무리한 일을 시켰다는 자책감과 왠지 모를 안타까움에 입술을 깨물었다.

'괜찮을 리가 없었잖아. 괜찮았을 리가……. 이 사람도 정상이 아닌데. 그것도 나 때문에…….'

하지만 그녀의 입에서 나오는 말은 마음과 전혀 달랐다.

"도대체 이게 뭐예요! 이럴 거면 계약은 왜 맺은 거예요? 저런 오합지졸들에게 당하고도 일문의 문주라고 할 수 있는 거예요?"

"뭐, 뭐어?"

흑의인들은 갈수록 심해지는 반규린의 언사에 머리가 어지러워지고 뒷골이 심히 당겨지는 것 같았다.

오합지졸에, 떨거지라니. 그녀에게 당한 욕설은 무림생활을 한 이래로 가장 모욕적이면서도 화가 나게 만드는 것이었다.

"네년이 죽고 싶어 환장을 했구나."

"으흐흐흐흐흐……."

두 흑의인은 눈을 부릅뜨며 일신의 공력을 모조리 끌어올리기 시작했다. 시뻘건 혈도가 부르르 떨리며 이빨 부딪치는 소리가 났고, 깡마른 고죽동의 두 팔이 관절 꺾이는 소리를 내며 서서히 길어졌다.

이와는 반대로 백무연의 안색은 여전히 창백했다. 반규린은 흑의인들은 아랑곳하지 않고 백무연에게서 눈을 떼지 못한 채 빤히 쳐다보고만 있었다.

'나 때문에 이렇게 다쳤어. 이 사람이.'

"반 소저?"

"아니, 나한테 맡겨요."

반규린은 속마음을 들킬까 두려워 황급히 앞으로 나섰다.

"너희들은 바보 같은 장난감을 들고 또 설치려고 하는구나. 후후, 비리비리한 졸개 녀석은 자기 몸집보다도 큰 칼을 휘두르는 거냐, 아님 거기에 끌려가는 거냐?"

그러자 깡마른 혈도귀는 공력을 끌어올리다 말고 당장에 때려죽일 듯한 눈빛으로 반규린을 노려보았다. 하지만 반규린은 말을 멈추지 않았다.

"그리고 너 땅딸보는 왜 팔만 그렇게 바싹 마른 거지? 식탐이 많아서 자기 팔까지 뜯어먹었나 보구나. 쯧쯧, 불쌍하기도 해라."

그녀는 말을 하다 뒤를 흘끗 바라보았다. 어느새 시간을 얻은 백무연은 바닥에 앉아 가부좌를 튼 채 내력을 회복하고 있었다.

반규린이 노린 것은 바로 이것이었다.

‘좋아, 조금이라도 더 시간을 끌어야 돼.’

"그 나무 부스러기 팔은 씻지도 않나 보지? 고약한 악취가 나는데. 마치 시체 썩는 냄새 같아. 그리고 그 바보 같은 머릿속에는 분명……."

그때 뚱뚱한 고죽동이 감았던 눈을 번쩍 떴다.

"흐흐, 계집, 시간을 끌려는, 수작이냐?"

그 말에 뜨끔해진 반규린은 입을 다물고 말았다. 하지만 그때,

"휴!"

소리와 함께 백무연이 자리를 털고 일어났다.

그와 동시에 혈도귀와 고죽동도 공력을 모두 끌어올린 듯 자세를 바로하고 둘을 노려보았다.

"살려달라고 빌 때까지 살점을 한 점 한 점 저며 주겠다."

"으흐, 흐흐흐, 흐."

흐린 날이라 그림자가 없는 흑의인들의 모습은 죽을 자를 데리러 명계에서 내려온 저승사자 같았다. 반규린은 자기도 모르게 백무연의 손을 꼭 붙잡았다.

"이야앗!"

괴성과 함께 핏빛 도광이 백무연의 대추(大椎), 천돌(天突), 경문(京門)의 세 개 요혈을 노리며 날아왔다.

백무연은 상대의 공격에 실린 무시무시한 내력을 느끼자

즉시 옆으로 몸을 틀었다. 하지만 도광은 마치 살아 있는 뱀처럼 그를 향해 계속 따라붙었다.

그가 한 걸음을 피하면 핏빛의 도광은 어느새 두 걸음을 따라붙고 있었다. 실로 대단한 쾌도(快刀)였다.

"에잇!"

기합과 함께 백무연은 순간 몸을 돌려 혈도귀의 공격에 정면으로 대응했다.

몰리던 상대가 갑자기 방향을 바꿔 달려들었지만 혈도귀는 놀라는 기색없이 침착하게 도를 일자로 휘둘렀다. 도는 무언가에 부딪치며 엄청난 폭음을 발했다.

펑!

혈도귀는 세 걸음을 물러났고 백무연은 열 걸음 정도를 황급히 뒤로 물러섰다. 평소라면 오히려 백무연에게 약간의 여유가 있었겠지만, 이래저래 내력이 고갈된 상황이라 혈도귀의 공격을 받아내며 뒤로 물러설 수밖에 없었다.

한번 부딪친 것만으로도 내장이 뒤틀리고 기혈이 날뛰는 느낌이 들어 백무연은 겨우 호흡을 가다듬었다.

하지만 혈도귀는 방금 전의 결과에 상당히 놀라는 눈치였다. 별것 아닌 꼬마라고 생각했던 상대가 자신을 세 걸음이나 물러나게 한 것이다.

'이놈이……? 어떻게 한 거지?

게다가, 백무연의 손에는 그가 평생 듣지도 보지도 못했던 기병(奇兵)이 들려 있었다.

복면 뒤로 보이는 혈도귀의 눈매가 이상하게 빛났다.

"뭐냐, 그건?"

백무연의 두 손에 들려 있는 것은 검은색의 평범한 삽이었다. 하지만 혈도귀는 차마 그것이 삽이라고는 생각하지 않았다.

'자루가 길고 날이 있지만 뭉툭한 삼각형에 움직임이 둔해 보인다.'

"방금 그게 네놈의 무기란 말이냐?"

혈도귀는 자신의 앞에 나타난 기상천외한 무기를 보고 잠시 생각에 잠겼다.

'저것의 장단점은 무엇인가?'

그는 풍부한 강호 경험으로 눈앞의 무기를 분석하기 시작했다.

두 손으로 잡아야 되지만 대부(大斧)보다 파괴력이 한참 떨어지고, 날에 비해 자루가 길지만 대도(大刀)에 비하면 그리 긴 것도 아니다.

창처럼 한 점에 공격력이 집중될 것 같지도 않고, 검처럼 베는 데에 특화된 병기도 아니었다.

반면 아무리 찾아봐도 특이한 점은 그다지 눈에 띄지 않았다. 결국 단점만이 가득한 무기였다.

"아니, 도대체 그걸 어디에다 쓴단 말이냐?"

혈도귀는 너무나도 궁금하여 백무연에게 물었다. 하지만 백무연은 무표정하게 혈도귀를 바라볼 뿐 어떠한 대답도 하지 않았다.

그 모습을 보자 혈도귀도 말없이 도를 고쳐 잡았다.

'나이에 비해 한가닥은 하는 모양이다만, 아무리 특이한 무기를 써봤자 사람 목숨이 하나라는 건 변하지 않는다. 이 애송이 놈. 그래도 내 공격을 막았으니 방심할 수는 없지.'

그의 주변을 둘러싼 살기가 점차 짙어졌다.

한편 백무연은 상대의 살기가 짙어짐을 보자 곧 공격해 올 것임을 알았다.

하지만 그에게 남아 있는 내력은 거의 바닥에 가까웠다. 평범하게 상대하면 몇 합(合) 붙지도 못하고 쓰러질 것이 뻔했다.

고민하던 백무연의 눈이 반짝 빛났다.

'지금은 최고의 초식(招式)으로 부딪칠 수밖에 없다.'

흑삽(黑鍤)의 수련은 장의문주의 길을 걸으면서 즉 사람을 처음으로 묻을 때부터 쉬지 않고 계속해 왔다. 그 삽법(鍤法)인 농토삽법(弄土鍤法)은 총 네 초식으로 이루어져 있었다.

그 중 다른 세 초식은 자신이 오의를 깨달아 능숙하게 펼쳐 낼 수 있었지만 마지막 초식은 아직 제대로 다룰 수가 없었다.

하지만 그 초식의 진정한 힘은 다른 세 초식을 합한 것보다도 훨씬 컸다.

'농토삽법(弄土鍤法) 제사초(第四招) 희삽유공(喜鍤流空).'

"이얏!"

핏빛 도광이 다시 백무연을 덮쳐 왔다. 무수히 많은 도광은 그의 대다수 요혈을 노리고 있었다. 막기도 피하기도 힘든 공격에 백무연은 흑삽을 들고 정면으로 부딪쳤다.

"하앗!"

혈광이 백무연을 감싸고 조각조각으로 갈라 버리려는 순간!

백무연의 손 안에 들려 있던 흑삽이 흔들리기 시작했다.

'첫 삽에 칠정(七情)을 비우고, 다음 삽에 오욕(五慾)을 비운다.'

흑삽은 공중의 보이지 않는 무언가를 떠내는 것처럼 쉴 새 없이 움직였다. 그 괴상한 모습에 혈도귀는 마음이 쏠렸다.

'뭐 하는 것인가?'

'세 번째 삽에 자기 자신을 비우니 순수한 기쁨이 남고, 마지막 삽에 허공을 가득 채우고, 그와 더불어 노닌다.'

흑삽은 더욱 격렬하게 움직이기 시작했다. 놀라운 것은 그 떠내는 동작에 옮겨지는 흙처럼 혈도귀의 도광이 밀리고 있는 것이었다.

칼로 두부를 자른 듯 핏빛 도광은 아주 깨끗하게 밀려났다.

'이, 이건?'

혈도귀는 자신의 눈앞에서 벌어지는 상황을 믿을 수가 없었다. 칠살 내에서도 유명한 자신의 쾌도가 한낱 이름 모를 소년에게 막힐 줄 그 누가 상상이나 했겠는가?

하지만 믿기지 않는 일이 실제로 그의 앞에서 일어나고 있었다.

더구나 끊임없이 삽으로 허공을, 아니, 혈도귀의 도세를 퍼내는 백무연의 얼굴은 한줄기 미소마저 띠우고 있는 것이었다. 혈도귀는 처음으로 소름이 오싹 돋는 것을 느꼈다.

'정말 무서운 놈이로구나!'

그는 이대로 있다가는 허공을 퍼내는 괴이한 무공에 속절없이 밀려 버린다는 생각에 죽을힘을 다하여 백무연을 밀어붙였다.

무서운 압력이 더해지며 주변의 빗줄기가 수십 번 베여 산산이 흩어졌다.

"이야아아아아!"

혈광이 피비린내 나도록 짙어지며 백무연을 압박하기 시작했다.

그러자 백무연 역시 더욱 열심히 삽을 휘둘렀다.

순간, 흑삽의 검은 그림자와 혈도의 붉은 그림자는 서로 격렬히 밀어내다가 결국 하나가 되어 뒤엉켰다.

콰콰쾅!

곧 무서운 소리를 내며 반대로 떨어져 나갔다.

“으아악!”

혈도귀는 강풍에 몸이 실린 듯 멀리로 쭉 날아가 벽에 등을 부딪치고 쓰러졌다. 입에서는 선혈이 줄줄 흘러나왔다.

“으, 으윽…….”

그는 감기려는 눈을 겨우 치켜뜨며 백무연 쪽을 노려보았다.

백무연 역시 땅바닥에 큰대자로 쓰러져 있었다.

삽은 저만치 멀리 날아가 있었고, 몸은 다친 곳 없이 멀쩡해 보였다. 하지만 방금 전의 한 수에 내공이 모두 고갈된 듯 전신이 힘없이 축 늘어져 있었다.

흐리고 졸린 하늘만이 그의 시야에 가득 찼다.

빗줄기가 점차 잦아들고 있었다.

‘아직 부족했어…….’

초식의 힘이 제대로 발현되었다면 자신이 이렇게 쓰러지지 않았을 것이라고 백무연은 생각했다.

이미 몸에는 손가락 하나 까딱할 힘도 없었다. 역시 방금 전의 한 수에 모든 내력을 쏟아 부은 것이다.

촘촘해지고 얕아진 빗방울이 그의 뺨에서 굴러 질퍽한 바닥에 스며들었다. 백무연은 흐릿하고 어두운 하늘을 보다 조용히 눈을 감았다. 미미한 숨소리가 끊어질 듯 약하게 이어졌다.

“치잇!”

반규린은 빠르게 땅바닥을 굴렀다. 그녀가 지나간 자리 위를 고죽동의 두 팔이 매서운 바람을 일으키며 스치고 지나갔다.

숨 돌릴 새 없이 다음 공격이 이어졌다.

파바박!

“제길!”

반규린은 화를 내며 급히 뛰었다. 그녀를 그림자처럼 질기게 따라붙는 고죽동은 뚱뚱하고 작은 몸집에도 불구하고 엄청나게 빠른 경공을 선보이고 있었다.

“으흐흐흐!”

고죽동의 바짝 마른 팔이 길게 늘어나며 반규린의 양 어깨를 엄습해 왔다. 그녀는 재빨리 몸을 숙였지만 창칼처럼 날이 선 고죽동의 팔은 반규린의 목을 스치고 지나갔다.

“아악!”

반규린은 비명을 지르며 고개를 숙였다. 상처에 당한 자리가 격한 통증이 느껴졌다.

‘한 치만 깊었어도 목뼈가 부러질 뻔했어.’

그녀의 등에는 어느새 빗물과 식은땀이 섞여 있었다. 고죽동은 잠시 멈춰 서서 여유있게 반규린을 쳐다보았다.

“흐흐흐, 계집, 계속 앙탈을, 부리면, 어디가 더, 다칠지 모른다.”

“더러운 색골.”

“으흐흐흐!”

고죽동은 다시 몸을 날렸다. 그와 거의 동시에 반규린도 몸을 날렸다. 둘은 몇 번 위치를 바꾸었다. 붉은색과 검은색의 인영이 빗속에서 어지럽게 엇갈렸다.

잠시 후 둘은 다시 멈춰 서서 상대를 바라보았다. 반규린의 목에서 피가 계속 흐르고 있었다.

“계집, 나의 고죽마공(苦竹魔功)에, 당한 상처는, 점점 벌어질 게다.”

반규린은 피를 너무 많이 흘린 탓인지 머리가 어지러워지는 것을 느꼈다. 하지만 그녀는 입술을 꽉 깨물었다.

입꼬리가 살짝 올라가는 그 모습은 완연한 비웃음이었다.

“으흐흐흐?”

고죽동은 그녀의 표정에서 순간 이상한 기운을 읽어냈다.

분명 구석에 몰린 상황에서 저런 웃음이 나올 수 있단 말인가?

그때, 그의 눈앞이 청색으로 물들기 시작했다.

“아니?”

세상에는 이미 비가 내리고 있지 않았다. 주변은 온통 꾸물거리는 푸른색의 안개로 뒤덮여 있었다.

“이, 이건?”

순간 그는 어지러운 듯 머리를 감싸 쥐고 흔들리기 시작했다.

"으, 으윽!"

그 모습을 본 반규린은 더욱 짙은 미소를 지었다.

'됐다!'

그녀는 일부러 도망을 다니면서 땅바닥에 오향연근산(五香軟筋散)을 흩어놓았던 것이다.

오향연근산은 독무(毒霧)의 원료로, 이처럼 비가 오는 날에는 향의 지속 시간이 짧았다. 때문에 손에서 발출하여 상대에게 쏘는 방법으로는 한계가 있었다.

하지만 그녀가 열심히 도망다니며 바닥에 오향연근산을 깔아놓은 탓에 지금 고죽동이 서 있는 곳은 바닥에서 아지랑이처럼 올라오는 청색독무에 완전히 둘러싸여 있었다.

고죽동은 어지러운 듯, 한 손으로 머리를 감싸고 다른 손은 심장에 대어 독에서 온몸을 보호하려고 했다.

하지만 그의 눈동자는 이미 초점이 없었고 다리는 눈에 띄게 후들거렸다.

"호호호호."

반규린은 완전히 여유를 되찾고 앞으로 걸어나갔다. 고죽동의 아주 가까이까지 가더라도 독무에 휩싸인 그가 자신을 결코 해할 수는 없으리라.

그녀는 고죽동의 일곱 걸음 앞까지 다가갔다. 그리고 일부러 입술을 비틀며 고죽동의 말투를 따라했다.

"흐음, 괜찮으신, 가요? 어디, 불편하신, 데라도?"

고죽동은 아무 말이 없었다. 흐릿한 눈에 그녀의 모습은 보이지 않는 듯했다.

반규린은 소리 높여 깔깔 웃으며 손을 뻗으면 고죽동이 자신을 만질 수 있을 만한 거리까지 다가갔다.

"이제, 본녀(本女)의, 무서움을 알겠느냐? 이, 땅딸보……."

그때, 고죽동의 눈이 반짝 빛났다.

반규린이 심상치 않은 기운을 느낀 순간,

어느새 그녀의 가녀린 목은 고죽동의 깡마른 손아귀에 완전히 사로잡혀 있었다.

"으흐흐흐."

워낙 순식간에 일어난 일이라 반규린은 아무 말도 하지 못하고 멍하니 자신을 잡은 고죽동의 긴 팔을 바라보고 있었다.

순간 극심한 공포가 그녀를 에워쌌다.

"흐흐흐, 독 따위는, 십오 년 전에, 이미 다 이겨냈다."

반규린은 얼굴이 하얗게 질려서 아무 말도 하지 못했다.

"계집, 목을, 부러뜨려 줄까? 그래도, 몸은, 두 시진 내에는, 식지 않으니……. 실컷, 재미를, 볼 수 있지."

고죽동의 팔에 서서히 힘이 들어가기 시작했다. 반규린은 점차 숨이 막혀 옴을 느꼈다.

"으, 으윽……."

뭐라고 외치고 싶었지만 목이 막혀 어떠한 말도 할 수 없었다. 정말로 목이 미칠 듯이 아팠다. 비명도 지를 수 없었다.

그녀의 정신이 점차 흐려졌다. 순간 지금까지 살아왔던 일생이 주마등처럼 그녀의 뇌리를 스쳐 지나갔다.

아등바등하며 힘들게 산 인생이었다. 좋은 것은 하나도 가져 보지도, 이뤄보지도 못했는데.

'이대로, 이대로 바보같이 죽는 건가?

고운 눈가에 눈물이 맺혔다. 억울해서 흘리는 눈물이었다.

'안 돼, 안 돼! 이 바보야, 이대로 죽으면 안 돼! 멍청이! 등신! 일어나, 어서!'

"아, 아아, 아아아아아아악!"

그녀는 처음 말을 배우는 아기처럼 울부짖었다.

그리고,

흐린 눈앞에 나타난 것은,

한줄기의 차가운 검광이었다.

"끄아아악!"

먼 메아리처럼 끔찍한 비명 소리가 들리고,

털썩!

땅바닥에 부딪친 몸처럼 단숨에 정신이 돌아왔다.

"캑, 캐캑! 캐애액! 캑, 캑."

반규린은 땅바닥을 부여잡고 기침을 하며 눈물을 흘렸다. 풀어진 머리가 산발이 되어 얼굴을 가렸다. 부러질 뻔했던 목에 돌아오는 것은 분명 죽음이 아닌 삶의 느낌이었다.

그녀는 간신히 호흡을 가다듬었다.

그때,

그녀의 눈앞에 내밀어진 하나의 손이 있었다.

그것은 평범한 손이었다.

크지도 않고 작지도 않고, 손마디가 굵지도 않고, 가늘지도 않은.

반규린은 망설이다 그 손을 잡고 일어났다.

그 손의 주인은 평범하게 생긴 사람이 아니었다.

이십대 후반쯤의, 깎다 만 수염이 제멋대로 자란 남자.

한쪽으로 올라간 입가에 비웃음을 물고 있고, 뺨에는 깊은 칼자국, 큰 눈은 덤벼들 듯 상대를 바라보는.

그는 거침없이 손을 들어 반규린의 흐트러진 머리를 넘겨주었다. 창백하지만 더없이 아름다운 얼굴이 젖은 머리칼 사이로 드러났다.

남자의 말이 환청처럼 들렸다.

"이제 좀 낫군."

남자의 시큼한 땀 냄새가 그녀의 코끝을 강하게 찔렀다. 누굴까, 이 사람은.

"그래요……?"

반규린은 그 말을 마지막으로 다시 바닥에 쓰러졌다.

*   *   *

유난히도 볕이 더운 날이었다.

헤엄치듯 허우적대며 걷는 사람들 사이로 한 남자가 지나가고 있었다.

그는 만사가 귀찮다는 듯한 표정으로 느릿하게 걷고 있었다. 뺨에 난 깊은 칼자국이 그럴듯하게 생긴 얼굴을 약간 망쳐 놓고 있었다.

유난히도 희고 긴 손가락과 매끈하고 탄력적인 몸매, 발소리를 잘 내지 않는 걸음걸이 등은 그의 직업적 특성을 은근하게 드러냈다.

남자는 옆에 날렵한 칼을 한 자루 차고 하품을 하며 걸었다.

"아함. 피곤해 죽겠네."

그는 어젯밤에도 일을 하느라 늦게까지 잠을 못 잔 터였다. 약간 빨개진 눈을 비비며 그는 자신의 물건을 받아주는 암전장(暗錢莊)으로 향하고 있었다. 몸속 깊은 곳에는 어제 취득한 장물을 지니고.

그는 바로 도둑이었다. 그것도 아주 부유하고 높은 고관의 집만 전문적으로, 티 안날 정도로 조금만 슬쩍하는 양심적인 도둑이었다. 적어도 그 자신이 생각하기에는 그랬다.

그는 마침내 어떤 평범한 건물 앞에 도착했다. 잡화를 파는

작은 상점이었다. 가게 주인과 의례적으로 인사를 나눈 뒤,
그는 비밀문을 열고 안쪽으로 슬며시 들어갔다.

안쪽은 허름한 외관과는 달리 깨끗하고 정갈했다. 다만 외
부로부터 들어오는 빛은 전혀 없었고 대낮임에도 촛불 몇 개
만이 희미하게 불을 밝히고 있을 뿐이었다.

"왔나."

어둠 속에서 비쩍 마른 노인이 나타나 그를 맞았다.

"안녕하십니까? 어휴, 불 좀 키고 장사하시지."

"이 정도면 보일 건 다 보여."

남자는 잠시 쾌활하게 수다를 떨다가 이윽고 품속에서 무
언가를 꺼내 탁자 위에 내려놓았다.

달걀만큼 커다란 비취석(翡翠石) 두 알이 어둠 속에서 파르
스름한 빛을 발했다. 하지만 그것을 본 노인의 표정은 시무룩
했다.

"이것뿐인가?"

노인은 심드렁한 목소리로 물었다. 하지만 비취를 꺼내
는 순간 노인의 눈이 살짝 빛났던 것을 남자는 놓치지 않았
다.

"그렇소. 왜, 결혼반지라도 뽑아올 걸 그랬나?"

노인은 손을 들어 가격을 표시해 보였다. 손가락 두 개.

남자는 쓴웃음을 지으며 손가락 다섯 개를 펴 들었다. 노인
은 코웃음을 쳤다.

“안 돼.”

그러자 남자는 엄지손가락을 접었다. 펴진 손가락은 네 개로 줄었지만 노인의 표정에는 변화가 없었다. 네가 여기에 물건을 팔지 않으면 어쩌겠느냐? 하는 배짱이 담긴 얼굴이었다.

남자는 잠시 그런 노인의 얼굴을 바라보다가 망설임 없이 비취에 손을 뻗었다. 하지만 그의 손등을 노인이 슬쩍 쳐냈다. 역시 아까웠던지, 노인의 눈빛은 흔들리고 있었다.

“세 개.”

“네 개.”

노인과 남자는 팽팽하게 맞섰다. 남자는 무표정한 얼굴로 노인을 쳐다보았다. 노인은 그 표정을 보며 어쩐지 뒤가 켕기는 듯한 느낌이 들었다.

뭐랄까, 이것은 정당한 거래다.

그런데 자신의 속마음을 이미 꿰뚫고 있다는 듯한 저 눈빛은 뭐란 말인가.

“애송이 녀석.”

노인은 한참 동안 참았던 숨을 겨우 내쉬며 말을 뱉어낸 뒤, 한 손으로 비취를 쓸어 담으며 다른 손으로는 작은 금원보 네 개를 대신 올려놓았다.

그 모습을 바라보면서 남자는 미소를 지었다. 분명 승리감의 표현이었지만 패자인 노인에게도 가히 밉지는 않은 모습이었다.

칼자국의 남자가 휘어지며 웃는 입모양을 하나 더 만들었다.

"오래 사세요."

남자는 휘파람을 불며 전장을 나갔고, 노인은 그의 뒷모습을 가만히 바라보고 있었다.

밖으로 나오자 하늘이 약간 흐려져 있었다. 거리를 복잡하게 지나다니던 사람들은 많이 줄어 있었다. 남자는 머물고 있는 객점(客店)으로 발걸음을 돌렸다.

그때였다.

희미한 살기가 남자에게 감지되었다.

'응?'

남자는 살기의 방향을 파악하기 위해 숨을 멈췄다. 수십, 수백 명의 미약하지만 끈적끈적한 살기가 비가 오기 전의 촉촉한 바람을 타고 전해져 왔다.

남자는 살기가 흘러나오는 쪽으로 몸을 숨긴 채 서서히 다가갔다.

몇몇 모퉁이를 도니 음침한 골목이었다.

평소에는 도둑고양이도 지나다니지 않을 것 같은 퇴락한 곳이었지만, 지금 이곳에는 수십 명의 흑의복면인들이 숨을 죽인 채 도열해 있었다.

그들의 긴장된 공기에 주변은 팽팽하게 굳어 있는 듯했다.

'이것 봐라. 무슨 일이지?'

남자는 고양이처럼 몸을 웅크린 채 사태의 추이를 지켜보고 있었다. 어쩐지 심상치 않은 일이 일어날 것만 같았다.

그때, 그의 바로 앞에 하나둘 빗방울이 떨어졌다.

빗줄기는 점점 거세지더니 이내 시야를 가릴 지경이 되었다.

그러자 가만히 있던 흑의인들은 순식간에 몸을 솟구쳐 일제히 커다란 담을 넘었다. 빠르고 신속, 정확하게 몸을 날리는 그 신법(身法)은 바로 칠살(七煞)의 것이었다.

남자는 그들이 넘은 담 뒤에 있는 건물이 어디인지 금세 기억해 냈다.

'십자맹?'

남자는 주변의 인기척이 없어졌음을 확인한 후 눈앞의 담벼락을 향해 살짝 뛰었다. 그의 몸은 파리처럼 담벼락에 찰싹 달라붙었다.

그 상태로 그는 능숙하게 담장을 기어오르기 시작했다. 돌로 된 담은 비가 와서 미끄러웠지만 담을 넘는 것이 직업인 그에게는 너무나도 쉬운 일이었다.

남자는 벽에 매달린 채로 고개를 빠끔히 내밀었다.

어두운 정원에는 몇몇 사람들이 서 있었다.

그중 제일 먼저 눈에 띈 것은 새빨간 옷을 입은 열대여섯

살쯤 되어보이는 아름다운 소녀였다.

빗속에서 피어나는 꽃처럼 싱싱하고 성숙한 자태를 간직한 채로 소녀는 조용히 서 있었다. 그녀의 미모에 정원의 음침함이 한결 밝아지는 듯했다.

남자는 순간 손가락을 비볐다.

'훔치고 싶은데?

그는 소녀에게 한동안 시선을 고정하다가 다른 쪽을 바라보았다. 역시 같은 또래로 보이는 백의소년이 있었다. 그도 홍의소녀에 못지않게 잘생긴 모습이었다.

백의소년은 깡마른 흑의인과 대치하고 있었는데 그 흑의인은 시뻘건 도를 들고 살기를 잔뜩 품은 채로 백의소년을 노리고 있었다.

남자가 아는 바로는 흑의인은 틀림없는 칠살의 혈도귀(血刀鬼)였다. 혈도귀라면 칠살의 하부조직 중 칠팔위를 달리는 혈도(血刀)의 수장으로, 꽤 대단한 고수다.

그런 그의 앞에서 백의소년은 이상하리만치 편안한 모습이었지만 그 편안함 뒤에 노련한 기도가 풍기는 것을 보고 남자는 흥미가 동했다.

아름다운 홍의소녀도 죽련(竹聯)의 고죽동(苦竹童)으로 보이는 사내와 대치하고 있었다. 남자는 눈앞에서 벌어질 의외의 대결에도 흥미가 생겼다.

'오랜만에 싸움 구경을 하겠네.'

남자는 한 손으로 턱을 괴고 담벼락에 매달린 채로 느긋하게 앞의 상황을 관람하기 시작했다.

곧 백의소년과 혈도귀가 어우러졌다.

백의소년은 허약해 보이는 몸집에 맞지 않게 엄청난 쾌도술을 구사하는 혈도귀에게 밀리는 듯한 모습이었지만, 갑자기 무언가를 꺼내 들어 공격을 막았다. 놀랍게도 그것은 삽이었다.

소년은 그것으로 혈도귀를 밀어붙이기 시작했다. 혈도귀는 당황하다가 사력을 다해 반격했고, 그 둘의 무기가 엉키면서 내력이 폭발하여 둘은 동시에 반대쪽으로 나가떨어졌다.

남자는 삽을 쓰는 소년의 정체가 너무나도 궁금해졌다.

'혈도귀를 삽으로 이기다니, 저 녀석은 대체 누구야?'

소년의 무공은 대체 어떤 것일까? 한번 붙어보고 싶다. 그러기 위해선 일단 저 녀석도 훔쳐야겠군. 남자는 그런 생각을 하며 소년 쪽을 쳐다보았다.

땅바닥에 힘없이 누워 눈을 감은 소년은 창백한 얼굴이었지만 배가 살짝살짝 오르내리고 있었다.

'뭐, 살겠네.'

눈을 돌린 그에게 어느새 상대를 궁지로 몰아넣은 홍의소녀의 모습이 보였다.

움직임을 멈춘 고죽동의 주위에 스멀거리는 푸른 안개가

희미하게 일렁이고 있었다.

고죽동은 그 독에 당한 듯, 한 손으로는 머리를 감싸 쥐고 다른 손은 가슴에 대어 심맥을 보호하고 있었다.

홍의소녀도 싸움 중 이리저리 굴렀는지 옷이 꽤 엉망이었지만 지금은 여유있게 상대를 쳐다보고 있었다.

그러나 머리를 감싸 쥔 고죽동의 눈에서 심상치 않은 빛이 번뜩이는 것을 남자의 예리한 눈은 놓치지 않았다.

'이거, 저대로 있다간 제대로 당하겠는데?

하지만 홍의소녀는 그 눈빛을 못 본 듯 비웃음을 물고 고죽동에게 더욱 가까이 다가갔다. 순간, 뼈다귀만 남은 고죽동의 팔이 그녀의 가녀린 목을 여지없이 붙들어 버렸다.

놀라서 굳어진 소녀의 하얀 얼굴이 남자의 눈에 밟혔다.

'귀한 장물을 손상당할 수는 없지.'

남자는 턱을 괴었던 팔을 빼며 몸을 슬쩍 일으켰다. 벽에 붙었던 몸이 스윽 밀려 올라갔다. 꽤 놀라운 재주였다.

남자는 씨익 웃으며 앞으로 쏘아져 갔다. 어느새 그의 손에는 날렵한 검이 싸늘한 광채를 번뜩이고 있었다.

하늘에서 떨어지는 번개처럼 남자의 검은 고죽동의 손목에 닿았다.

고죽동은 반사적으로 자신의 팔을 내려다보았지만 이미 깔끔하게 잘린 손목은 땅바닥에 나뒹굴고 있다. 마치 나무를 벤 것처럼 깨끗한 절단면이 눈에 틀어박혔다.

피가 갑자기 촤악 튀었다.

"끄아아악!"

고죽동은 섬뜩한 비명 소리를 내며 쓰러져 버렸다. 남자는 고죽동은 신경도 쓰지 않고 땅바닥을 붙잡고 콜록거리는 홍의소녀를 돌아보았다.

그는 잠시 그녀를 바라보다 문득 한쪽 손을 내밀었다.

소녀가 그의 손을 붙잡았다. 그리고 힘겹게 일어섰다.

비에 젖어 헝클어진 머리카락 때문에 그녀의 얼굴을 남자는 제대로 볼 수 없었다.

손을 들어 머리카락을 넘겼다. 창백하지만 더없이 아름다운 얼굴이 젖은 머리 사이로 드러났다.

"이제 좀 낫군."

남자는 흐뭇한 얼굴로 중얼거렸다.

"그래요?"

그 말과 함께 소녀는 다시 바닥으로 쓰러졌다.

쿵!

이마를 정통으로 박은 것 같았다.

"아이고… 예쁜 얼굴에 멍이라도 들면 어쩌려고?"

남자는 얼른 몸을 숙여 소녀를 보았지만 다행히 더 다친 곳은 없는 것 같았다.

"생각보다는 머리가 단단한데?"

그는 중얼거리며 소녀를 놓고는 여유있게 웃으며 한쪽 팔

목이 잘린 고죽동에게로 돌아섰다.

"끄으으으……."

고죽동은 눈을 하얗게 까뒤집은 채 정신을 못 차리고 있었다. 깨끗하게 절단된 상처에서는 새빨간 피가 철철 흘러나왔다.

"끄으으."

자신을 바라보는 시선을 느꼈는지 고죽동이 간신히 정신을 붙잡고 남자를 올려다보았다.

"너, 너는?"

"아프냐? 그럼 남을 아프게 하지 말았어야지."

"뭐, 뭐라고."

"내 장물을 손상시키려 했던 대가다."

남자는 차가운 검을 다시 치켜들었다. 남자의 무정한 눈빛을 본 고죽동의 얼굴이 창백해졌다.

"사, 살려주시오……."

검날은 벼락같이 고죽동의 사지로 떨어져 내렸다. 고죽동은 순간 눈을 질끈 감았다.

하지만,

아무 일도 일어나지 않은 듯했다. 이런 일에 늘 수반되는 어떠한 고통도 느껴지지 않아 고죽동은 영문을 모른 채 가만히 실눈을 떴다.

남자는 그 자리에 늘 있던 사람처럼 무표정하게 서 있었다.

그러나 무슨 일이 있었는지 알게 되는 데는 오랜 시간이 걸리지 않았다.

촤아아악!

사지가 사방으로 날아가며 피가 튀고,

"끄아아아악!"

고죽동은 온몸을 뒤틀며 차가운 땅바닥을 굴렀다.

남자의 검은 아픔을 느낄 새도 없이 너무나도 빨랐던 것이다.

그는 망설임 없이 고개를 돌려 백의소년과 싸우다 쓰러진 혈도귀에게 다가갔다.

그는 눈을 감고 있었지만 남자가 다가오자 점점 호흡이 거칠어지는 것을 감추지 못했다.

남자는 그 모습을 보고 피식 웃었다.

"자는 척하지 마, 너도 날 봤으니."

싸늘한 검이 누운 자의 내장을 깊게 비틀어 찔렀다.

"으아아악!"

혈도귀 역시 깨끗하게 잘린 내장의 고통에 몸서리치며 처절한 비명을 질렀다.

남자는 미약한 숨을 내쉬며 누워 있는 백의소년과 홍의소녀를 바라보았다.

"휴! 오늘도 보람찬 하루였구나……."

그는 한숨을 쉬며 어깨를 으쓱했다.

“장물이 두 갠가?”

잠시 후 양 어깨에 한 사람씩 짊어진 키 큰 인영이 높은 담을 훌쩍 뛰어넘었다.

第三章
백의문주(白衣門主)

장의문주

눈앞은 온통 하얀색이었다.

하늘도 땅도 모두 뿌연 색의 안개로 덮인 광막한 공간.

쓸쓸하다고 느꼈다.

붉은 지전(紙錢)이 꽃잎처럼 휘날리고 있었다.

재가 되어 스러지는 향기로운 가루 속으로 사람들의 얼굴이 꿈결처럼 흩날렸다.

웃는 사람, 우는 사람, 자는 사람, 찡그린 사람.

얼굴들은 점차 희미해져 안개 너머로 사라지고,

그 안개 위로 다른 얼굴이 떠올랐다.

낯설면서도 낯설지 않은 얼굴이다.

"어머니."

누구의 목소리도 아닌 것 같은 목소리가 들렸다. 자신의 목소리였다.

"어머니."

자애롭던 얼굴은 점차 슬픈 빛을 띠며 이쪽을 빤히 바라보고만 있었다. 가슴을 후벼내는 듯한 그 슬픈 얼굴에 자연스럽게 눈물이 치밀어 올랐다.

"어머니."

대답은 들려오지 않았다.

*　　　*　　　*

기억나지 않는다.

아버지는 너무나도 또렷하게 기억하고 있지만, 어머니의 기억은 내 안에 거의 없다.

아버지가 나를 데리고 떠난 것이 일곱 살 때였으니 그 전에는 분명 어머니와도 함께 살았을 것이다.

실제로 희미한 얼굴 윤곽이나, 이리 오라고 부르는 다정한 목소리, 아버지의 앞에서 소리 높여 웃던 쾌활한 웃음소리 등은 아련하게나마 기억의 한구석에 남아 있다.

하지만 그것이 전부.

어머니가 어떤 사람이었는지 이름은 무엇이었는지 전혀

기억나지 않는다. 평소에는 어떤 표정을 짓고 있었고 좋아하는 음식은 무엇이었으며 나와는 무슨 얘기를 했는지.

무슨 향기를 갖고 있었는지 손과 피부의 촉감은 어떠했는지.

마치 누가 하얗게 지워 버린 것처럼…… 전혀 기억이 없다.

*　　　　*　　　　*

"으음."

어렴풋한 목소리가 들려왔다. 그다지 먼 곳은 아니고 바로 앞에서 들리는 소리 같았다.

"…그러니까 당신 별호가 뭐라구요?"

"청동검객(靑銅劍客)이라니까."

"아니, 그럼 이름은 뭔데요?"

"임파초(林芭蕉)."

"임파초… 임파초……?"

골똘하게 집중하고 있는 이 목소리는 어디선가 들어본 적이 있다.

"가명 아니에요?"

"후후, 그럴 리가."

"왠지 수상한데? 이봐요, 내가 모르는 무림인은 없어요. 하지만 당신은 전혀 기록이 없단 말이에요. 도대체 누구죠?"

"아니, 무림에 출도하는 인간이 하루에도 백 명은 넘을 텐데 그 기록을 다 가지고 있단 말야? 아가씨야말로 도대체 어디 출신이야?"

"…그건 그쪽이 알 바 없고, 그런 사람들 중에서도 당신 같은 고수는 거의 없어요. 더군다나 태연하게 혈도귀와 고죽동을 죽여 칠살(七煞)과 원한관계를 맺었으니 당신이 더 수상한 거예요."

"아, 그건 어쩔 수 없었어. 그 녀석들이 이미 날 봤으니까, 죽일 수밖에 없잖아? 더구나 난 은원관계라면 질색이거든. 이미 차고 넘칠 정도로 많아서. 거의 모든 무림이 나의 적이라고 할 수 있지."

"그러니까 당신은 누구냐고요?"

소리가 점점 높아졌다. 아, 그러고 보니 저 목소리는……?

"아! 일어났군."

"백 공자, 괜찮아요?"

살짝 뜬 눈앞에 타는 듯한 홍의를 입은 소녀의 모습이 보였다.

"반 소저?"

"내가 누군지 알겠어요?"

아름다운 얼굴이 코앞으로 확 쏠리면서 아찔한 방향(芳香)이 주위를 메웠다. 어여쁜 두 눈에는 걱정하는 빛이 가득했다. 그 모습을 보자 침상 위에 앉은 백무연은 왠지 모를 미안한 마음이 들었다.

"아, 네. 그런 것 같은데요."

"지금이 며칠이나 지난 줄 알아요?"

"글쎄요, 한 이틀 정도?"

"정신 좀 차려요. 닷새예요, 닷새!"

홍의소녀 반규린은 소리를 버럭 지르더니 다시 목소리를 가다듬으며 약간 수그러진 어조로 덧붙이는 것이었다.

"그러게 왜 혼자 나서서 다치는 거냐고요. 그런 건 계약서에 안 쓰여 있어요."

"아, 네……."

백무연은 바로 그녀의 명령 때문에 자신이 혼자 나서서 싸웠던 것이 아닌가 하고 잠시 기억을 떠올려 보았지만 곧 마음 속에서 잊어버렸다.

다른 궁금한 것들이 너무도 많았다.

"어떻게 이렇게……?"

"응, 그건 내가 설명하도록 하지. 꼬마 친구?"

"당신은?"

짧은 머리에, 뺨에 난 칼자국이 강렬한 사내가 여유있게 서서 자신을 바라보고 있었다.

자신감. 그것이 사내에게서 느껴졌다.

"음, 내가 자네들 둘을 구했어. 아니, 구했다기보다는 훔쳤다고 할 수 있지."

"훔쳐요?"

백무연은 그 말에 고개를 갸웃거렸다. 그때 옆에 있던 반규린이 혀를 찼다.

"무시해요, 저 사람 말버릇이니까."

"아니, 말버릇이긴 하지만 그보다 더욱 중대한 의미가 담겨 있지. 난 정말 자네들을 훔친 거야. 그러므로 자네들은 내 장물이라는 말씀."

"뭐예요?"

반규린조차 그런 말은 처음 듣는지 언성이 살짝 높아졌다. 하지만 칼자국이 난 사내는 그 말에는 대답조차 않고 백무연을 바라보며 손을 내밀었다.

"만나서 반갑네, 난 청동검객 임파초라고 한다네."

"아, 네. 장의문(葬儀門)의 제십삼대 문주 백무연입니다."

"장의문……?"

임파초는 고개를 갸웃거렸다.

"그런 문파는 들어본 적이 없는데?"

그러다 그는 잡았던 손을 놓고는 머리를 긁적였다.

"뭐, 어찌 되었든 이제 앞으로의 일을 상의해 보자고."

남자의 낮은 목소리가 아늑한 방 안을 조용히 울렸다. 간간이 반규린의 날카로운 목소리가 그것을 가로막는 듯했지만, 남자의 목소리는 그것에 크게 방해를 받지 않고 계속해서 여유있게 들려왔다.

*　　　*　　　*

그로부터 약 한 달 후.

초겨울로 접어든 날씨는 싸늘해서 행인들은 두터운 옷깃을 단단히 여미고 걸었다.

건조한 바람이 코끝을 스치면 사람들은 하나둘 재채기를 했다. 백무연 역시 늘 입는 상복 위에 사냥꾼들이 입는 두툼한 털옷을 입고 있었다.

내공을 회복해서 추위는 느끼지 않았지만 혹시 모를 만약의 사태에 대비한 것이다. 아직 첫눈이 오기 전이었다.

백무연은 주변을 둘러보았다. 반규린이 추위로 빨개진 볼을 하고 옆에서 걷고 있었다.

너무 바짝 붙어 있어서 그녀에게서 나는 좋은 향기를 맡을 수 있었다. 백무연 역시 뺨이 약간 붉어졌다.

그들보다 좀 뒤에 뒷짐을 지고 느긋하게 걷고 있는 임파초가 있었다. 그는 시종 둘을 앞세운 왕자처럼 한껏 여유를 부리고 있었다.

백무연이 보기에 그는 전혀 긴장하고 있지 않았다. 그것은 반규린도 마찬가지.

아름다운 눈빛은 전혀 흔들리지 않고 평상심을 유지하고

있었다. 하지만 백무연은 그에 비해 좀 긴장이 되었다.

'괜찮을까?'

하지만 벌써 발걸음은 목적지에 도달해 버렸다.

주위를 압도하는 거대한 건물 앞에 세 남녀는 멈춰 섰다. 황금색과 붉은색으로 화려하게 장식된 문 앞에는 문지기가 열둘이나 좌우로 늘어서 있었다.

백무연은 애써 태연한 표정을 지었지만 마음이 은근히 떨리는 것은 막을 수 없어서 침을 꿀꺽 삼켰다. 경계 거리 안으로 접어들자 문지기들의 눈빛이 사나워졌다.

"누구냐?"

눈매가 날카로운 대장이 백무연 등을 쏘아보며 말했다.

그러자 임파초가 뒤에서 가슴을 쫙 펴고 거만하게 대답하는 것이었다.

"여기 주인을 보러 왔다."

"뭐라고……?"

"이놈, 어서 앞장서라. 늦었다가 너희 주인에게 무슨 험한 꼴을 당하려고 이러느냐?"

그러면서 임파초는 눈에 힘을 주었다. 그러자 문지기 대장은 '예, 예!' 하고 황급히 고개를 숙여 보이더니 얼른 문 안쪽으로 뛰어들어 갔다.

너무나도 자연스러운 임파초의 연기에, 백무연은 살짝 입을 벌렸다.

“입 다물어요.”

옆에서 반규린이 나직이 주의를 주자 백무연은 얼른 입을 오므렸다.

“놀러온 게 아니에요.”

백무연은 옆을 살짝 바라보며 고개를 끄덕였다. 묵묵히 앞을 바라보고 있는 반규린의 단아한 옆얼굴이 보였다.

백무연은 작게 한숨을 내쉬며 다시 고개를 돌렸다. 그들은 지금 어떤 중요한 목적을 가지고 이곳에 온 것이다.

‘하지만 과연 잘 될까?’

백무연은 걱정스러운 표정으로 대문 위의 현판을 올려다보았다. 흑지금문(黑地金文)의 고고한 글씨체로, 연왕부(燕王府)라 써진 글자가 초겨울의 볕을 받아 희미하게 빛나고 있었다.

곧 커다란 대문이 활짝 열리며, 한 무리의 사람들이 걸어왔다.

맨 앞에는 화려한 문관복을 입은 남자가 서 있었는데 그가 바로 이 집의 총관쯤 되는 듯싶었다.

턱 밑으로 길게 기른 수염이 당당한 중년의 사내인 그는 몸에 군살이 없고 찌르는 듯한 눈빛으로 보아 무공을 제법 닦은 자인 것 같았다.

그는 문 앞에서 기다리던 사람들을 조용히 훑어보았다. 추위로 인해 볼이 붉어진 반규린의 미태 앞에서 그의 눈이 멎었다.

'상당한 미인이군?'

문관은 무엇에 홀린 듯 눈을 떼지 못하다가, 자기 부하들도 마찬가지로 넋을 잃고 홍의소녀를 쳐다보는 것을 보고는 헛기침을 하며 눈을 돌렸다.

아직 앳된 티가 가시지 않은 백의소년과 얼굴에 깊은 칼자국이 있는 키 큰 사내가 그녀의 일행이었다.

그중 키 큰 사내가 가장 연장자이고 주동격인 듯했다. 허리에 날렵한 칼을 한 자루 차고 있는 것으로 보아서 무림인 같았다.

뒷짐을 지고 여유를 부리며 서 있는 모습이 제법 자신만만해 보였으나 문관은 그의 표정, 분위기 등을 보고 별 볼일 없는 자라고 생각했다.

무엇보다, 셋 모두 전혀 본 적이 없는 얼굴들이었다.

"연왕부의 총관(總管)인 장백유(張白楡)라 합니다. 고인께서는 뉘시며, 어쩐 일로 연왕부를 방문하셨는지?"

그는 자못 공손한 태도로 물었으나 빈틈없는 눈빛과 위압하는 듯한 낮은 목소리에는 혹시라도 별일이 아니라면 가만두지 않겠다는 속뜻이 담겨 있었다.

하지만 임파초는 그런 기색을 보고도 껄껄 웃으면서 대답했다.

"사해(四海)가 두루 황상의 은덕을 입어 저 같은 미천한 백

성도 그 공으로 초개같은 목숨을 부지하며 살고 있으니 그 은혜에 보답하고자 늘 황족 분들을 찾아뵙고 수시로 문안인사를 올려야 하는 것입니다만, 제가 오늘 존귀한 연왕전하의 거처를 방문한 것은 바로 연왕부에서 잠시 맡고계신 하나의 물건을 다시 돌려받을까 해서입니다.”

물 흐르듯 쏟아지는 임파초의 구변에 장백유는 황망히 그것을 듣고만 있다가 돌연 물건을 찾아가려 한다는 말에 눈썹이 치켜 올라가며 상대를 쳐다보는 것이었다.

이빨을 드러내며 미소를 짓고 있는 임파초의 면상이 몹시 기분 나쁘게 느껴졌다.

“물건이라니, 연왕부에서 귀하의 무슨 물건을 맡아가지고 있단 말씀이십니까?”

“그것은 바로 하나의 아름다운 청색 야명주(夜明珠)입니다. 장 총관께서는 강호의 유명한 삼색야명주(三色夜明珠)에 대해서 들어보셨겠지요?”

그 말을 듣자 장백유는 속으로 흠칫 놀랐다.

삼색야명주 중 하나인 청한주(靑寒珠)는 정말로 연왕부에 있었다. 그리고 그것은 연왕부 내에서도 연왕을 포함한 두세 사람만이 알고 있는 중대한 비밀이었다. 왜냐하면 연왕 이민성(李敏省)이 이 물건을 손에 넣은 경로가 극히 비밀스러운 것이었기 때문이었다.

때문에 장백유는 몰래 미행을 붙여 눈앞에 있는 자들의 정체를 캐야겠다고 생각했다.

하지만 겉으로는 전혀 내색하지 않고 임파초를 잠시 바라보다가,

"그런 것이 있다는 것은 알지만 여기에는 그 물건이 없소이다. 헛걸음을 하신 것 같으니, 돌아가시오."

라고 추상같은 목소리로 축객령(逐客令)을 내리며 몸을 돌렸다.

그때,

쉬이이익!

등 뒤로 순식간에 다가오는 물체를 느낀 순간 장백유는 번개같이 몸을 숙였다. 그것은 그의 등줄기를 살짝 스치고 문안으로 멀리 날아가 전각의 기둥에 박혔다.

은빛 광채가 부르르 떨렸다. 장백유가 황망한 중에도 안력을 돋우어 바라보니 그것은 바로 하나의 비도였다.

"도, 도대체 이게!"

임파초는 싱글싱글 웃던 표정을 걷어치우고 냉정한 시선을 장백유의 눈에 쏘았다.

"물건을 찾으러 왔다고 하지 않았소."

"게 누구 없느냐!"

그러자 잠시 소란스러운 소리가 들리더니 대문 안에서 십수 명의 사람들이 뛰쳐나왔다.

그러나 임파초는 그 광경을 마치 남의 일처럼 바라보며 말

없이 서 있는 것이었다.

한편 급전되는 상황에 백무연은 얼이 빠져 있었다.

'아니, 이게 원래 계획이었나……?

아니었던 것 같다. 백무연은 임파초가 자신과 반규린에게 했던 말을 떠올렸다.

"자네들, 지금 연왕부에 장물(臟物)이 들어간 걸 알고 있나? 아아, 자네들 말고. 무림에 유명한 물건 하나가 누군가에 의해 훔쳐져서 거기에 뇌물로 들어가 있단 말야. 아무리 황족이라고 하지만 장물을 취급해서야 되겠어? 그런 건 나 같은 작은 도둑이 가지고 있어야 제 맛이지. 내 말 무슨 뜻인지 알겠지? 한 번만 도와달라는 말이야. 아니, 움직일 필요도, 말할 필요도 없고 그냥 옆에서 있어 주기만 하면 돼. 내가 이 화려한 언변으로 다 알아서 할테니까. 이걸 도와주기만 하면 자네들 목숨 값은 없는 셈 쳐주지."

"그 말, 정말이죠?"

반규린이 물었고 임파초는 빙글거리며 고개를 끄덕였다.

"그래, 약속하는 거야. 아예 사람들이 귀빈 대접을 해줄 테니까 걱정 말라고."

하지만 지금 문에서 뛰어나온 사람들은 각기 병장기를 꼬
나 들고 있었다.

"반 소저, 이건 대체……?"

"그걸 내가 어떻게 알아요. 아저씨, 정신 나갔어요? 왕부에
칼을 던져……."

둘의 시선은 결국 임파초에게 향했다. 그런데 임파초가 있
어야 할 자리에 보이지 않았다.

"뭐, 뭐야?"

"아니?"

둘은 눈을 부릅떴지만 아까까지만 해도 여기에 있던 임파
초는 어디론가 감쪽같이 사라져 버린 것이었다. 귀신이 곡할
노릇이었다.

당황해하는 반규린과 백무연 앞으로 수염을 길게 기른 장
백유가 다가왔다. 그의 노해서 벌겋게 된 얼굴은 마치 삼국지
의 관우(關羽)같았다. 아마 그에게는 어떤 말도 통하지 않을
것 같았다.

"놓치지 마라! 한 패다."

순간 연왕부의 무사들이 재빠르게 움직이며 반규린과 백
무연을 포위했다.

"순순히 포박을 받아라."

장백유는 추상같은 표정으로 두 명을 노려보며 말했다. 이
미 수습이 불가능한 상황으로 진행돼 버리고만 것이다.

생각할수록 황당하고 화가 치밀어 올라 반규린은 급기야 버럭 소리를 지르고 말았다.

"그, 그 미친 자식 때문에!"

하지만 이미 임파초는 흔적도 없이 사라진 뒤였다. 기분 나쁘게 늘 비웃음을 물고 있던 임파초의 얼굴이 손에 잡힐 듯 눈앞에 떠올라 그녀는 갈기갈기 찢어버릴 듯 허공에 손을 휘둘렀다.

"아 진짜, 그 인간 때문에 돌아버리겠네!"

그때 그녀의 팔목을 가만히 잡아오는 따뜻한 손이 있었다. 반규린은 흠칫 놀랐다.

"백 공자?"

"일단 뚫고 나가야지요."

백무연의 눈빛은 어느새 냉정해져 있었다.

"나가고 난 다음에 생각합시다."

반규린은 순간 분노도 잊고 자신의 팔목을 잡은 백무연의 따뜻한 손에만 신경이 쓰이는 것이었다.

그러다 그녀는 퍼뜩 정신을 차리고 주위를 둘러싼 연왕부의 무사들을 바라보았다.

"좋아요."

그녀는 손을 쫙 펴서 백무연의 손을 맞잡았다. 사방이 적으로 둘러싸인 가운데 그들 둘 뿐이었다.

햇빛에 반사된 창검(槍劍)이 모래알처럼 반짝였다.

그 모습을 보며 백무연은 자기도 모르게 가슴이 살짝 떨리는 것을 느꼈다.

한 달 만이었다. 자신도, 반규린도 십자맹에서 부상을 입은 지 한 달 만에 겨우 완쾌를 하고 다시 사람을 상대로 무공을 쓰게 된 것이다.

부상을 당했던 때와 마찬가지로 이번에도 유쾌한 상황은 아니었다. 아니, 애초에 무공을 쓸 때 유쾌한 상황이란 것은 좀처럼 존재하지 않았다.

자신이나 다른 사람들이나 결국 상대방을 제압하기 위해 무공을 사용하고 있었다.

'아니, 나는 그렇지 않아.'

라고 되뇌어보아도 자신의 손은 이미 많은 사람을 쓰러뜨리지 않았는가.

하지만 어쩔 수 없는 일이었다. 이번에도 어쩔 수 없다.

문득 여기에 없는, 흔적도 없이 사라져 버린 임파초에 대한 원망하는 마음이 일어났다.

그를 생각하자 백무연의 얼굴이 딱딱하게 굳었다.

도대체 그가 오늘 한 행동은 무엇이란 말인가?

'나중에 보면 꼭 물어봐야 한다.'

귀여운 구석이 있는 백무연의 눈매가 싸늘해지며 눈빛에 섬뜩한 귀기가 어렸다.

갑자기 매서워진 그의 살기에 당황한 것은 주변을 둘러싸고 있던 무사들이다.

"으읏."

몇 명은 그 기에 눌려 자기도 모르게 신음 소리를 내고 말았다. 무의식중에 한두 걸음 물러난 자도 있었다.

하지만 상대는 아직 앳된 소년이 아닌가? 그 옆에 있는 소녀도 가냘프고 허약하게 보이기만 할 뿐이다.

여기까지 생각이 미치자 무사들은 순간 자신들의 행동에 심히 부끄러움을 느꼈다. 부끄러움은 곧 상대를 향한 분노로 전이되었다.

"이야앗!"

"하아아!"

무사들은 기세 좋게 창검을 휘둘렀다. 일단 저 정도의 살기를 발산하는 자라면 자연히 무공도 알 것이라고 생각했기에 창검의 궤적은 백무연 하나에게 집중되어 있었다.

피하지 않고 그대로 맞는다면 금세 어육처럼 이리저리 쪼개질 정도로 강한 힘들이었다.

하지만 백무연은 마치 아무것도 보지 못하는 것처럼 두 팔을 늘어뜨리고 가만히 서 있다. 아까 살기를 발출하던 모습과는 달리, 두 눈을 가만히 내리깔고 있는 그 모습은 무공을 모르는 것도 같다.

어느새 십 수개의 병장기가 공기를 찢어발기며 백무연의

전신 요혈로 쇄도했다. 강철의 시큼한 냄새가 백무연의 코를 찌를 듯이 달려들었다.

그때, 백무연은 눈을 살짝 위로 뜨며 아주 작게 중얼거렸다.

“열여섯.”

“응?”

가장 가까이 있던 무사가 순간 그 말의 뜻을 되뇌이다, 그것이 백무연에게 달려들고 있는 병장기의 숫자라는 것을 알아챘다. 그러나 그때는 이미 무서운 잠력(潛力)이 백무연에게서 뿜어져 나오고 있었다.

“어어엇!”

“으앗?”

무사들은 제각기 놀라 한마디씩 했다.

이미 모두가 허공 중에 정지해 있다.

거미줄에 걸린 벌레들처럼 열여섯 개의 병장기들은 내리치던 자세 그대로 백무연의 코앞에서 정지해 있었다. 그뿐만이 아니라 열셋의 무사들마저 숨이 멈춘 듯 각기 부자연스러운 자세로 멎어 있었다.

주위를 온통 희미하게 감싸고 있는 하얀 천은 바로 백무연의 염포(殮布).

“사자염습(死者殮襲) 제삼례(第三禮) 염포지망(殮布蜘網)!”

알아차렸을 때는 이미 늦었다.

쾅! 하는 엄청난 소리와 함께 무사들은 병장기와 함께 사방으로 날아갔다. 대부분은 가슴까지 역류한 울혈(鬱血)을 토해내며 매캐한 흙먼지 너머로 힘없이 쓰러졌다. 부상들이 가볍지 않아 보였다.

백무연은 씁쓸하게 그 모습을 바라보았다.

'결국 또 이렇게 되고 말았다.'

힘을 조절하려고 했지만 열셋이나 되는 상대의 내공을 한 몸에 받아내기는 무리여서 그대로 전신의 잠력이 격발되고 말았다.

덕분에 그것을 견디지 못한 무사들은 각기 가볍지 않은 내상을 입고 실 끊어진 연처럼 무력하게 날아간 것이다.

다치게 하고 싶지는 않았지만 어쩔 수 없었다. 하지만 아무래도 태연해질 수는 없다.

'이럴려고 무공을 배운 것이 아닌데.'

그때 백무연의 어깨에 따뜻한 손 하나가 올라왔다.

"안 갈 거예요?"

돌아보니 역시 반규린이었다. 그녀는 평소답지 않게 웃는 것도, 우는 것도 아닌 애매한 표정으로 백무연을 바라보고 있었다.

그녀는 같이 지낸 한 달 동안 백무연의 성격에 대해 어느 정도는 파악하게 되었다. 천진하게 웃고 있지만 한구석엔 그림자가 있다. 하지만 자신은 그것을 모른다.

사람을 다치게 하는 것을 극도로 싫어하는 것도 그중 하나
다.

'아직 어려.'

자신이 손을 써놓고 결국은 스스로를 자책하는 모습. 이왕
손을 쓸 거면 각오를 하고 그에 따른 책임을 져야 한다.

물리적으로나, 정신적으로나.

하지만 그녀가 지켜본 백무연은 그런 마음가짐이 없었
다. 난처한 얼굴로 누구도 아닌 자신에게 항상 묻는 것이
다.

이것이 옳은가? 저것이 옳은가? 난 왜 이것을 했는가?

자신을 비롯한 어느 누구도 대답해 주지 않는 끝없는 자문
과 괴로움.

그것이 저 선동(仙童)처럼 눈부신 모습 뒤편의 이면이었
다.

그러나 반규린은 그 모습이 나쁘다고 생각하지 않았다. 오
히려 마음 한구석에서는 약간의 부러운 마음마저 갖고 있었
다.

'나는 그렇지 않아.'

저렇게 순수하게 남의 아픔에 대해 생각해 본 적이 없다.
언제나 나의 관심사는 내가 살아남는 일 뿐이었다.

일단 그것이 우선, 다른 사람의 아픔은 다른 사람에게 맡긴
다.

아니, 애초부터 그런 것에 대해서는 전혀 신경 쓰지 않았는지도 모른다.

그런 사람은 그녀뿐만이 아니었다. 지금껏 만나온 많은 사람들이 어찌 보면 놀라울 정도로 타인의 아픔에 반응하지 않았다.

더구나 칼이 날고 피가 튀는 일상이 계속되는 무림에서라면 사람들의 둔감은 더했다. 나의 아픔은 형언할 수 없을 정도로 크고 다른 사람의 아픔은 전혀 느껴지지 않는다.

지금까지 백무연 같은 사람은 만나본 적이 없었다.

"괜찮습니까?"

"네에?"

반규린은 흠칫 놀랐다.

"표정이 안 좋군요."

백무연은 자신의 애매한 표정을 보고 또 자신까지 걱정하고 있는 것이다.

"아, 아니에요. 그리고 그런 말은 숙녀에게 실례가 아닌가요?"

"그렇군요. 죄송합니다."

백무연은 선선히 고개를 숙였다. 그 모습을 보자 반규린은 바보스럽다고 생각하는 동시에 너무도 순수하다고 느꼈다. 하지만 또 한편으로는 풍진강호에 도저히 이 소년은 어울리지 않는다고 생각하게 되는 것이었다.

그때였다.

"제법이군."

얼음장처럼 차가운 목소리.

그 말과 함께 연왕부의 총관 장백유가 천천히 걸어오고 있었다. 십 보(步)쯤 앞에서 멈춰선 그는 흑백 한 쌍의 판관필(判官筆)을 꺼내 들고 있었다.

화려한 문관복과 판관필은 얼핏 어울리는 무기이지만 강철로 된 날카로운 끝부분은 수많은 사람들을 해쳐온 듯, 섬뜩한 기분마저 느끼게 했다.

반규린은 흑백의 판관필을 보자 한때 강호에서 크게 명성을 떨쳤던 한 고수의 별호가 떠올랐다.

"음양쌍필(陰陽雙筆)?"

"호오, 나를 알아보다니?"

반규린의 말에 장백유가 더 놀란 듯 번뜩이는 시선으로 그녀를 바라보았다. 예전의 음양쌍필 장백유는 확실히 대강(大江) 남북을 진동케 하던 무소속의 고수였다.

그런 그가 약 십 개월의 활동을 뒤로 하고 강호에서 종적을 감춘 것이 벌써 십오 년 전이었다.

때문에 장백유는 아직도 자신의 별호를 기억하는 사람이 있다는 것에 놀랐다. 또 그 사람이 자신이 강호에서 판관필을 휘두를 때 겨우 어머니의 젖을 빨았을 만한 나이의 소녀라는 것은 더욱 놀라운 일이었다.

그는 약간 반가운 마음마저 들었다.

하지만 반규린의 입에서 나온 다음 말은 그의 경계심을 다시 바짝 자극시켰다.

“당신이 연왕부의 총관이라니? 왜죠?”

장백유는 그 말을 듣자 매서운 눈빛으로 반규린을 바라보았다. 그 눈빛에는 살기가 가득했다. 누가 봐도 다음 말을 하면 좋아할 분위기가 아니어서 반규린은 입을 다물었다.

옆을 보니 백무연은 아까 부상을 입은 무사들을 슬쩍 곁눈질하고 있었다.

그들은 입가에 하나씩 핏줄기를 물고 주저앉아 운기조식을 하고 있었다. 부상이 심한지 아직 일어나지 못하고 엎어져 있는 자도 둘쯤 보였다.

백무연의 얼굴에 안타까운 표정이 떠올랐다. 당장이라도 달려가서 명문혈에 쌍장을 대고 내력을 불어넣어 줄 것 같은 얼굴이었다.

그 모습을 보자 반규린은 자기도 모르게 크게 소리를 치고 말았다.

“백 공자!”

“네?”

“이번에는 내가 싸울 거예요. 이제 진정한 저의 실력을 보게 될 거예요.”

“네?”

“우리 둘 중 누가 더 강한지, 이번 기회에 똑똑히 보여드리죠.”

“네?”

백무연의 당황에는 아랑곳없이 반규린은 갑자기 그의 옆으로 다가가더니 그 품을 뒤지는 것이었다.

“바, 반 소저?”

“가만있어요! 여기다 뒀는데… 아, 여기 있다.”

반규린이 백무연의 두툼한 겉옷 속에서 소중하게 꺼내 든 것은 한 쌍의 청홍소검(靑紅小劍)이었다. 반규린은 검이 너무 무겁다면서 백무연이 품고 있게 했던 것이다.

그래서 손잡이에는 따뜻한 체온이 느껴졌다. 길이는 어른 팔뚝 정도로, 장백유가 꺼내 든 판관필보다 기껏해야 네다섯 치 정도 더 길 뿐이었다.

사실 반규린은 자신의 자랑인 독무(毒霧)를 한동안 사용할 수 없었다. 그것에 대해 백무연이 궁금한 듯 물어오자 반규린은 차갑게 웃으면서,

“여자의 비밀을 또 알고 싶은 거예요?”

라고 하자 백무연은 더 이상 묻지 않고 순순히 물러났다. 사실 ‘여자의 비밀’ 에 대해 묻지 않는다는 조항도 이미 계약서에 써 있었기에, 반규린은 대답하기 곤란한 것이나 귀찮은 것이 있으면 종종 이 조항을 애용하곤 했다.

사실 독무를 쓸 수 없는 것은 연달아 입은 부상이 몸에 안 좋게 작용했기 때문이었다. 반규린은 굳이 이런 것까지 백무연에게 말해서 쓸데없는 걱정을 하게 만들고 싶지 않았다.

독무와 함께 반규린이 수련해 온 무공은 바로 쌍검(雙劍)이었다. 그래서 그녀는 정양하는 한 달 동안 잠시 게을리 했던 쌍검을 다시 붙잡고 열심히 수련했다.

그 모습을 바라보던 백무연은 '괜찮군요'라고 말했다가 대련을 해보자고 달려드는 반규린을 한동안 열심히 피해 다녀야 했다.

임파초도 몸의 어딘가에 바람구멍이 난 듯 실실 웃으며 쌍검을 들고 구슬땀을 흘리는 반규린을 말없이 바라보다가 가끔 중요한 부분을 지적해 주곤 했다.

하여튼 그 덕분에 반규린은 예전보다도 자신의 쌍검술이 더 나아진 것 같다는 생각을 하고 있었다.

하지만 장백유는 무시하는 표정을 얼굴에서 감추지 못했다.

"무기에는 눈이 없다."

"그래요? 그쪽이야말로!"

반규린은 외침과 동시에 달려들며 장백유의 머리를 번개같이 찔렀다. 장백유가 몸을 틀어 머리를 피하며 흑백의 판관필을 반규린의 가슴과 허리에 연달아 휘두를 때.

반규린은 얼른 그것을 막아내며 오히려 장백유의 팔꿈치를 비틀어 찔렀다. 이 한 수가 꽤나 날카로워서 장백유는 두세 걸음 뒤로 물러서야 했다.

순간 장백유의 얼굴에 노기가 서렸다.

"받아라!"

장백유는 소리를 지르며 흑백쌍필을 찔러갔다. 하지만 반규린의 대응도 만만치 않았다.

흑, 백, 청, 홍의 사색(四色)이 서로 섞이고 갈리며 무수한 변화를 만들어내 보고 있는 사람들의 눈을 아프게 했다.

둘은 완전히 서로의 간격 안에 있었다.

숨 막히는 단병접전(短兵接戰)!

순식간에 십수 합이 갈리고 엇! 하는 소리와 함께 둘은 떨어졌다. 장백유의 왼팔에서 미세하게 핏방울이 흐르고 있었다.

"왜, 무기에는 눈이 없다면서요?"

"이, 이런 쳐 죽일……!"

반규린은 대답을 기다리지 않고 곧바로 섬광처럼 짓쳐 들어갔다.

그것을 막아내는 장백유의 동작이 점점 바빠졌다. 장백유는 속으로 반규린의 기량에 크게 놀랐다.

'나이에 비해 내공이 안정적이고 초식이 정묘하다. 방심하다가는 정말 크게 당하겠다. 그러면 무슨 망신인가.'

장백유는 흥분했던 마음을 이내 냉정하게 가라앉혔다.

역시 노강호(老江湖)라 어느새 그의 방어가 안정되었고 점점 날카로운 공격이 섞이기 시작했다.

반규린은 초조해졌다.

상대를 정신 못 차리게 해놓고 얼른 몸을 빼는 것이 목적이었는데, 이러다가는 도리어 자신이 밀리게 생길 판이었다.

하지만 반규린은 그럴수록 더욱 오기가 생겼다.

'흥! 은퇴한 지 십오 년인 퇴물 하나도 못 이길 줄 알고?'

그녀의 공격이 순간 칼로 그물망을 짜듯 정교해지자 상대하고 있던 장백유는 크게 놀랐다.

어느새 자신의 판관필은 반규린의 검망(劍網)에 보기 좋게 갇혀 있는 꼴이 되었다.

반규린은 크게 기합을 내지르며 청검(靑劍)으로는 흑백쌍필을 봉쇄하고, 홍검(紅劍)으로는 장백유의 목줄기를 벼락같이 찔렀다.

마치 푸른 바다에 붉은 태양이 떠오르는 것 같은 눈부신 공격이었다. 눈을 뜨고 있던 자들 몇이 '아아' 하고 탄성을 질렀다.

스르릉! 소리와 함께 장백유의 목줄기 바로 위로 홍검이 스쳐 지나갔다. 하지만 간발의 차이로 몸을 피한 장백유는 소리 없이 눈을 빛냈다.

이 초식에서의 반규린의 빈틈을 발견한 것이다.

두 개의 무기를 하나로 막으려고 하다 보니 절로 빈틈이 생겨, 그곳을 찌른다면 아직 완벽히 익히지 못한 것으로 보이는 이 초식을 완전히 분쇄할 수 있을 것 같았다.

그러나 장백유는 내색하지 않고 평소처럼 계속 상대했다. 내심으로는 반규린이 꼭 한 번만 더 이 초식을 펼쳐 주기를 기다리고 있었지만, 겉으로는 음흉하게도 반규린의 초식이 무척 의외인 것처럼 떨떠름한 표정을 짓고 있었다.

그 모습을 보자 반규린은 속으로 크게 기뻐했다.

'좋아, 한 번만 더!'

그녀는 기회를 보아 다시 한 번 청망홍섬(靑網紅閃)을 시전했다. 그러자 장백유는 싸늘한 미소를 흘렸다.

청망이 펼쳐지고 홍섬이 날았다. 하지만 홍섬이 날기 전, 그 짧은 틈에 반규린의 왼쪽 어깨가 움찔하며 틈이 생긴 것을 장백유의 흑필(黑筆)은 놓치지 않았다.

곧 흑필은 매서운 흑섬(黑閃)이 되어 날아들었다. 반규린은 돌변한 상황에 얼굴이 새파래졌지만 초식을 펼치는 도중이라 왼쪽 어깨가 그대로 박살날 판이었다.

하지만 그때,

휘리릭!

소리와 함께 장백유가 펼친 검은 벼락은 하얀 모래사장에 흡수된 것처럼 씻은 듯이 사라졌다. 반규린은 위기에서 벗어났다는 생각이 들자마자 누가 구해줬는지도 돌아보지 않고 즉시 열 걸음이나 뒤로 물러섰다.

물론 그녀는 누가 구해줬을지 이미 짐작하고 있었다.

백무연이 염포의 한쪽 끝자락을 쥐고 있었다. 벼락같이 떨어져 내리던 흑필은 백무연의 염포에 붙잡혀 침묵하고 있었다.

장백유는 그런 백무연을 바라보며 엄하게 꾸짖었다.

"강호의 도의도 모르느냐."

"흥! 약한 아녀자를 공격하는 게 강호의 도의던가요?"

반규린의 가시가 돋친 말에 장백유는 아연한 표정을 지었다.

그때 펑! 소리가 나며 장백유와 백무연은 각기 몇 걸음 뒤로 물러섰다. 그 순간,

"계속 여기 있을 거예요? 빨리!"

낭랑한 말을 남긴 채 반규린과 백무연은 장내에서 사라져 버렸다.

그들이 점이 되어 사라지는 쪽으로 장백유가 급히 몸을 날리려는 순간,

"총관님! 총관님!"

다급하게 부르는 소리에 장백유의 신경이 날카롭게 곤두섰다.

"뭐냐!"

뒤를 돌아보는 그의 앞에 옷의 이곳저곳이 심하게 찢긴 연왕부의 하인 하나가 비틀거리며 달려와 엎드렸다.

"도적이, 도적이 들었습니다!"

순간 장백유의 마음속에 섬뜩한 불안감이 스몄다.

해가 점점 서쪽으로 기울고 있었다.

반규린은 들판의 풀들을 좌우로 날리며 부리나케 뛰고 있었다. 그 뒤를 놓칠세라 백무연이 빠르게 달리며 외쳤다.

"반 소저! 천천히 가도 될 것 같습니다만."

"웃기지 말아요! 그 인간을 당장 잡아서 족쳐 버릴 테니까!"

반규린은 날카롭게 외치며 더욱 속도를 더했다. 백무연 역시 한숨을 쉬면서 발을 더욱 빠르게 했다.

어느새 둘은 허름한 초옥 앞에서 멈춰 섰다. 이곳이 바로 지난 한 달 동안 그들이 임파초와 함께 묵고 있던 집이었다.

잡초가 무성하게 자란 앞마당에는 반규린이 검술 수련을 하느라 어지럽게 밟은 발자국이 뚜렷하게 남아 있었다.

반규린은 냉소를 지으며 청홍소검을 빼 들었다.

"흥!"

그녀는 몸을 날려 집 안으로 뛰어들어 갔다. 백무연 역시 그녀의 뒤를 따라 몸을 날렸다.

집 안은 어둡고 조용했다. 방금 전까지 누가 있었던 듯, 차가 담겨 있는 나무잔에서 김이 오르고 있었다.

하지만 임파초는 어디에도 없었다.

그리고 탁자 위에 종이가 한 장 놓여 있었다. 거기에는 빠르게 갈겨쓴 필체로 임파초의 전언이 쓰여 있었다.

오호, 잘 왔네.

여기까지 뛰어오느라 힘들었을 텐데 차라도 한 잔 마시게.

내 장물로 지내는 것이 생각보다는 즐거운 시간이었지?

오늘은 약간 신세를 졌네. 하지만 내가 무려 한 달 동안 먹여주고, 재워주고, 입혀주고, 밤잠도 자지 않고 간호해 주었으니, 그것을 생각해 보면 내가 약간 손해인 건 아닌가 싶네만 뭐 나의 넓은 아량으로 우리의 빚은 이제 없는 것으로 하지.

그럼 안녕.

靑銅劍客.

"이, 이게 대체 뭐야!"

반규린은 소리를 버럭 질렀다. 집 안을 몇 번이나 이 잡듯이 뒤져 보았지만 다른 물건들은 모두 제자리에 놓여 있을 뿐 특별한 점은 없었다. 그녀는 지쳤는지 빈 의자에 털썩 주저앉아 미지근한 차를 단숨에 들이켰다.

"내 이 인간을 가만두나 봐라!"

그녀는 주먹을 불끈 쥐고 얼굴이 빨개져서 씩씩거렸다.

백무연은 그녀가 내팽개친 편지를 집어 들고 읽은 뒤 한숨을 내쉬었다. 임파초는 어디론가 가버린 것이다.

문득 백무연의 뇌리에 그의 큰 키와 호기로운 웃음이 떠올랐다. 나쁜 사람이 아니었다. 어쩐지 마음 한구석이 허전했다.

'어디로 간 것일까?'

아무도 모른다. 바람이라면 알까.

바람 같은 사나이였다. 백무연은 임파초를 처음 보던 순간부터 그렇게 생각했다. 자신의 정체를 보이지 않고, 자신이 어디에서 오는지, 어디로 가는지 누구에게도 알리지 않는 바람.

'청동검객이라니, 차라리 청풍(靑風)검객이라고 했으면 좋을 뻔했어.'

그는 혼자 생각하며 실없는 웃음을 지었다. 그 모습을 보며 어느새 냉정해진 반규린이 고개를 갸웃거렸다.

"뭐예요, 미쳤어요?"

"네? 아, 아닙니다."

"흠?"

그녀는 백무연을 가까이에서 바라보았다. 백무연은 그녀 몸에서 나는 꽃내음 비슷한 향기가 코에 확 와 닿자 얼굴이 은은하게 붉어졌다.

최근 그녀가 너무 가까이 다가오면 정신을 차리기가 힘들었다. 이유는 정확히 알 수 없었지만.

"그, 그보다 괜찮습니까?"

"네? 뭐가 말이에요."

"그게…… 임 협객(俠客)이 떠난 것 말입니다."

"협객은 무슨. 다음번에 내 손에 걸리면 아예 걸어다니지도 못하게 아작을 내 버릴 거예요."

반규린은 미소를 띠고 그런 말을 아름다운 시(詩)처럼 말했다.

백무연은 그 말을 듣자 등골이 서늘해졌다. 어쩐지 임파초의 내일은 가히 밝지만은 않을 것 같았다.

반규린은 그런 백무연을 바라보면서 묘하게 미소 짓고는 다시 눈을 동그랗게 뜨고 물었다.

"이제 어떻게 할 거예요?"

"네?"

백무연은 의외의 질문에 잠시 멍하니 있었다.

전혀 생각해 보지 않았다.

자신은 이제부터 어떻게 할 것인가.

십자맹에서 입었던 상처는 완전히 회복되었다. 십자맹의 사람들이 그 후 어떻게 되었는지는 알지 못하지만. 그 소식을 알아봐야 할 것 같기도 하다.

아니, 그보다 훨씬 앞서는 일이 있다.

어머니를 찾아야 한다. 여기까지 생각이 미치자 백무연은 꿈꾸는 듯한 눈빛으로 허공에 어머니의 모습을 그렸다. 잘 그려지지 않는다.

가느다란 턱 선, 큰 눈, 도톰한 입술. 손에 잡힐 듯 안 잡힐 듯 희미하기만 하다.

"뭐 할 거냐니까요?"

상상이 확 깨졌다.

"아, 네."

백무연은 당황하며 대답했다.

"딱히 구체적인 계획이 서 있지는 않습니다."

그러자 반규린의 입가에 득의한 미소가 걸렸다.

"흠, 그렇단 말이죠?"

그리고 그녀는 잠시 생각을 하더니,

"그럼 나랑 같이 다니면 되겠네요."

백무연은 언뜻 이해가 되지 않아 반문했다.

"아무래도 백 공자는 강호의 경험이 부족해서 실수를 저지를 염려가 많이 되고, 그래서 나를 따라다니면서 많은 것을 배우는 게 좋을 것 같아요. 이건 내가 오래 전부터 생각해 오던 거예요."

갑자기 진지해진 반규린의 얼굴 앞에서 백무연은 머뭇거렸다. 어떻게 대답해야 할지 모르겠다. 나쁘진 않지만 곤란하다.

“저, 그게…….”

“뭐죠? 나랑은 같이 다니기 싫다는 거예요?”

“아니, 그런 게 아닙니다.”

백무연은 얼른 말한 뒤 반규린의 눈치를 살피고는 말을 이었다.

“사실 저에게는 강호에 나온 이유가 있습니다. 바로 어떤 사람을 찾는 것입니다.”

“그럼 같이 찾아요.”

“네?”

“왜요? 곤란한가요?”

“아니, 그런 건 아니지만……. 소저와 같이 다니면 미욱한 제가 많은 폐를 끼칠 것 같습니다.”

“전혀요.”

강경한 반규린의 태도에 백무연은 할 말을 잃었다. 그때 그녀가 품 안에서 글씨가 빽빽하게 적힌 종이를 꺼내 그의 앞에 살짝 흔들었다.

“계약서, 잊은 건 아니죠?”

“아니, 그건…….”

“싫다면 굳이 백 공자를 억지로 붙잡고 싶은 생각은 없어요.”

갑자기 그렇게 말하며 반규린은 차갑게 몸을 돌렸다.

“하지만 백 공자도 저의 도움이 필요하고 저도 백 공자의 도움이 필요할 거예요. 이왕 같이 다닐 거라면 얼굴이라도 알고 조금이라도 친해진 사람끼리인 것이 낫지 않나요?”

그녀의 어조는 어쩐지 좀 쓸쓸하다.

백무연은 생각에 잠겼다.

아름다운 손가락 사이에 가만히 끼어 있는 자신과 반규린 사이의 계약서.

사실 백무연은 저 수많은 내용을 제대로 외우고 있지도 못했다. 반규린이 갑자기 적어 넣은 것이었고, 서약 역시 반규린이 일방적으로 시킨 것이다.

하지만……. 그랬다.

계약서 때문에 반규린을 도운 게 아니었다. 자신이 돕고 싶었기 때문이다. 새삼스럽게 느껴졌다.

그리고 지금도.

거기까지 생각이 미치자 백무연은 저절로 눈부신 미소를 지었다.

“반 소저의 명을 따르겠습니다.”

“그래요?”

반규린은 잠시 말이 없더니,

“그럼 차 한 잔 더 끓여 와요.”

“네?”

“계약서를 잊은 건가요?”

백무연은 두말없이 찻잔을 들고 부엌으로 걸어갔다. 반규린은 그의 뒷모습을 부드러운 눈길로 바라보았다.

어느새 붉은 사양(斜陽)이 초옥을 따뜻하게 비추고 있었다.

第四章
항산옥녀(恒山玉女)

장의문주

아직 만물이 얼어 있는 겨울의 이른 새벽.

반규린은 침상 위에서 감기려는 눈을 억지로 떴다.

사방은 아직 고요하고 어둑해서 눈이 어둠에 익숙해질 때까지 잠시 기다려야 했다.

어제 수련이 약간 무리했던 탓인지 양 어깨가 저려왔다. 무지하게 일어나기가 싫었지만 반규린은 마음을 다잡고 벌떡 일어났다.

새벽 공기가 차갑게 느껴졌다.

살금살금 방을 나와 백무연이 자고 있는 옆방 문 앞으로 갔다. 귀를 기울이니 미약하고 긴 숨소리가 규칙적으로 들린다.

반규린은 그가 자고 있는 것을 확인하자 몸을 돌렸다.

그런데 몸을 돌리는 순간, 무언가에 강하게 부딪치고 말았다. 찌르르 울리는 느낌이 왼쪽 다리에 고스란히 전해져 온다.

"아얏! 읍!"

아픈 가운데서도 겨우 입을 막고 숨을 죽였다. 백무연이 눈치 채면 안 된다! 다행히 그는 계속 꿈나라에 가 있는 듯, 숨소리는 끊어질 듯, 이어질 듯하며 규칙적으로 들려왔다.

그녀는 아주 작게 한숨을 내쉬었다. 다리가 정말 떨어져 나갈 것처럼 아파서 눈물이 쏙 삐져나왔다.

눈앞을 자세히 보니 희미한 윤곽이 드러난 그것은 바로 쇠로 된 탁자의 커다란 다리었다.

당장 집어 던져 버리고 싶었지만 꾹 참고 그것을 무섭게 째려본 뒤 후원으로 나왔다.

차가운 바람이 살짝 불어 그녀의 머리카락을 날렸다. 먼 데서 하늘이 점차 밝아오려 하고 있었다.

희미한 새벽빛을 받으며 서 있는 그녀의 모습은 황홀한 것이었지만 반규린 자신은 그런 것을 아는지 모르는지 어느새 안력을 돋우어 허공의 한곳만을 바라보고 있었다.

구름 하나 없는 아직 어둑한 하늘에 어느새 조그만 점이 하나 찍혀 있었다. 반규린은 그 점을 확인하고 초조하던 마음이 겨우 진정되는 것을 느꼈다.

그 점은 점점 커지며 하나의 작은 비둘기가 되어, 그녀의 팔에 내려앉아 머리를 비볐다. 반규린은 비둘기를 조금 쓰다 들어 주고는 준비했던 물통을 비둘기의 입에 대어주었다.

그리고 버둥거리는 비둘기를 붙잡고 그 다리에 매달려 있는 가느다란 대나무통을 뺐다. 거기에는 작게 말린 서신이 있었다.

반규린은 그 서신을 조심스럽게 펼쳤다.

서신에 써 있는 글자 수는 평소보다 많았고, 내용도 생각보다 중대한 일을 말하고 있어서 그녀는 그것에 매우 집중하고 있었다. 때문에 어느 순간 후원에 하얀 그림자 하나가 나타난 것은 전혀 의식하지 못하고 있었다.

비둘기가 문득 고개를 쳐들고 하얀 그림자를 향해 낮게 울었을 때에야, 그녀는 비둘기처럼 서신에 박고 있던 머리를 들고 자기도 모르게 비둘기의 시선을 따라갔다.

그리고는 멈칫했다.

"귀여운 비둘기군요."

"백 공자!"

놀라서 아무것도 생각나지 않았다. 백무연은 그런 그녀의 모습을 잠시 바라보더니 난처한 표정을 지었다.

"제가 실례를 했습니까?"

사람 좋은 미소를 짓는 그의 표정에 악의라곤 전혀 없었다. 그러자 반규린은 마음속 가득했던 경계가 스르르 풀리는 것을 느꼈다.

"아, 아니에요."

하지만 들켜 버렸다. 그토록 용의주도하게 벌인 일이었지만 역시 백무연의 눈을 속이지 못한 것이다. 그녀는 자신이 의표를 찔렸다는 것에 은근히 짜증이 치미는 것이었다.

"자고 있지 않았어요?"

"아, 뭔가 크게 부딪치는 소리가 나서 잠을 깼습니다."

반규린은 저절로 얼굴이 붉어졌다. 무식하게 커다란 탁자가 정말 원망스러웠다. 새로 숙소를 마련할 때부터 두 사람이 쓰기에는 너무 과한 크기 때문에 계속 마음에 걸렸다. 하지만 백무연이 보고 꽤 마음에 든다며 이대로 놔두자고 해서 그녀도 내키지는 않지만 수긍했던 것이다.

'그놈의 탁자를 내일 당장 부숴 버려야지.'

그렇게 생각하면서도 반규린은 인내심을 발휘하며 태연한 미소를 지었다.

"아, 그래요. 어두워서 그만."

"그 비둘기는 전에도 몇 번 봤는데요. 어디서 오는 겁니까?"

대답하면 안 되는 질문에 반규린의 얼굴이 살짝 굳어졌다. 그렇다면 전에도 자신이 전서구(傳書鳩)로 연락을 취하는 것을 보았단 말인가? 인기척을 숨기고? 그녀의 이마에 가느다랗던 핏대가 굵어졌다.

"여자의 비밀을 또 묻는 건가요?"

그렇게 말하자 백무연은 다시 난처한 웃음을 지었다.

"실례했습니다."

둘 사이에 어색한 침묵이 흘렀다. 역시 '여자의 비밀'은 효과 만점이었다. 하지만 백무연을 이대로 보내도 되는 걸까? 라고 반규린은 생각했다.

그리고 방금 읽은 서신의 내용이 심상치 않아서 내일부터라도 당장 움직여야 한다. 그리고 백무연도 도와주어야 하는 일이니까.

이런 생각이 들자 반규린은 고개를 꾸벅하고 하품을 하며 돌아서는 백무연의 뒷모습을 불러 세웠다.

"잠깐만요."

"네?"

"비둘기가 그러는데 할 일이 생겼대요."

"네?"

"으흠, 잘 들어요. 지금 정사대전이 소강상태에 접어들었다는 건 전에 말했으니까 알고 있죠? 그래서 무림이 좀 조용하다 싶었는데 지금 큰 사건이 하나 터졌어요."

반규린은 방금 봤던 서신의 내용에 자신의 지식을 덧붙여 자세히 설명하기 시작했다.

정파의 지주 중 하나인 항산파(恒山派).

그 장문인인 이인묵(李仁墨)은 높은 덕과 강한 무공으로 정파 내에서 중요한 위치를 차지하고 있었다. 사실 그의 존재로 인해 끈질기게 계속되는 전쟁 속에서도 항산파는 하나로 뭉쳐 지금까지 버텨올 수 있었던 것이다.

그런데 그런 이인묵이 며칠 전에 칼에 찔려 죽은 시체로 발견되었다.

그리고 그의 옆에서 자고 있는 채로, 피묻은 칼을 쥐고 있던 한 소녀가 발견된 것이다.

놀랍게도 그 소녀는 바로 이인묵의 외동딸인 이해은(李該誾).

여러 가지 조사 결과 이인묵의 몸에 난 검상은 이해은이 품고 있던 칼에 의한 것이며, 또 그 수법은 이해은이 최근 연마하던 산화검법(散花劍法)에 의한 것임이 밝혀졌다.

하지만 항산파의 문도들은 하나같이 그것을 부정하려 하는 분위기였다.

평소 이 아버지와 딸의 관계는 더없이 정답고 행복했다는 것으로, 도저히 살인이 일어날 수가 없다는 것이다.

오직 장문인의 대제자인 한문기(寒門旗)만이 그녀의 혐의를 확신하며 처형을 주장했다.

그러나 당사자인 이해은은 눈을 내리깔고 침묵만을 지키고 있었다.

부르는 어떤 말에도 대답하지 않고 무언가를 두려워하는 것처럼 입을 다물고만 있는 그녀를 사람들은 너무나도 큰 충격에 정신이 혼미해진 것이라고 판단했다.

결국 이해은은 현재 항산파의 구중심처에서 철저하게 보호되고 있다. 그리고 그녀 옆으로는 누구도 접근할 수가 없다고 한다.

"우리는 바로 항산옥녀(恒山玉女)라 불리는 이해은에게 가는 거예요."

"항산옥녀?"

"그만큼 귀엽고 아름다우며, 무공 또한 상당한 경지에 이르렀기 때문에 얻은 별명이래요. 나이는 열다섯쯤? 무림인 기준으로 첫 살인을 저지르기엔 적당한 나이이려나."

반규린은 반쯤 장난스럽게 중얼거렸지만 백무연은 입을 다물고 진지하게 무언가를 생각하는 듯했다. 그녀도 사람이 죽은 것에 대해 괜히 장난으로 말했나 싶어 입을 다물었다. 그러다 백무연이 다시 입을 열었다.

"반 소저는 어떻게 생각하십니까?"

"글쎄요. 설마 아버지를 죽이는 딸이 있을까요. 아들이라면 몰라도. 더구나 그렇게 부녀의 사이가 좋았다는데."

"그런가요."

백무연은 고개를 끄덕이더니,

"그런데 졸리지 않으십니까?"

"다, 당연하죠. 새벽부터 나와서 이러고 있는데. 자리 들어갈 거예요."

"그럼 전 먼저 들어가 있겠습니다."

"그래요. 아, 정오에 출발하는 게 좋겠어요."

백무연은 알았다고 하며 방으로 들어갔다. 반규린은 그 뒷모습을 보며 안심과 동시에 마음 한구석이 스산해지는 것을 느꼈다.

그것은 무언가를 숨기고 있는 사람들의 공통적인 심리인 모양이다.

'휴.'

그녀가 숨기고 있는 것에 백무연은 그다지 관심이 없는 듯했다. 아니, 관심이 있다고 해도 구태여 그것을 캘 생각은 없는 것 같았다. 애초에 그런 것에 집요하게 관심을 가질 사람이 아니었다.

반규린은 다행이라고 생각하며 혼자 희미하게 웃었다.

밝아오는 여명 속으로 비둘기를 날려 보내고, 반규린은 잠시 혼자서 후원을 거닐었다.

잠이 오질 않았다. 앞에 닥친 사건이 아무래도 심상치 않아서 잠을 모두 날려 버린 듯했다.

'항산파가 지금 이해은의 외부 접촉을 단절시킨 이유는 구영문에서 직접 조사하러 오기를 기다리고 있기 때문이다.'

정파의 영수 격인 구영문이 이 사건을 가만히 넘어가지 않으리라고 그녀는 확신했다. 분명히 사람을 보낸다.

더구나 조사에 오는 인원까지 그녀는 추측했다. 외문(外門)

의 인원 몇에, 평소에는 전혀 강호에 나오지 않는 내문(內門)의 사람까지 끼어 있을 것이다.

반규린이 느끼기에 이 사건에는 무언가 음모가 있었다. 지금까지 그녀가 계속 쫓고 있는 정사대전(正邪大戰)에 관한 음모.

정파도 사파도 아닌 제삼의 세력이 여러 곳에 손을 뻗치다가 이제 항산파에까지 어두운 그림자를 떨친 것이다. 그 그림자의 끝이라도 붙잡고 들어가야 이 사건만이 아닌 전체의 윤곽을 잡아낼 수 있다.

그게 바로 그녀가 강호에 나온 이유이고 임무였다.

그렇다면 항산파에 어떻게 접근해야 할까? 그녀는 머릿속에 들어 있는 항산파의 지형을 땅바닥의 모래판에 대충 그려 보았다.

희미한 새벽빛을 받은 모래들이 드문드문 반짝거렸다. 가만히 그것을 노려보던 그녀의 눈이 점점 감겨 왔다.

눈이 점점 따가워지는 것이 졸려서 견딜 수가 없었다.

"아, 미치겠네."

눈을 크게 떠 봤지만 어느새 정신을 차려 보면 꾸벅꾸벅 졸고 있었다. 어깨와 목이 미친 듯이 쑤셨다.

그러기를 몇 차례, 결국 그녀는 강력한 수마(睡魔)에 굴복하여 방 안으로 비틀거리며 들어갔다.

쨍그랑! 소리가 나며 무언가가 깨지는 듯한 소리가 들렸지만 돌아볼 여유도 없이 그녀는 침대에 쓰러져 이불을 머리끝까지 뒤집어쓰고 꿈도 없는 무거운 잠 속으로 빠져들었다. 그 이불 위로 찬란한 아침 햇살이 비쳐 왔다.

*　　　*　　　*

겨울의 산은 황량하다.

희뿌연 하늘 아래로 침침한 눈이 쌓여 있고 발가벗은 나무들이 그 위에 갈라진 나무뿌리처럼 보인다.

똑같은 백색의 하늘과 땅을 번갈아 쳐다보며 이런저런 잡념에 생각을 맡겨 보지만 시간은 달팽이처럼 느리기만 하다.

장여창(長如昌)은 항산(恒山)의 천봉령(天峰嶺)을 올라가는 길목을 지키고 있었다. 늘 앉던 맨들맨들한 그루터기에 앉아 있던 그는 손가락을 까딱거렸다.

눈앞에 넓게 펼쳐진 백색의 들판에 움직이는 것이라고는 간간이 뛰어다니는 갈색 토끼 몇 마리뿐이었다. 그것도 너무 멀어서 작은 점으로만 보이고 안력을 돋워야 겨우 토끼의 형체를 확인할 수 있을 정도였다. 그런 식의 지루한 풍경이었다.

장여창은 주위를 둘러보았다. 자신과 같은 조원 넷이 여기저기에 잠복해 있었다.

이곳은 바위와 큰 나무들로 엄폐되어 있어 들판에서부터

산길로 접근하는 행인들의 눈에 띄지 않았다.

이쪽 길은 험해서 원래 경계를 하지 않는 곳이었지만 최근 불의의 사고로 장문인이 숨진 이후로 하루 삼 교대로 이쪽 길목도 지키고 있었다.

길목을 지키는 사람들은 당연히 항산파의 제자들로 주로 장문인으로부터 따져서 이대와 삼대제자들이다.

장여창은 항산파의 삼대제자로, 아직 열네 살의 어린 나이였다.

장여창은 추운 날씨에 귀여운 얼굴을 찡그리며 손을 호호 불어보았다. 그러다 십일조의 조장인 한오영(寒娛榮)에게 구박을 받았다.

"뭐가 춥다고 엄살이야?"

그녀는 장여창보다 한 배분 높은 이대제자로 나이는 스물한 살이었다. 이대제자들 중 제일 어린 나이었기 때문에 여자임에도 불구하고 나이든 사람들이 꺼리는 궂은일을 도맡아해야 했다.

하지만 성격이 시원시원하고 털털해서 맡은 일을 열심히 할 뿐 다른 생각을 하지 않았다.

더구나 태어날 때부터 간직한 한 송이 들꽃과 같은 아름다운 용모는 많은 동문들의 마음을 설레게 하는 것이었다. 하지만 장여창만은 그렇게 생각하지 않았다.

'저렇게 얌전치 못한 여자를 누가 데려간담?'

한오영은 생각한 바를 언제나 거침없이 말했고 그 때문에 남들의 빈축을 사는 일도 종종 있었다.

매사에 걱정이라고는 없는 것처럼 보이는 그녀도 때로는 사람들의 말에 상처를 입고 상심하는 경우가 종종 있었다. 하지만 그런 내색을 남들 앞에서는 좀처럼 하지 않기 때문에 장여창은 한오영을 그저 성격이 털털하기만 한 여자로 생각하고 있었다.

항산파 내에서 소문난 장난꾸러기인 장여창은 자신의 성격과는 반대로 얌전하고 조용한 여자가 좋았지 한오영처럼 시끌시끌하고 거침없는 여자는 질색이었다.

그래서 장여창은 입술을 삐죽 내밀었다.

"이게 안 춥단 말입니까? 한 조장도 추위쯤은 느껴야 여자란 소리를 듣지 않겠습니까?"

그 당돌한 말에도 한오영은 피식 웃음을 흘릴 뿐이었다.

"네가 비리비리한 걸 왜 남을 걸고넘어지는 거야? 항산파의 제자라면 이깟 추위는 참아낼 수 있어야지."

"제가 약한 게 아니라 한 조장이 유난히 강한 겁니다. 보세요. 조장도 그렇고 다들 볼이 빨개져 있잖아요."

아닌 게 아니라 오늘따라 꽤 추운 날씨이고 바람도 세게 부는 편이라서 십일조 조원들의 볼은 모두 붉게 상기되어 있었다.

그것은 한오영도 마찬가지라서, 동백꽃처럼 빨개진 뺨이

항산파의 칙칙한 회색 두루마기와 묘한 색채의 대비를 보이며 더욱 돋보이는 것이었다.

아니, 애초에 여자 조장이라면 오조의 설문취(雪聞翠)와 십일조의 한오영 둘밖에 없었고, 또 나머지는 조원과 조장을 포함한 모두 남자들이었기 때문에 돋보이는 것은 어쩌면 당연한 것인지도 몰랐다.

하지만 한오영은 자신의 볼을 쓰다듬으며 여전히 장여창을 훈계하는 것이었다.

"춥다고 느껴도 그것을 입 밖에 내지 말아야지, 같이 고생하고 있는 조원들은 그런 생각을 안 하는 줄 알아? 적이 두렵다고 생각해도 그걸 앞에서 말해 버릴 거야? '나는 당신이 무섭습니다' 하고?"

"아, 네 알겠습니다."

"앞을 똑바로 봐. 그게 네가 할 일이다."

장여창은 작게 몇 마디를 툴툴댔지만 한오영은 그것을 귓등으로 흘려보냈다. 그녀가 보기에 장여창은 삼대제자들 중에서도 충분히 재능이 있었지만 아쉽게도 노력을 천성적으로 싫어하는 체질이었다.

그런 그가 아까워서 기대를 갖고 나름대로 자신의 조에 넣어봤던 것인데, 자신이 유별나게 보아주는 것을 장여창은 오히려 그다지 좋아하지 않는 듯했다.

한오영은 기회가 있을 때마다 마음에서 우러나오는 충고

를 아끼지 않았지만 장여창에게는 쇠귀에 경을 읽어주는 격이었다.

한오영은 그런 그가 자못 염려가 되었지만 내색하지는 않았다.

바람이 더욱 세차게 불어왔다. 엄청나게 강해졌다가 잦아들었다가 하는 바람은 장여창뿐만 아니라 한오영의 뺨까지도 더욱 붉게 물들이고 손 또한 꽁꽁 얼게 했다.

하지만 아무도 춥다고 말을 꺼내는 사람은 없었다.

장여창은 열을 내야겠다고 생각했는지 제자리에서 다리를 떨기 시작했고, 그런 그에게 한오영은 운기조식이나 하라고 했다.

장여창은 불만스러운 눈빛으로 한오영을 바라보고는 아무 말도 하지 않았다.

시간은 느릿느릿하게 흘러갔다. 끝나지 않는 지루한 이야기처럼, 헛된 시간을 죽이고 있는 항산파 제자들의 마음속에는 불만과 짜증이 일었다.

물론 장문인이 죽었으니 경계를 더욱 철저히 하고 혹시라도 있을지 모를 사파(邪派)나 수상한 무리의 내습에 대비해야 한다는 데에 마음속으로부터는 다들 동의하고 있었다. 그러나 기껏해야 한 달에 두 번 번(番)을 서던 것이 인원과 장소를 늘리면서 일주일에 세 번으로 바뀌었으니, 그동안의 수련과 개인적인 시간을 박탈당했다고 느끼는 제자들의 불만 역시 당연한 것이었다.

또, 그들이 기다리는 것은 어떤 것도 오지 않았다. 수상한 무리는커녕 온다고 했던 구영문의 조사단도 아직 도착하지 않고 있었다.

그들이 최근 열흘간 본 것이라고는 갈색 토끼와 솔개, 가끔 지나가는 나무꾼과 등짐을 진 부상 몇뿐이었다.

한오영도 이런 마음을 잘 알고 있었고 또 그 때문에 보인 장여창의 반응도 이해하고 있었지만 조장을 맡고 있는 입장이라 내색할 수가 없었다.

다만 참아내자라고 생각하며 조원들을 애써 독려할 수밖에 없었다.

어디선가 방울 소리가 들려왔다.

장여창은 자신이 잘못 들었다고 생각했다. 이 산중에서 웬 방울 소리란 말인가? 하지만 방울 소리는 너무도 분명하게 연달아 들려왔다. 십일조의 조원들은 모두 일어섰다.

"누구냐?"

한오영이 인기척을 제일 먼저 깨닫고 앞으로 한 걸음 나섰다. 장여창은 얼른 경계하며 그쪽을 바라보았다.

그곳엔 두 명의 소년이 서 있었다.

그들은 각기 눈으로 빚은 듯 준수한 소년과 꽃으로 빚은 듯 아름다운 소년이었다. 준수한 소년은 뒤에 순백색의 관(棺) 하나를 끌고 있었고, 그 손에는 방금 소리를 낸 것이 분명한

은색의 작은 방울이 들려 있었다.

아름다운 소년은 눈매가 또렷하고 입술이 붉어 마치 여자처럼 보였다. 그러고 보니 둘은 하나같이 상복(喪服) 차림이었다. 이런 산중에 어울리는 것 같기도 하고 어울리지 않는 것 같기도 한 그들의 모습에 십일조의 조원들은 고개를 갸웃거렸다.

한오영만은 여전히 경계를 풀지 않았다. 상대는 보통이 아니었다. 기척을 느끼기도 전에 이미 나타나 있던 것이다. 어쩌면 자신과 조원들의 실력으로도 감당할 수 없을 정도인지도 몰랐다.

등줄기에 식은땀이 흐르며 어깨와 목소리에 힘이 들어갔다.

"누구냐고 물었소."

그 말에 준수한 소년이 미소를 지었다. 천진하고 순수한 미소가 온 세상을 밝힐 듯 환하게 퍼져 나와 한오영의 팽팽하던 경계심을 흩트려 놓았다. 그리고 그 미소 뒤로 소년이 말을 꺼냈다.

"장의사입니다."

"에……?"

어이없다는 소리를 낸 것은 장여창이었다. 그러고 보니 상복을 입고 관을 끌고 있는 것으로 보아 장의사라는 말이 가히 틀리지는 않는 것 같다.

하지만 장의사가 왜 이런 곳에 나타났단 말인가?

그때 한오영의 침착한 목소리가 들렸다.

"무슨 일로?"

그러자 소년은 다시금 호의적인 미소를 지으며 말했다.

"죽은 사람이 있다고 해서 왔습니다."

"뭐라고?"

한오영도 그 말에는 살짝 당황했다. 그때 아름다운 소년이 재빨리 말을 이었다.

"아니, 그러니까 이 친구의 말은 귀 파의 장문이셨던 비화검객(飛花劍客)의 장례를 치르고자 우리가 왔다는 말입니다. 원래 이 친구는 핵심만을 말하는 버릇이 있어서 종종 오해를 사곤 한답니다."

그리고는 준수한 소년의 옆구리를 푹 찔렀다. 그러자 준수한 소년은 아름다운 소년을 돌아보더니 다시 한오영을 보고 고개를 끄덕였다. 그 맑은 눈동자에 한오영의 마음이 살짝 움직였다.

'믿을 만한 사람들인가?'

직감으로 적은 아닌 것 같았지만 자신이 멋대로 판단할 수는 없는 일이었다. 그리고 석연치 않은 점도 몇 가지 있었다. 한오영은 여전히 검을 집어넣지 않은 채 물었다.

"본 문에서 경황이 없어서 장의사를 부르지 않은 건 사실입니다. 이렇게 수고스럽게 직접 와주셨다니 감사합니다만 고객이 부르기도 전에 직접 찾아다니는 장의사가 있다는 것은 좀처럼 들은 일이 없는데요.”

그 말을 듣자 다른 조원들도 의심의 눈초리로 두 소년을 바라보았다. 준수한 소년이 그 말을 듣고 뭐라고 말하려 할 때 아름다운 소년이 재빨리 앞서 말했다.

“물론 저희는 이 장문인의 죽음을 애도하기 위해서 이곳에 왔습니다. 하지만 그것만이 저희의 목적은 아닙니다. 저희는 장문인이 어떻게 돌아가셨는지에 대해서도 관심이 있습니다.”

“그 말씀은……?”

“올라가서 말씀드리겠습니다.”

한오영과 아름다운 소년의 눈동자가 잠시 허공에서 얽혔다. 진정이 담긴 것 같은 불타는 눈동자에 한오영은 잠시 말을 않고 있다가 시선을 돌렸다.

곧 그녀는 장여창을 천봉령으로 올려 보내 위의 뜻을 묻게 했다.

한참만에 헉헉거리며 내려온 장여창이 허가의 뜻을 전달하자 다른 사람들은 남기고 한오영, 장여창과 두 소년은 함께 천봉령으로 올라갔다.

장여창은 툴툴거렸지만 어느새 맨 앞에서 달리고 있었다.

*　　　*　　　*

경공술을 발휘해 열심히 달리다가, 장여창은 문득 뒤를 돌아보았다.

산길에 익숙한 한오영은 그렇다 쳐도 흰옷을 입은 두 소년도 전혀 뒤처지는 기색없이 자신의 뒤를 바짝 쫓아오고 있었다.

장여창은 준수한 소년이 등 뒤에 지고 있는 흰 관을 보며 더욱 놀랐다. 어떻게 하면 저런 관을 산에서도 전혀 문제 없이 끌고 다닐 수 있단 말인가?

관은 마치 밑에서 무언가가 받쳐주는 듯 둥둥 떠 있었다.

관의 무게가 일반인의 상식보다도 훨씬 가벼워 깃털 같았기 때문에 일어나는 현상이었지만 장여창으로서는 그런 것을 알 턱이 없었다.

"뭐 해? 빨리 가."

한오영의 꾸중에 장여창은 얼른 고개를 돌리고 다시 속도를 높였다. 산에서 태어나 산에서 자란 장여창이었으므로 산길에서의 경공술은 누구보다도 자신이 있었다.

그래서 한 번 골탕을 먹어보라고 자신이 낼 수 있는 최고의 속도로 달려보았던 것인데, 전혀 소용이 없었다.

도대체 어디서 저런 인간들이 나타난 것인지 전혀 짐작도 되지 않았다.

한편 준수한 소년, 물론 백무연은 자신의 옆에서 가고 있는 여자같이 생긴 소년을 바라보았다.

"반 형, 괜찮소?"

"백 형, 자기 걱정이나 하시지?"

이렇게 쏘아붙이며 열심히 달리고 있는 아름다운 소년은 바로 반규린, 아니 반철검(潘鐵劍)이었다.

반철검으로 변한 반규린은 긴 머리를 하얀 두건 속에 감추고, 화장도 하지 않은 맨 얼굴이었다.

그녀는 이번 일이 중대하고 혹시라도 성가신 일이 있을까 염려해 남장을 했던 것이다.

하지만 그 변한 모습이 남자가 봐도 반할 만큼 아름다운 미소년이어서 벌써부터 그녀, 아니 그를 바라보는 남녀들의 시선이 심상치 않았다. 그러나 반규린은 그것을 눈치 채지 못하고 자신의 남장이 혹여나 잘못되어서 그런 것인지 걱정을 하고 있었다.

몇 개의 험한 절벽을 돌아서 그들은 마침내 목적지에 도착했다. 백무연과 반규린은 잠시 멍하니 서서 눈앞의 장관을 바라보았다.

등 뒤에는 깎아지른 듯한 절벽을 두고 눈앞에는 아른거리는 깊은 골짜기를 마주하고 있는 사찰이었다. 바람이 불면 날아가지 않을 정도로만 암벽에 겨우 붙어 있는 것처럼 보이는 나무로 만들어진 작은 건물.

그곳이 바로 항산파의 본관인 현공사(玄空寺)였다. 정말 바위에 그림이나 조각처럼 새겨 넣은 듯한 건물이었다.

“허공에 매달린 절.”

문득 반규린이 말했다. 한오영은 그런 반규린을 바라보더니 생긋 웃었다.

“어때요? 저야 하도 많이 봐서 별 감흥이 없지만.”

“정말 이런 건 처음 봅니다.”

백무연도 입을 열었다. 그 역시 놀란 기색을 감추지 못하고 있었다. 이게 과연 인간의 힘으로 만들어낸 것이란 말인가? 그들의 귀로 한오영의 설명이 들렸다.

“절벽에 구멍을 뚫고 지지대를 박아서 만든 건물이에요. 사람이 충분히 할 수 있는 일이죠. 그 대신에 보이는 것처럼 내부 공간이 좁아서, 한꺼번에 많은 사람이 들어가진 못해요. 그래서 여기에는 지금 주지 스님과 승려 몇 분, 장문인 대리, 그리고 일대제자 몇 명만 거처하고 있죠.”

“주지 스님이라고요?”

반규린의 질문에 한오영은 고개를 끄덕였다.

“여기는 원래 사찰이니까요. 물론 여기 있는 삼교전(三敎殿)에는 석가, 노자, 공자의 소상(塑像)이 한데 모셔져 있어요. 사상에 다툼이 있을 필요가 없다는 것을 표현하는 것이죠. 우리 항산파도 그것에 영향을 받아, 정사대전을 별로 지지하는 입장은 아니에요.”

그 말을 듣자 반규린의 눈이 살짝 빛났다.

“그 말은 전대 장문인도 정사대전에 호의적인 입장은 아니었단 말입니까?"

"그래요. 단순한 증오심과 생각이 다르다는 것 때문에 서로 원수가 되어 계속 피의 원한 관계를 이어나가는 것이 결코 옳다고는 볼 수 없죠."

살며시 불어온 미풍에 한오영의 긴 머리칼이 흩날렸다. 짐짓 무표정한 얼굴로 어딘가를 바라보고 있는 그녀의 모습이 쓸쓸해 보여 반규린은 무언가 사정이 있겠거니 하고 화제를 돌렸다.

"이제 안으로 들어가면 됩니까?"

"그래요. 저만 따라오세요."

한오영은 얼굴색을 바꿔 살짝 웃음을 짓고는 앞장을 섰다. 그 뒤를 따르던 장여창이 작게 중얼거리는 소리가 백무연의 귀에 들렸다.

"체, 바보같이…… 지나간 일을 왜 자꾸 생각하는 거야."

일행은 돌계단을 지나 현공사 앞에 도착했다. 백무연의 관은 그 앞에 있는 창고 건물에 일단 넣어두기로 했다.

그런데 한오영은 그 관을 잠시 바라보더니 씩 웃으며 백무연에게 물었다.

"혹시 여기에 강시(殭屍)같은 걸 넣고 다니는 건 아니죠?"

"강시? 아, 환혼시(還魂屍) 말입니까? 오늘은 가져오지 않았습니다만."

"뭐, 뭐라고요?"

장난으로 던진 말에 너무나도 진지하게 대답하는 백무연을 한오영은 어이가 없는 듯 잠시 바라보고 있다가 관을 흘낏 쳐다보고는 뒤도 돌아보지 않고 앞장섰다.

장여창도 긴장한 얼굴로 그 관을 바라보다 백무연을 바라보다 했다. 그 광경을 지켜보던 반규린은 속에서 치밀어 오르는 웃음을 억지로 참았다.

관 안이 텅텅 비어 있는 것을 그녀가 누구보다도 잘 알고 있었다. 백무연은 여행 중에 그 관 안에서 자는 버릇이 있었기 때문이다.

반규린은 처음에 그 모습을 보고 질려했었지만 곧 그것이 너무나도 편해 보여서 나중에는 자신도 그 안에서 자 본 적이 있었다.

의외로 아늑하고 편안했으며 안에서 은은하게 감도는 향도 좋아 가끔 잠을 제대로 못 자는 그녀도 깊은 잠을 잘 수 있었다.

그때 반규린은 관이란 것이 이렇게 좋은 것이구나 하고 생각하게 되었다.

일행은 드디어 현공사에 발을 내디뎠다. 그런데 몇 걸음 걷던 반규린이 갑자기 질린 듯한 목소리로 말했다.

"이거, 정말 안전한 겁니까?"

이곳의 '길' 이라는 것은 폭이 겨우 한 사람이 지나갈 수 있을 정도에 가는 기둥이 가끔가다 하나씩 지지대 역할을 하고 있는 것이었다.

그 외에는 정말로 허공에 그냥 매달려 있는 것이나 마찬가지였다. 그래서 백무연과 반규린은 최대한 몸을 가볍게 하며 걸었지만 오작교(烏鵲橋)를 걷는 듯 위태롭고 불안했다.

하지만 오랫동안 이 다리를 걸어온 한오영은 태연하기만 했다.

"괜찮아요. 잔도(棧道)를 걸어본 적 없나요? 이래 봬도 상당히 안전한 다리예요."

그리고 그녀는 한마디를 덧붙였다.

"쿵쿵 뛰지만 않는다면."

"네에?"

그때 뒤에서 쿵! 소리가 나서 반규린은 흠칫 굳어버렸다.

"뭐, 뭐야!"

뒤를 돌아보자 장여창이 헤헤 웃고 있었다.

"아니, 그냥 이 다리가 안전하다는 걸 증명해 주기 위해서……."

"으으으!"

반규린은 그를 죽일 듯이 노려보았다. 백무연의 표정 역시 싸늘하게 굳어졌다. 백무연의 표정을 보자 장여창은 강시라도 부르는 것이 아닌가 하고 덩달아 표정이 굳었다.

그러자 한오영도 뒤를 돌아보면서 한마디 덧붙였다.

"여창아, 자꾸 그러지 마라. 손님들이 놀라시잖니."

한동안의 소란 끝에 일행은 구불구불 이어진 잔도를 건넜다. 그러다 반대편에서 오던 한 사람의 젊은 승려를 발견했다.

그 승려는 한오영 등 일행을 발견하자 멋쩍게 웃더니 다시 왔던 길을 되돌아갔다. 일행이 지나가자 승려는 다시 가던 길을 갔다.

"왜 저 사람이 양보하는 겁니까?"

백무연은 궁금한 듯 물었다.

"여긴 길이 좁아서 일방통행이 원칙이에요. 그래서 반대방향으로 질러가려던 사람이 양보하는 게 원칙이죠."

"아, 그렇군요."

그들은 위태로운 잔도 여러 개를 지나 겨우 작은 방 앞에 다다랐다. 회색으로 대충 칠한 낡은 나무문이 닫힌 채로 있었다.

한오영은 그 앞에 서서 잠시 목소리를 가다듬더니 곧 방 안을 향해 말했다.

"장문 대리님, 제자 한오영과 장여창이 손님 두 분을 모시고 도착했습니다."

"모시거라."

낮은 목소리.

문 뒤에서 들려오는 목소리에서는 단지 나이가 많다는 것뿐 상대에 대해 아무것도 짐작할 수 없었다. 게다가 꽤나 깊은 내공이 실려 있어서 반규린은 자신도 모르게 눈썹을 살짝 치켜떴다.

백무연의 표정은 평소와 다를 바 없었지만 미미하게 곤두 선 눈매에는 역시 긴장감이 어려 있었다.

한오영이 방문을 열었다.

*   *   *

방 안은 아직 환한 대낮임에도 불구하고 어두침침했다. 구름이 낀 것처럼 매캐한 연기가 뻗어나와 백무연과 반규린을 감쌌다.

반규린은 독하고 짙은 연기에 저도 모르게 콜록거리며 기침을 했다.

연기가 서서히 걷히자 안쪽의 모습이 점차 눈에 들어왔다. 작은 방에는 망자의 위패와 향로가 있었는데 커다란 향로에 향이 민망하리만치 빽빽하게 꽂혀 있고 거기에는 모두 불이 붙어 있었다.

반규린은 그 모습을 보고 눈살을 찌푸렸다. 기침이 멈추지 않았던 것이다.

한편 백무연은 향냄새에 익숙하던 터라 매캐한 향을 맡고 도 아무렇지 않았다. 그런 그의 모습에 방 안에 앉아 있던 중년인은 눈을 빛내며 그들에게 말했다.

"들어오시게."

백무연과 반규린은 방 안으로 들어갔고 한오영과 장여창은 문 앞에 그대로 서 있었다. 방이 워낙 좁아서 둘만 들어갔는데도 꽉 차는 것 같았다.

중년인은 머리가 벌써 희끗희끗한 선풍도골(仙風道骨)의 반듯한 사내였다.

그는 다른 항산파의 제자들과 마찬가지로 회색 두루마기를 입고 있었는데, 다른 사람들이 입은 것과는 달리 은은한 미광(微光)이 나는 것이 보는 사람에게 위압감 같은 것을 주었다.

하지만 그는 위패 앞의 걸상에 소탈하게 걸터앉은 채로 백무연과 반규린을 대했다.

"다리가 불편해서 그러니 일어서서 예의를 갖추지 못함을 용서하게나."

"아닙니다."

백무연은 얼른 포권을 하며 말했다.

"향을 많이 피워놓으셨군요."

"죽음은 슬픈 일이지. 만 개의 향으로도 애통함이 모자라다네."

"에취!"

반규린이 다시 한 번 재채기를 하자 중년인은 그쪽을 한 번 바라보더니 다시 백무연을 보았다.

"장의사라고 했던가? 그래서 이렇게 깊은 향 속에서도 편안히 숨을 쉬는군.”

그리고는 다시 반규린을 보고,

“이 친구는 조수인가?”

“아직은 그렇습니다.”

백무연이 말하자 중년인은 희미하게 웃었다.

“아직은 이라. 내가 보기엔 몇 년 더 배워야 할 것 같군. 이 깟 향 몇 개도 못 견뎌서야.”

그 말에 반규린의 얼굴이 붉어졌다.

그녀가 보기에 중년인은 항산파의 대제자이자 장문 대리인인 한문기가 분명했다.

항산파의 장문인이던 비화검객 이인묵에 못지않은 고수라는 한문기는 상상했던 것과는 꽤 다른 사람이었다.

음침할 것이라 생각했던 눈매는 밝았고, 인상도 나쁘지 않았다. 다만 자신에게 던지는 독설과 대낮에 좁은 방 안에 틀어박혀 있는 괴벽한 행동은 마음에 들지 않았다.

사실 그녀는 한문기와 이번 사건의 관련을 의심하며 왔던 것이었지만, 예상과 너무 다른 상대의 외견을 보자 뭐가 뭔지 혼란스러웠다.

지금 그녀의 앞에 있는 사람은 단순히 사부의 쓸쓸한 죽음을 슬퍼하고 그 와중에서도 자신이 해야 할 일을 찾아서 하고 있는 사람으로밖에 보이지 않았다.

하지만 다르게 보면 한문기는 분명히 이번 일로 인해 이익을 얻었다.

한문기는 도대체 어떤 사람인가?

중년인, 한문기는 자신을 훑어보는 반규린의 시선에 개의치 않고 백무연에게 눈을 돌렸다.

"보아하니 둘 다 어린 나이인 것 같은데 어쩌다가 이런 일을 하게 되었나?"

상복을 입고 있는 그들에게 말한 이런 일이란 물론 장의사를 말하는 것이었다. 백무연은 차분하게 대답했다.

"그것은 저희 문파인 장의문(葬儀門)의 목적이기 때문입니다."

"장의문? 목적이라?"

한문기는 그 말을 되뇌며 백무연의 모습을 다시 살폈다.

청수한 얼굴에 맑은 눈빛은 속세의 티끌이 범접할 수 없게 깊은 수련을 닦은 도사(道士)의 모습 같기도 했다. 하지만 한편으로 천진난만한 표정에 거리낌 없는 몸가짐은 역시 십대 중반 소년의 그것이었다.

하지만 범상치 않은 기운이 전신에서 퍼져 나오는 데에는 한문기조차도 방심할 수 없었다.

'선한 인물인 것 같지만 때가 때이니만큼 조심하는 것이 좋지 않겠는가.'

그는 상대에 대한 처우를 결정한 뒤 자세를 고치며 두 소년을 바라보았다.

“그래, 무슨 일로 왔는가?”

“그것이…….”

백무연이 입을 열 때 반규린이 재빠르게 앞질러 말했다.

“저희는 장문인의 애통한 죽음을 애도하러 왔습니다.”

“그렇군.”

한문기는 흘려듣는 것처럼 눈을 살짝 감고 무심하게 대답했다. 어떠한 궁금증도 없이 마치 올 것이 왔다는 당연한 태도였다.

경우에 따라 많은 대답을 준비해 놓았던 반규린은 상대의 그런 태도가 몹시 의아했고 또 백무연에 비해 자신을 무시하는 것이 아닌가 하는 생각도 약간 들었지만 일단 질문을 이어 갔다.

“아직 장의사가 오지 않았지요?”

“자네들이 왔지.”

“그렇다면 저희가 장문인의 장례를 치러 드려도 되겠습니까?”

“뜻대로 하게.”

생각했던 것보다 훨씬 쉽게 풀리는 일에 반규린은 뛸 듯이 기뻤지만 마음 한구석이 어쩐지 석연치 않았다.

하지만 일단 내친걸음이었다.

“시신이 어디 있습니까?”

“안 돼.”

“예?”

그러자 한문기는 감았던 눈을 슬며시 뜨고서는 반규린의 눈을 빤히 쳐다보았다.

“어떻게 된 게 조수가 말이 더 많군.”

역시나 대놓고 무시하는 말에 반규린은 얼굴이 홍시처럼 새빨개졌지만 차마 상대의 기분을 건드릴 수 없어서 꾹 참았다.

하지만 마음속으로는 눈앞의 능글맞은 중년인을 등 뒤의 위패로 확 내려치고 싶었다.

그 마음을 아는지 모르는지 한문기는 무표정한 얼굴로 백무연을 바라보았다.

“구영문이라고 아나?”

“네. 알고 있습니다.”

“그들이 와서 시신을 검사하기로 했네. 그때까지는 아무것도 안 돼. 보는 것도, 만지는 것도.”

원칙적으로 맞는 그 말에 백무연은 고개를 끄덕일 수밖에 없었다.

“그럼 그때까지 저희는 근처에 머무를 수 있을까요?”

“그것도 안 돼.”

“네?”

반규린은 참지 못하고 다시 한 번 끼어들었다. 그러나 노회한 한문기는 침착하게 반규린의 눈동자를 들여다보며 말했다.

"이곳은 상중인 걸 모르겠나. 아무리 장의사라고 해도 이런 때에 소란을 피우면 안 되는 법이야. 나중에 다시 오고 지금은 일단 하산하시게."

"아니 저, 저희는……."

"여창아."

문 앞에 서 있던 장여창은 씩씩하게 대답했다.

"이분들을 산 아래까지 모셔다 드려라."

장여창은 평소 두려워하는 한문기의 말이라 즉시 대답한 후 백무연과 반규린을 재촉했다.

"어서 가시죠."

돌연한 축객령. 하지만 어찌할 도리가 없었다.

감정을 잘 드러내지 않는 백무연마저도 작게 한숨을 쉬며 반규린의 손을 살짝 잡아끌었다.

그러자 굳어 있던 반규린도 겨우 눈을 부릅뜨며 한문기를 한 번 바라보고는 찬바람을 일으키며 몸을 돌렸다.

잔도의 판자가 삐걱거리는 소리와 함께 장여창 등 세 사람은 점차 멀어져 갔다. 그들의 인기척이 완전히 사라지자 한문기는 입을 열었다.

"오영아."

"네, 숙부."

한문기는 향이 빽빽하게 꽂혀 있는 향로를 가리키며 말

했다.

"이거, 밑에 내려가서 몇 개 더 사와야 할 것 같구나."

"네."

"사부님, 모르는 친구들이 영전에 왔다 갔군요. 다시 오면 시신을 수습하게 해 드리겠습니다."

한문기는 위패를 바라보며 조용히 말했고 한오영은 그런 숙부를 가만히 지켜보다가 그 앞을 빠져나왔다. 숙부는 한동안 저 상태로 죽은 장문인과 대화를 주고받을 것이다.

물론 숙부를 의심하는 사람도 있었다. 여기서 일어난 사건은 너무나도 끔찍한 일이었고 한 아이가 한 짓이라고는 도무지 믿겨지지 않았기에.

하지만 자신을 어릴 적부터 친자식처럼 키워준 숙부는 결코 그런 사람이 아니었다. 항산파의 장문인 자리 같은 것은 숙부에게 전혀 중요하지 않았다.

그녀의 숙부에게 중요한 것은 오직 검과 정도(正道)였다.

한오영은 가파른 산길 아래를 바라보았다. 지금쯤 두 소년과 장여창은 험한 산길을 되돌아 내려가고 있을 것이다.

해가 서산으로 뉘엿뉘엿 넘어가려 하고 있었다. 어쩐지 가슴이 답답해졌다. 왜 사람들은 진실을 보지 못하는 것인가.

자신도 장문인의 무남독녀 해은이를 몹시 귀여워했지만, 그 아이가 아니면 누가 한 짓이란 말인가.

갑자기 죽은 장문인과 그 대리로 앉아 있는 숙부.

그것은 지금도 항산의 곳곳에서 말밥에 오르내리고 있을 것이다.

구름 없는 노을처럼 마음이 더없이 쓸쓸해졌다.

한편 장여창은 크게 대답하고 산길을 내려오긴 했지만 역시 짜증이 났다.

'제기랄, 도대체 사람을 몇 번이나 왔다 갔다 하게 하는 거야? 내가 아무리 산을 잘 타도 그렇지. 이건 완전 똥개 훈련시키는 것도 아니고.'

그는 중간쯤 가다가 뒤를 돌아보았다.

두 소년이 약간의 거리를 두고 따라 내려오는 것을 확인한 그는 다시 앞쪽을 보니 이제 쉽게 찾아 내려갈 수 있는 길이었다.

이제 됐다고 생각한 그는 백무연과 반규린을 큰 소리로 불렀다.

"자, 이리로 쭉 내려가서 저기 소나무 있는 데서 꺾어지면 됩니다. 갈 수 있죠?"

반규린이 앞을 살펴보니 소나무는 한두 그루가 아니었고 아래쪽도 어느 쪽인지 분명하지가 않았다. 더구나 장여창의 얼굴에는 귀찮은 티가 너무나도 역력했다.

그녀는 화가 나서 뭐라고 말하려 했지만 백무연이 먼저 나서서 여기까지 데려다 준 것만도 참으로 고맙다고 말했다.

그 말에 장여창도 문득 미안한 마음이 들었지만 일신의 귀찮음이 먼저라 고개를 까닥해 보이고는 산속으로 사라졌다.

"그럼 살펴 가시라구요."

장여창이 멀리 사라지자 반규린은 답답하다는 듯이 바닥을 발로 찼다. 애꿎은 풀잎들이 사방으로 흩날렸다.

"아 진짜 이게 무슨 꼴이야!"

한참을 씩씩거리다가 간신히 진정한 그녀는 몇 번 헛기침을 한 뒤 백무연을 바라보았다.

어느새 그녀의 얼굴에서 노기는 씻은 듯이 지워져 있었다.

"아무래도 저 늙은이가 수상해요."

"그렇습니까?"

"우리를 너무 쉽게 올라오라고 할 때부터 뭔가 이상했는데, 갑자기 다시 내려가라니. 아무래도 우리를 시험하려고 하는 것 같은데, 그리고 뭔가를 감추려는 것 같기도 하고."

그녀의 말에 백무연도 고개를 끄덕였다.

"듣고 보니 그렇군요. 하지만 확신은 할 수 없는 일입니다."

"그래요, 확신이야 할 수 없지만 뭔가 냄새가 나요."

하지만 백무연은 대답이 없었다. 반규린이 그를 바라보니 이상하게도 그는 슬며시 눈짓을 해보이는 것이었다.

반규린은 고개를 모로 틀며 왜 그러냐는 표정을 지었다.

그러자 백무연은 답답하다는 듯 입술을 살짝 깨물며 다시 한 번 눈짓을 했다. 그러자 반규린도 그의 신호를 알아채고 주의를 집중한 채 주변의 경물을 민감하게 느껴보았다.

무언가가 느껴졌다.

분명 그들 외에 어떤 사람이 있었다.

그리고 그 사람은 반규린과 가까운 고목의 바로 뒤에 있었다. 아직 자신의 기척이 눈치 채인 것을 알지 못하는 것 같았다.

반규린은 아주 천천히 고목 쪽으로 다가가며 서서히 쌍검을 빼 들었다. 백무연은 불안한 눈길로 그것을 바라보았지만 반규린에게 생각이 있겠거니 하고 바라볼 수밖에 없었다.

무엇보다 상대에게서는 살기가 전혀 느껴지지 않았다.

즉, 무공을 익힌 사람이 아닌 것 같았다.

그때 반규린이 손을 휙 휘두르고, 고목의 나뭇가지들이 단숨에 떨어져 나가며 멍하니 있다 화들짝 놀란 한 사람의 얼굴이 그 사이로 나타났다.

"아, 아, 아, 아이고……."

그는 땅바닥에 털썩 주저앉았다. 자세히 보니 머리를 박박 깎은 중이었다. 회색의 두툼한 승복을 입은 그는 겨우 이십대 중반쯤 되어보이는 젊은 사내였다.

"누구냐?"

반규린은 차갑게 물었다. 그 말에 중은 부들부들 떨면서 대답했다.

"제발 그 칼만은 좀 치워주십시오."

그러자 반규린은 오히려 쌍검을 더 들이대며 말했다.

“누구냐니까?”

그러자 중은 겁에 질려 대머리에서 식은땀을 줄줄 흘리며 오만 가지 인상을 썼다.

아무래도 말이 통하지 않을 것 같아 반규린이 백무연을 쳐다보며 무슨 말인가를 하려고 하자 중은 반규린이 자신을 죽이며 피를 보지 않으려는 것인 줄 알고 얼른 입을 열었다.

“아이고 죽이지 마세요!”

“누가 죽인다고 했나?”

반규린은 다시 눈을 부릅떴다. 그때 중이 겨우 말을 이었다.

“저희 주지 스님께서 기다리고 계십니다.”

“주지 스님?”

반규린은 고개를 갸웃거리다,

“설마, 현공사의?”

중은 황급히 고개를 끄덕였다. 백무연과 반규린은 서로를 마주보았다.

*　　　*　　　*

백무연과 반규린은 조금 전까지만 해도 내려가던 산을 다시 올라가고 있었다. 앞에 가고 있는 젊은 중은 짐승도 다니지 않을 것 같은 험하고 으슥한 샛길로만 가고 있어 따라가던 두 사람은 가끔 발을 헛디딜 뻔했다.

항산파의 감시에 걸리지 않기 위해서라고 했다. 확실히 어둑어둑한 깊은 숲이 계속되어 사람뿐만 아니라 새도 짐승도 보이지 않았다.

"다 왔습니다."

지여(知汝)라고 이름을 밝힌 젊은 중은 한 초라한 암자 앞에서 발걸음을 멈추고는 백무연과 반규린을 돌아보았다.

저녁노을에 그의 깔끔한 이목구비가 더욱 돋보였다. 훌쩍 큰 키에 넉살 좋은 미소, 그리고 재치있는 구변은 방금 전 그를 죽일 듯이 위협했던 반규린의 경계심도 은근히 풀어놓았다.

반규린은 지여의 모습을 잠시 바라보다 이렇게 잘생긴 사람이 중으로 있기에는 어쩐지 아까운 일이 아닌가 하고 속으로 생각해 보았다.

암자의 외양은 오랫동안 사용하지 않은 듯 나무문은 해지고, 잡풀과 이끼가 군데군데 나 있었다. 하지만 문을 여니 내부는 의외로 정갈하게 다듬어져 있어서 반규린은 살짝 놀랐고, 반면 백무연은 집에라도 온 듯 편안한 기분을 느꼈다.

거기에는 육십 세가량의 노승이 연꽃 모양의 단 위에 반듯이 정좌하고 있다가 눈을 떠 두 사람을 쳐다보았다.

부드러운 눈빛이었지만 속에서는 맑고 강한 기운이 느껴

졌다.

“무량수불.”

노승은 말과 함께 가만히 합장했다. 그러자 백무연과 반규린도 나란히 예를 취했다. 노승은 그 모습을 보자 자애로운 미소를 지었다.

“빈승은 현공사의 주지인 현각(玄覺)이라 하오. 귀인들의 존명은 어찌 되시는지?”

“저는 반철검이고, 이쪽은 백무연이라 합니다.”

“그렇군. 먼 길에 고생이 많으셨소. 누추하지만 들어와서 앉지 않겠소?”

“감사합니다.”

반규린과 백무연은 신발을 벗고 방 안에 들어갔다. 지여는 경계를 서려는 듯 밖에 그대로 서 있었다.

문이 조용히 닫히자 노승 현각은 가만히 한숨을 내쉬었다. 갑자기 무거워진 분위기에 반규린과 백무연은 현각의 입에서 어려운 이야기가 나오려 한다는 것을 짐작할 수 있었다.

“두 분은 이곳 현공사에서 일어난 일을 알고 있지요?”

“무슨 일을 말씀하시는 것인지? 장문인이 돌아가신 것은 알고 있습니다. 그래서 저희가 그 죽음을 애도하고자 이곳에 왔고요.”

“그리고 문전박대를 당했지요.”

정곡을 찌르는 말에 반규린은 말문이 막히며 대답을 하지 못했다. 백무연은 현각을 바라보고 있었는데, 그 눈빛은 그것을 어떻게 알았는지 궁금해하는 것이었다.

현각은 백무연을 바라보더니 고개를 끄덕였다.

"소승이 무공은 모르지만 명색이 현공사의 주지라 저 밖에 있는 지여를 포함해서 눈과 귀가 많다고 할 수 있습니다. 그래서 이렇게 두 분을 불러들인 것이지요."

"현공사와 항산파는 어떤 관계입니까?"

백무연의 질문에 현각은 미소를 지었는데 그 표정은 쓸쓸하기 그지없었다. 그 모습을 보자 백무연은 무언가 곡절이 있는 모양이라고 생각했다.

잠시 동안 침묵이 이어진 끝에 현각은 어렵게 입을 열었다.

"두 분은 먼저 소승의 이야기를 잠시 들어주어야겠습니다."

현각의 이야기는 이런 것이었다.

현공사는 원래 십여 명 정도의 승려가 있는 작은 절이지만 불문의 손꼽히는 오랜 성지(聖地)로 이름이 높은 곳이었다.

그런데 여기에 검파(劍派)인 항산파가 생긴 것은 약 백여 년 전. 그 창시자인 유임생(劉臨牲)이 당시 도적에게 협박을 받던 현공사를 구하고 그것이 인연이 되어 현공사의 도움을 받아 항산파를 열게 되었던 것이다.

그 뒤로 현공사와 항산파는 대대로 좋은 관계를 유지하며 지내왔다. 특히 현공사 주지와 항산파 장문인은 매우 두터운

친분을 자랑하는 사이였다. 지금의 주지 현각과 항산파의 전 장문인 이인묵도 그랬다.

그 사건이 있기 전에는.

그날 밤.

현각은 으슬으슬한 찬 공기를 느끼며 불현듯 잠에서 깨어났다. 깊은 밤이어서 풀벌레 우는 소리만 들려올 뿐 사람의 소리는 아무것도 들리지 않았다.

현각은 다시 누워서 잠을 청했지만 소름이 끼칠 정도로 정신이 또렷한 것이 도저히 잠을 이룰 수가 없어 결국 밖으로 나왔다.

삐걱거리는 잔도를 지날 때 무언가 이상한 소리를 들은 것도 같았지만 잘못 들었겠거니 하고 넘겨 버렸다.

현각은 잠시 거닐다가 땅바닥에서 자고 있는 듯 보이는 어떤 사람을 발견했다.

"어허, 날이 추운데."

그는 손을 대어 그를 깨우려 했지만 손이 닿는 순간 차가운 기운이 전신을 엄습하는 것이었다.

순간 온몸에 소름이 돋으며 몸의 힘이 빠져나가는 것을 느꼈다. 정신이 없는 가운데서도 몸을 돌려 얼굴을 확인하니 바로 이십 년 지기인 이인묵의 처참한 주검이었다.

온몸을 사시나무 떨듯 떨며 현각이 몸을 일으키는 그때, 눈앞으로 어떤 형체가 힐끗 지나갔다.

너무 순간적이라 제대로 확인할 수 없었지만 그것은 바로.

"한문기 그자의 빛나는 도포였습니다."

"네?"

"미광도포(微光道袍) 말입니다. 그를 만났으니, 그 몸에서 희미한 빛이 나는 것 같은 느낌을 받으셨겠지요. 그는 아버님의 유품이라면서 제자의 신분일 때부터 그 후광을 내는 듯한 도포를 입고 다녔습니다. 늦게 입문한 탓에 나이는 자신의 사부인 이(李) 형과 별 차이가 나지 않았지만 그것은 당시에도 꽤 눈에 띄는 모습이었습니다. 사부의 앞에서 오히려 후광을 받는 듯한 제자라니… 보통의 상식으로는 이해할 수 없는 일이지요."

백무연이 기억을 더듬어보니 분명히 한문기의 낡은 회색 두루마기에서는 희미한 반딧불 같은 빛이 났었다. 반규린도 고개를 끄덕였지만 역시 궁금한 점이 있는 듯했다.

"하지만 현장에는 이인묵의 무남독녀인 이해은이 있었다고 들었는데요."

"그렇지요. 사실 소승은 정신이 없어서 확인하지는 못했지만 분명 그 자리에 그 아이도 있었습니다. 다만 그 도포가 스쳐 지나간 뒤에 고개를 드니 아이가 칼을 쥔 채 쓰러져 있었지요. 얼른 달려가 맥을 짚어보니 희박하고 정신을 잃은 상태라 급히 사람을 불렀습니다. 하지만 항산파의 조사가 진행되더니 검상과 무기, 수법이 일치한다면서 오히려 그 아이가 범인이 되어 있더군요. 그리고 답답하게도 그 아이, 해은이는 지금까지 한마디도 하지 않습니다."

"그럼 그 아이는 지금 어디 있죠?"

"항산파의 세 개조(組)가 항상 지키고 있는 모처에 갇혀 있습니다."

그리고 현각은 다시 무거운 한숨을 쉬었다.

"저는 그 일이 있은 이후로 이 형과 그 딸의 억울함을 풀려고 갖은 궁리를 해보았습니다만 무공도 모르는 한낱 승인(僧人)의 몸으로는 도저히 할 수 있는 일이 없었습니다. 더군다나 그날 밤, 한문기 그 사람이 저의 기척을 눈치 챈 것 같아 불안한 마음을 이기지 못하고 이렇게 제 절에서 나와 이곳에 거처를 정하고 있습니다. 이 한 몸은 어찌 되든 상관이 없으나 저 어린 딸은 어떻게 한단 말입니까."

그러더니 현각은 안타까운 표정을 감추지 못하며 누구에게랄 것도 없이 부탁을 하는 것이었다.

"제발 그 아이를 만나주십시오. 그 아이, 해은이는 고인이 된 이 형의 하나뿐인 딸이고 지금 억울하게 누명을 쓰고 있습니다. 무슨 말이라도 해주면 좋겠습니다만 그때부터 눈을 내리간 채 아무 말도 하지 않는 것이 도대체 무슨 생각을 하고 있는 것인지 모르겠습니다. 제발 부탁드립니다. 소승은 속세를 떠난 몸으로 오랜 친구와의 인연과 그 무남독녀와의 잔연을 아직 끊지 못하니 부끄럽기 그지없습니다만 이 아이만은 꼭 구해야 한다는 생각이 듭니다. 이렇게 부탁드립니다.”

그러더니 현각은 돌연 무릎을 끓고 백무연과 반규린에게 절을 하는 것이었다. 백무연과 반규린은 그 행동에 안색이 변하며 얼른 현각을 일으켜 세우려 했다.

하지만 노승은 고집을 부리며 자리에서 일어나려 하지 않았다.

“제가 미욱한 몸이지만 두 분을 보니 보통 사람들이 아닌 것 같습니다. 제발 이 어리석은 몸의 부탁을 들어주십시오. 그러면 소승은 백번 죽어도 한이 없겠습니다.”

그때 밖에서 소리 죽인 흐느낌 소리가 들려오는 것이었다. 그것이 모든 것을 말없이 듣고 있던 지여의 안타까운 울음소리인 것을 깨닫자 현각은 짐짓 소리 높여 꾸중을 했다.

“지여야, 네 어찌 우느냐. 이 일은 너같이 속세를 떠난 승인과는 관계가 없는 것인데 어찌하여 눈물을 보이는 것이냐.”

“스승님, 어찌 그렇게 말씀하시옵니까. 돌아가신 이 장문인은 부족한 이 몸에게는 아버지처럼 인자한 분이셨고 또 지금 억울함을 당하고 있는 해은이는 제게 친동생 같은 아이입니다. 제 수행이 부족하여 속세의 연에 연연하는 것이지만 이것은 너무도 올바른 사람들이 당하는 너무도 부당한 일이고 보매 저 또한 오성을 갖춘 인간으로서 지금 흘리는 눈물을 부끄럽다 생각하지는 않겠습니다.”

그 말을 듣자 현각 또한 무릎을 꿇은 채로 두 눈에서 닭똥 같은 눈물을 흘리는 것이었다. 사제와 벽 하나를 사이에 두고 울고 있는 그 모습을 보자 백무연과 반규린은 마음이 울컥하며 움직이는 것을 느꼈다.

백무연은 이미 감동하여 줄줄 눈물을 흘렸지만 반규린은 자신도 눈물이 나오려는 것을 억지로 참고 짐짓 웃음을 지으며 말했다.

“저희는 이러한 억울함이 있을 줄을 예상하고 이곳에 찾아온 것인데 다행히도 대사님을 뵙게 되어 자세한 사정을 알게 되었습니다. 저희의 뜻도 대사님의 뜻과 같으니 말씀하신 대로 항산파가 지키고 있는 이해은 소저를 만나러 가겠습니다.”

그러자 현각은 눈물이 그렁그렁한 채로 반가운 기색을 보이며 대답했다.

“그렇게만 해주신다면 얼마나 좋겠소이까. 제가 지여를 동행시켜 드릴 테니 저 아이와 함께라면 이 소저를 어렵지 않게 만날 수 있을 것입니다.”

“그럼 일단 이해은 소저를 만나보고 그 뒤의 일을 결정하겠습니다.”

그리하여 백무연과 반규린은 아직도 눈이 벌개져 있는 지여를 앞세우고 항산파의 구중심처(九重深處)를 향해 나아갔다. 이미 해가 지고 밤중이 되어 달이 뜨려 하고 있었다.

지여는 밤눈이 굉장히 밝았다.

백무연과 반규린의 눈으로는 도저히 길이 아닌 곳처럼 보이는 데도 그를 쫓아가면 어느새 길을 따라가고 있는 것이었다.

백무연이 감탄을 하자 지여는 겸손하게 대답했다.

"산에서 태어나 산밖에 몰라서 그렇습니다."

그리고 반 시진가량 깊은 수풀 속을 헤쳐 간 그들의 앞에 마침내 작은 초옥 한 채가 모습을 드러냈다. 초옥의 앞은 횃불로 환하게 밝혀져 있고 다섯 명의 항산파 제자들이 엄중하게 그곳을 지키고 있었다.

백무연이 주의를 집중해 보니 보이는 것 외에도 주변의 숲에 몇 명씩의 인원이 더 잠복해 있는 것이 느껴졌다.

반규린도 그것을 느끼고 숨을 죽였다. 그때 지여가 아주 작게 말했다.

"저곳입니다."

그러자 백무연은 고맙다고 말한 뒤 이제 가도 좋다고 했다. 무공을 모르는 지여가 혹시나 있을 충돌에 말려들까 염려한 것이다. 하지만 지여는 부득불 가지 않겠다고 고집을 피웠다.

"주지 스님의 명령입니다."

"두 분은 돌아오는 길을 모르시지 않습니까."

"저도 그 뒤로 해은이를 한 번도 보지 못했습니다."

결국 고집불통인 이 잘생긴 중을 설득하는 것을 포기하고, 백무연과 반규린은 경계망의 틈을 살폈다. 과연 어디로 잠입하는 것이 좋을 것인가? 아니면 싸워야 할 것인가?

그때,

금속을 찢어발기는 듯한 괴음이 들려왔다.

도저히 사람의 것이라고는 볼 수 없는 끔찍한 울음소리.

백무연, 반규린, 지여는 깜짝 놀라서 서로를 쳐다보았다.

먼 곳에서 들려오던 울음소리는 점차 가까워졌다. 그와 동시에 쿵쿵거리는 발소리도 들렸다. 경계를 서고 있던 항산파의 무사들도 놀라서 대오를 바로잡고 숲 속을 노려보았다.

조용하다.

그리고 가르릉거리는 소리와 함께 무언가가 나타났다.

어둠 속에서 등화(燈火)처럼 켜진 두 눈.

이상하게 빛나는 그것은 피에 굶주린 짐승의 눈이었다.

부스럭거리는 소리와 함께 풀숲을 헤치고 푸른 털을 가진 하나의 거대한 들짐승이 나타났다.

고양이.

아니, 분명히 생김새는 고양이지만 덩치는 호랑이만 하다. 횃불 아래서 싸늘하게 빛나는 푸른 털은 얼음장처럼 싸늘하고 어른 주먹만큼 큼직한 발톱과 살벌하게 주위를 둘러보는 눈빛은 말이든 사람이든 눈에만 띄면 단번에 할퀴고 물어뜯어 조각을 내버릴 것 같다.

게다가 그런 것이 네 마리나 더 나타났다. 백무연 일행은 자기도 모르게 침을 꿀꺽 삼켰다.

그때였다.

어느새 한 마리가 고개를 돌려 이쪽을 무섭게 노려보고 있다.

새하얀 이빨에서 침이 뚝뚝 흘러내렸다. 그러자 다른 것들도 고개를 돌리더니 이쪽을 주시한다. 낮게 으르렁거리는 소리와 함께 맨 앞의 짐승이 한 걸음 다가오자 세 사람은 자기도 모르게 숨을 죽였다.

짐승의 노린내가 코를 찌르는 듯한 느낌과 함께 섬뜩한 기분이 등골을 스치고 지나갔다.

바로 그때, 백무연 일행이 숨어 있던 바로 앞의 풀숲에서 부스럭 소리가 나더니 무언가가 재빠르게 뛰쳐나갔다. 바라보니 그것은 작은 다람쥐였다.

짐승들은 몸을 웅크리고 그것을 쫓아 뛰려고 했지만 어디선가 휘이익 소리가 나자 눈을 가늘게 뜨며 고개를 흔들더니 일제히 동작을 멈췄다. 잘 훈련된 모습이었다.

"휴우."

잘 들리지도 않을 정도로 작게 지여가 한숨을 쉬었다. 반규린은 이마에 송골송골 맺혔던 땀을 닦으며 눈앞의 상황을 다시 주시했다.

짐승들 외에도 사람 몇이 나타나 있었다. 그들은 눈처럼 하얀 복면으로 얼굴을 가리고 있었다. 그중 둘은 키가 매우 작고 마치 시골의 화부(火夫)처럼 손이 새까맣고 옷차림 또한 지저분해서 깨끗한 복면이 도무지 어울리지 않았다.

자기들 몸집보다도 큰 것들을 친숙하게 쓰다듬고 돌보는 것으로 보아 그들이 바로 짐승들의 주인인 것 같았다.

"청묘(靑猫)예요."

반규린이 아주 작게 말했다.

"청묘?"

"보통 고양이보다 훨씬 크고 사나워요. 그리고 저것들과 같이 있는 난쟁이들은 구영문 외문(外門)의 제오야수단(第五野獸團)일 텐데……."

반규린의 눈길이 그들과 따로 떨어져 있는 사람에게 가서 멎었다.

그 사람은 키가 훌쩍 크고 훌륭한 차림새에 복면 사이로 보이는 두 눈을 날카롭게 빛내며 주변을 쏘아보고 있었다.

그를 보자 반규린은 자기도 모르게 위압감을 느꼈다.

'빈틈이 없다.'

손을 움직이고 숨을 쉬고 발걸음을 떼는 동작 하나하나에도 이미 빈틈이란 것이 존재하지 않았다.

지금까지 수많은 무림인을 봐왔지만 저런 경지에 이른 사람은 처음이었다. 사람이 아닌 것 같은, 마치 잘 깎아놓은 조각상이나 완벽하게 작동하는 기계를 보는 듯한 이질감이 너무나도 강하게 느껴졌다.

'저것이 바로 구영문 내문(內門)의 사람?

반규린은 자기도 모르게 몸이 굳어지는 것을 느꼈다. 그렇다면 구영문은 상상을 훨씬 초월한다.

백무연 역시 이 키가 큰 복면인에게 시선을 집중하고 있었다. 그것은 항산파의 제자들도 마찬가지였다. 무림인의 직감으로, 날카로운 이빨을 으르렁거리는 청묘들보다 더욱 위험해 보이는 것이 바로 이 큰 키의 남자였다.

"누, 누구요?"

항산파의 제자들이 그를 둘러싸고 말했지만 남자는 그쪽을 신경도 쓰지 않는 듯 초옥만 바라보고 있었다. 그때 풀숲이 다시 부스럭거리며 한쌍의 남녀가 나타났다.

그들은 바로 낮에 백무연과 반규린을 데려다주었던 한오영과 장여창이었다.

"이분들은 구영문에서 왔어요."

한오영이 말하자 사람들은 그제야 검을 거두고 자리를 비켜주었다. 키가 큰 사내는 그들의 모습을 보더니 망설임 없이 초옥으로 훌쩍 뛰어들어 갔다.

그 모습을 보자 반규린은 불길한 예감이 들었지만 어느새 키 큰 남자의 모습은 초옥 안으로 사라져 있었다.

흔들거리는 문 뒤로 보이는 초옥 안은 칠흑같이 어두웠다. 아무도 말을 하지 않는 가운데 가끔 청묘들이 가르릉거리는 소리만 들릴 뿐이었다. 약간의 시간이 지나자 초조해진 지여가 반규린에게 물었다.

"괜찮을까요?"

그때 백무연이 조용히 말했다.

"안에서는 지금까지 아무 소리도 안 들립니다."

"예? 말소리도?"

"어떤 소리도."

그 말에 반규린도 이상한 생각이 들었다. 도대체 어떻게 되는 것일까?

그때 문이 덜컥 열리며 눈을 가리고 양손을 결박한 아이를 사내가 안고 나왔다. 그 앳된 모습의 아이가 아마도 항산파 전 장문인의 무남독녀이자 지금 혐의를 받고 있는 항산옥녀 이해은이리라.

이해은은 깊이 잠들어 있는지 가끔 가슴이 오르락내리락하는 것이 백무연 등이 숨어 있는 수풀 안에서도 보였다.

그 모습을 보자 지여는 한숨을 쉬며 겨우 안심하는 모습이었다.

하지만 구영문의 키 큰 복면인은 그녀를 청묘들 중 하나의 등에 태웠다. 그리고는 자신도 다른 것의 등에 타고, 그의 일행도 청묘들에 몸을 실었다.

그리고는 한오영에게 뭐라고 작게 말한 후 구영문의 일행은 어둠 속으로 유유히 사라져 갔다.

한오영은 잠시 그 뒷모습을 바라보다가 다른 사람들에게 몇 마디를 한 후 역시 수풀 속으로 사라졌고 그 뒤를 장여창이 잽싸게 뒤따랐다.

감시하던 인원들도 다시 제자리로 돌아가서 평소와 다름없이 경계를 섰다.

그때까지 숨을 죽이고 있던 반규린은 겨우 한숨을 쉬며 백무연을 바라보았다.

"들었어요?"

백무연은 고개를 끄덕이며 말했다.

"평소처럼 계속 경계를 서라는군요."

"아니, 그거 말고 복면 쓴 남자가 한 소저한테 한 말 말이에요."

그러자 백무연은 난처한 표정을 지었다.

"너무 작게 말하더군요. 그리고 중간 중간 전음입밀(傳音入密)을 섞어서 말하는 것 같았습니다. 물론 완전한 것은 아니었지만. 그래도 몇 마디는 들었습니다."

"뭔데요?"

"현공사, 재연, 시체."

그 말을 듣자 잠시 눈을 감고 입으로 '현공사, 재연, 시체'

를 몇 번이고 되뇌며 생각에 잠겨 있던 반규린은 갑자기 눈을 번쩍 떴다.

그 아름다운 눈에는 분노의 감정이 얽혀 있었다.

"현공사로 가요."

"예. 하지만……?"

"설명할 시간이 없어요!"

반규린은 다급하게 몸을 날렸다. 백무연도 그녀를 따랐다. 그런데 나뭇가지가 뚝 부러지는 소리가 났다. 그 소리는 너무 커서 백무연과 반규린은 동시에 굳은 채로 서로를 바라보았다. 그때 그들의 뒤에서 작은 목소리가 들렸다.

"죄, 죄송합니다……."

사색이 된 채로 우두커니 서 있는 지여의 모습이 보였다. 그리고 그 뒤로 재빠르게 다가오는 항산파 제자들의 검이 달빛에 반사되어 하얗게 빛나고 있었다.

그때 반규린은 선택을 해야 했다.

이대로 맞서 싸울 것인가? 아니면 구영문과 이해은을 뒤쫓아 현공사로 갈 것인가?

눈앞에 보이는 검의 수는 열다섯 개. 명문인 항산파의 제자들이니 녹록한 상대는 아닐 것이다. 그대로 도망가면 무공을 모르는 지여가 뒤로 처질 것이고 맞서 싸우자니 제때에 현공사에 도착하지 못할 것 같다.

'어떡하지? 어떡하지? 어떡해야…….'

반규린은 발이라도 동동 구르고 싶었다. 그때, 무엇인가 하얀 것이 그녀의 앞을 막아섰다.

"먼저 가십시오."

"백 공자."

"자세한 이야기는 나중에 만나서 듣겠습니다."

백무연의 등은 작지만 더없이 든든해 보였다. 반규린은 고개를 끄덕였다.

"그럼, 부탁해요!"

그리고는 지여의 손을 잡고 몸을 날렸다.

혼자 남은 백무연을 항산파의 제자들이 포위했다.

"누구냐?"

백무연은 대답하지 않았다. 그의 뒤에 있던 하얀 관이 마치 살아 있는 듯 스르르 움직이기 시작했지만 거리가 멀고 어두워서 아무도 그것을 눈여겨보지 못했다. 항산파 제자들 중 한 명이 호각을 꺼내어 높이 불었고 그 소리는 메아리를 치며 깊은 산중 곳곳으로 퍼져 나가며 사람들을 깨우기 시작했다.

＊　　　＊　　　＊

반규린은 지여를 매달다시피 하며 달리고 있었다. 내공의 소모가 심했지만 이대로 지체했다가는 이해은이 정말 범인이 되는 것이다.

“대체, 왜 이렇게 서두르시는 겁니까?”

헐떡거리는 지여의 말에 반규린도 숨을 참아가며 겨우 대답했다.

“지금 구영문에서 온 이유는 이 소저를 심문하려는 일일 텐데, 이미 범인으로 확정하고 있는 것 같아요. 그래서 현공사에 있는 장문인의 시체 앞에 데려가서 그때의 범행 상황을 재연시키려고 하는 거예요. 그런데 어쩐지 불안해요. 이 소저가 인정하든 인정하지 않든 범인이 될 것 같아요.”

“그걸 어떻게 아십니까?”

“그냥 느낌이 안 좋아요.”

어쩐지 무언가에 쫓기는 느낌이 들었다. 이대로 있으면 어쩐지 무언가 놓치고 있을 것만 같았고, 시큼한 구역질이 뱃속에서 올라오는 것처럼 기분이 좋지 않았다.

그래서 반규린은 백무연을 남기더라도 자신이 직접 현공사에 달려가고 싶었던 것이다.

무슨 일이 꼭 벌어질 것만 같다. 반규린은 지여를 잡은 손에 힘을 더욱 세게 하며 열심히 달렸다. 지여는 그 이상 아무 말도 하지 않았다.

은은한 달빛을 받은 현공사의 모습은 바위 위에 달라붙은 앙상한 나뭇잎 같았다. 반규린은 지여에게 잠시 기다리라고 했다.

“이건 너무 위험해요. 저도 들킬지 모르는데 지여 스님과 같이 가는 건 거의 불가능해요."

그 말에 지여는 아까의 실수를 상기하고 얼굴이 붉어진 채로 말없이 있다가,

"알겠습니다. 그럼 저는 암자로 돌아가서 주지 스님께 경과를 말씀드리겠습니다."

하고 돌아섰다. 반규린은 그 뒷모습을 일별하고는 현공사로 빠르게 다가갔다.

달빛을 받은 청묘의 푸른 털이 칼날처럼 예리해 보였다. 청묘들은 몇 마리는 앉고 몇 마리는 선 채로 쉬고 있었다.

빠르게 달려온 듯 숨을 약간 거칠게 쉬고 있는 모습을 보자 반규린은 안심했다. 그다지 늦지는 않은 것 같았다.

하지만 일단 이 날카로운 이빨과 발톱을 지닌 짐승들을 뚫고 지나가야 한다. 더군다나 아까 봤던 난쟁이 두 명도 청묘들과 같이 있었다.

반규린은 오른손을 쫙 폈다. 어느새 손에는 독무(毒霧)를 일으키는 오향연근산(五香軟筋散)을 가득 묻힌 채였다. 오랜만에 쓰는 오색독무라 반규린은 마음이 살짝 떨리는 것을 누를 수가 없었다.

그녀는 심호흡을 한 후 앞으로 달려나가며 작게 외쳤다.

"공포홍무(恐怖紅霧)!"

그와 동시에 그녀의 오른손에서 붉은 안개가 스멀스멀 뻗어나와 어느새 주변을 가득 메웠다. 가만히 쉬고 있던 복면인

들과 청묘들은 날벼락을 맞은 꼴이었다.

깜짝 놀라 일어나서 사방을 살폈지만 어느새 앞으로 튀어나왔던 사람의 흔적은 씻은 듯이 사라져 있고 후각은 마비되었다.

그리고 눈앞에 형형색색의 동그란 원환(圓環)이 나타났다. 그 화려한 모습에 사람이든 동물이든 넋을 잃고 그것을 뚫어져라 바라보았다.

그때 원환에서 작은 눈과 입이 튀어나와 서로를 잡아먹기 시작하더니 널름거리는 혓바닥과 날카로운 이빨을 눈앞에 들이댔다.

"으악!"

"크아아앙!"

사람과 짐승 모두가 놀라 이리저리 뛰었다. 하지만 지독한 공포의 그림자는 눈을 감아도 사라지지 않고 오히려 더욱 거칠게 달라붙어 붉은 안개에 빠진 것들은 모두 게거품을 흘렸다.

"끄으으……"

그런데 여기서 사람과 동물의 다른 점이 나타났다.

사람은 극한의 공포에 도달하면 정신을 잃거나 스스로를 포기한다. 즉 의식을 놓아버리는 것이다. 하지만 동물은 그런 의식이 없다. 그렇기 때문에 극단적인 상황에 다다르면 원시의 상태로 돌아간다.

뇌의 가장 심층, 어두운 과거의 우물 속에 있는 가장 파괴적이고 공격적이던 그때로.

사람이 수백, 수천 세대 동안 길들여 놓은 것 따위는 걸레처럼 내팽개쳐 버린다.

지금이 바로 그랬다.

"으아아아악!"

눈 깜짝할 순간에 청묘 한 마리가 난쟁이의 팔 한쪽을 깨끗하게 물어뜯었다. 다른 놈은 뒤에서 달려들어 비명을 지르던 목을 찢어버렸다.

상처에서 빨간 피가 비처럼 뿜어져 나왔다. 정신없이 그 피를 핥아대고 있는 청묘들은 이미 정상이 아니었다. 푸른 털이 붉게 물들고 있었다.

복면인들은 순식간에 죽었고 청묘들은 자기들끼리 물어뜯기 시작했다. 그 모습을 보고 있던 반규린도 정신을 차릴 수가 없었다.

이러려던 게 아니었다. 단순히 정신만 잃게 해서 자신이 지나갈 때 방해가 되지 않게 하려던 거였다. 그런데 이렇게 서로 물어뜯고 죽이려 하다니…….

'이런 적은 없었어.'

그녀가 입술을 깨물고 있는 동안에도 청묘 하나가 다른 놈의 발을 떼어내고, 물린 놈은 고개를 꺾어 문 놈의 주둥이를 씹었다.

차마 눈을 뜨고 볼 수 없는 끔찍한 광경에 반규린은 사시나무 떨듯 몸을 떨었다. 어느새 그녀의 눈에서는 맑은 눈물이 흘러내리고 있었다.

그때였다.

"대단하군."

가슴을 때리는 듯한 차가운 목소리.

반규린은 깜짝 놀라 눈앞을 바라보았다.

기진맥진해서 쓰러진 청묘들 뒤에 종전의 키가 큰 사내가 서 있었다. 어느새 복면을 벗어버리고 잘생긴 얼굴에 비릿한 냉소를 짓고 있는 그는 가장 위험해 보이던 구영문의 고수, 바로 그였다.

"내, 내가 하고 싶어서 이런 게 아니에요!"

당황한 가운데 반규린이 던진 말에 키 큰 남자는 잠시 그 의미를 생각해 보려는 듯 얼굴을 찌푸렸다.

"내가 하고 싶어서 한 게 아니다?"

"그, 그래요."

"흐흠."

키 큰 남자는 싸늘한 미소를 지었다.

"멋대로 다른 자들을 해쳐 놓고 내가 하고 싶어서 한 게 아니다……."

반규린은 아무 말도 할 수 없었다.

"언제나 그런 식인가?"

"뭐, 뭐라고요."

"좀 더 자신감을 가져라. 그런 식으로 책임을 떠넘기면 죽은 자들은 어떻게 되겠나. 좀 더 당당해져. 거만해지라고. 그래야 죽은 자들도 또 청묘들도 억울하지가 않지. 적어도 개죽음이 되지는 않는 거다."

키 큰 남자는 목이 마른 듯 혓바닥을 내밀어 입술을 축였다. 꽤나 매력적인 모습이었지만 지금의 반규린에게는 그런 것이 전혀 눈에 들어오지 않았다.

남자의 궤변은 그녀의 머리를 온통 뒤흔들어 놓고 있었다.

"그리고 그래야 내가 죽일 맛이 나지. 난 구영문 내문(內門)의 백리추(百里秋)다. 지금까지 내 얼굴을 본 자는 단 세 명에 불과하지."

그의 눈빛이 삭풍처럼 날카로워졌다.

"그리고 그들은 모두 죽었다."

혼란스러운 반규린의 앞으로 백리추는 사신(死神)처럼 천천히 다가왔다.

*　　　*　　　*

백무연은 검의 숲에 둘러싸였다.

백무연을 포위하고 있는 항산파의 제자들은 모두 열다섯

명으로 세 조였다. 그들은 다섯 명씩 한 조를 이루고 있었는데, 그 이유는 본 문에서 연습하는 오행화검진(五行花劍陣)을 펼치는 최소의 단위가 다섯이기 때문이었다.

그들은 한 조가 하나의 검진을 이루어 백무연을 세 방향에서 포위하고 있었다.

그중 오조의 조장인 설문취(雪聞翠)는 한오영을 제외하면 유일한 여자 조장이었다. 그녀는 평소엔 조용하고 침착하며 한 떨기 온순한 국화처럼 아름다움을 뿜어내지만 일단 검을 뽑으면 누구도 건드릴 수 없을 정도로 매서워져서 동문들도 같이 대련을 하는 것을 꺼릴 정도였다.

이번에도 그녀는 침입자인 백의소년에게 조원들을 독려해서 가장 먼저 부딪쳤다.

"이야아!"

그녀의 검이 맹렬하게 백무연을 찔러갔다. 백무연은 가만히 서 있다가 훌쩍 몸을 피했지만 그때를 기다렸다는 듯 두 개의 검이 예측할 수 없는 방향에서 튀어나왔다.

백무연은 그것을 느끼고 몸을 반대로 회전시켜 세 개의 공격을 모두 피해냈지만 어느새 두 개의 검이 또다시 나타나 그의 요혈을 노리고 있었다.

오행화검진의 무서움은 톱니바퀴처럼 연속되는 공격에 있는 것이었다.

백무연이 모든 공격을 피해내자 설문취의 조는 유유히 빠져나가고 그 빈자리를 다른 조가 메웠다. 세 개의 조가 돌아가며 연환공격을 펼치며 백무연의 내공을 소모시키려는 것이었다.

백무연이 평범한 사람이었다면 첫 번째 조의 공격에서 벌써 피를 뿜으며 쓰러졌을 터였다.

하지만 백무연은 세 조의 공격을 다 받아내며 어느새 그 허점을 간파해 냈다.

'조와 조가 바뀔 때가 허점이다.'

어느새 세 번째 조의 공격이 끝나고 다시 첫 번째로 공격했던 설문취 조의 다섯 검이 그를 노리며 들어오고 있었다. 그때 백무연은 기합과 함께 손을 쭉 뻗었다.

순간 그의 머리 뒤에서 새하얀 물체가 두둥실 떠올랐다.

"아앗!"

갑자기 허공에 나타난 하얀 물체에 사람들은 귀신이라도 본 것처럼 깜짝 놀랐다. 그것은 바로 백무연이 오늘 하루 종일 끌고 다녔던 하얀 관이었다.

항산파의 제자들은 그것의 정체를 확인하자 더욱 당황했다. 도대체 저것이 왜 나타났단 말인가? 일부는 백무연이 입고 있는 상복을 보고 어느 정도 그 연관 관계를 추측하기도 했지만 이 관이 도대체 어떤 용도로 쓰일지는 전혀 짐작할 수 없었다.

컴컴한 어둠 속에 유령처럼 부유하고 있는 하얀 관은 공포스럽고 으스스한 느낌을 자아내기에 충분했다.

그리고 '끼이이이이' 하는 소리와 함께 관 뚜껑이 열리기 시작했다.

그때 서서히 움직이던 관 뚜껑이 갑자기 재빠르게 움직여 한 무리를 향해 날아가는 것이었다.

항산파 제자들은 놀라서 굳어 있던 상태라 의외의 공격을 제대로 막아낼 수가 없었다. 순식간에 관 뚜껑과 사람이 강하게 부딪쳤다.

쾅!

굉음과 함께 한 조를 이루고 있던 다섯 명의 검수가 저만치 멀리로 날아갔다. 관 뚜껑은 마치 살아 움직이는 듯 공중에서 방향을 선회하여 다른 조를 향해 부딪쳐 갔다.

그 조도 속수무책으로 땅바닥에 쓰러지고 말았다. 이것은 모두 눈 깜짝할 순간에 일어난 일로 설문취 등 오조의 제자들은 입을 벌리고 있다가 겨우 사태를 알아차렸다.

"이, 이이잇!"

설문취는 화가 나서 얼굴이 온통 빨갛게 되었다. 관에서 귀신이라도 나올 줄 알았더니 전혀 의외의 공격에 속수무책으로 두 조가 당하고 만 것이다.

그때 갑자기 눈앞에 하얀 것이 확대되자 설문취는 흥분한 상태에서도 얼른 몸을 피했다.

콰쾅! 소리와 함께 자신의 조에 속해 있던 네 명의 동문마

저 관 뚜껑의 위력에 맥없이 쓰러져 버렸다.

설문취의 부릅뜬 눈에서는 눈물이 흘러나올 것만 같았다.

항산파의 절기인 오행화검진, 그것도 세 개 조가 모인 천지인(天地人) 오행화검진이 이름도 알 수 없는 소년에게 단숨에 격파당한 것이다.

설문취는 더 이상 살고 싶지 않다는 듯 맹렬한 기세로 검을 휘둘렀다. 백무연은 그 공격을 몸을 훌쩍 뛰어 가볍게 피했다.

하지만 설문취의 검은 끈질기게 달라붙었다. 한오영과 같은 이십일 세. 이대제자들 중 제일 어린 나이였지만 그만큼 대단한 성취가 있었기에 조장에까지 오를 수 있었다.

설문취의 검은 화려한 불꽃처럼 수많은 변초(變招)를 뿌려내며 백무연의 전신을 압박했다.

그러나 백무연은 자신과 상대한 이 항산파의 제자들을 다치게 하고 싶지 않은 마음이 컸다. 때문에 목숨을 내어놓을 듯이 달려드는 설문취의 공격이 부담스러울 수밖에 없었다.

'어떻게 한다?

미간을 살짝 찌푸린 백무연의 머리 위로 다섯 개의 변초가 떨어져 내렸다. 하지만 저 중에 실초(實招)는 분명 하나. 나머지 네 개는 허초(虛招)로 거기에 휘말렸다간 꼼짝없이 이마

한가운데가 차가운 검에 여지없이 꿰뚫릴 것이다.

백무연은 날카로운 눈으로 검의 떨림을 가늠하고 네 개의 허초가 이마를 가르는 순간 하나의 실초를 간발의 차이로 피해내며 동시에 설문취의 품으로 뛰어들었다.

깜짝 놀란 설문취는 몸을 뒤로 빼려 했지만 어느새 혼혈(昏穴)을 짚인 뒤였다. 한쪽으로 맥없이 쓰러지는 그녀를 백무연이 받아 땅바닥에 뉘었다.

그녀는 바닥에 눕자 쌔근거리며 숨을 쉬었다.

아름답다.

동그란 얼굴에 꽃이 핀 듯 화려한 이목구비. 반규린이 싸늘하고 아름다운 매화(梅花)라면 눈앞의 설문취는 만방에 향기를 뿜어내는 국화(菊花)였다.

그녀가 기침을 하는 것을 보자 백무연은 자리를 편하게 해주려고 허리를 숙이다가 어느새 그녀의 허리에 빨갛게 배어 있는 피를 발견했다.

"아니?"

백무연은 깜짝 놀라 상세를 살폈다. 아마 아까 관 뚜껑에 맞은 동료들의 검이 스친 것 같았다. 아니, 단순히 스쳤다고만 하기에는 상처가 꽤 깊다.

백무연은 걱정스러운 표정으로 설문취를 바라보았다. 이대로 바닥에 뉘어두자니 다른 항산파의 제자들도 모두 기절해 있고 여기는 더군다나 깊은 산속이라 누가 올지 아무도 모른다. 그렇다고 반규린을 도우러 가야 했기 때문에 여기서 상처를 치료할 수도 없다. 두고 갈 수도 없고 치료할 수도 없다면?

고민하던 백무연은 그녀를 들고 비어 있는 관으로 다가가 그녀를 조용히 관 속에 눕혔다. 그리고 뚜껑을 닫고는 관과 연결된 새끼줄을 허리에 지고, 약간 묵직해진 무게를 온몸으로 느끼며 현공사 쪽으로 말없이 달리기 시작했다.

*   *   *

혼란스럽던 반규린은 키 큰 사내, 백리추가 열 걸음 앞까지 다가오자 정신이 번쩍 들었다. 그의 몸 전체에서 느껴지는 위압감은 여태껏 그녀가 만났던 어떠한 적과도 달랐다.

그것은 고요하지만 찬란하게 빛나는 태양과도 같았다. 태양 아래 있는 것은 태양에 손을 뻗지만 태양에 닿을 수는 없고 또 숨거나 피할 수도 없다.

한없이 무기력해지는 자신을 느끼던 반규린은 문득 자신을 심하게 야단쳤다.

'뭐 하는 거야! 이대로 주저앉을 셈이야? 그러면 여기까지 온 보람이 없잖아. 바보같이 멍청하게 있지 말고 어서 일어나라고!'

반규린은 마음을 단단히 먹기로 했다. 눈을 들어 백리추를 살피니 어떠한 무기도 갖고 있지 않은 듯 보였다. 그녀는 숨을 크게 쉬며 자신이 택할 수 있는 무공을 살폈다.

암기 같은 것이 통할 리가 없다. 독무 또한 마찬가지일 것이다. 그렇다면 역시 쌍검밖에 없다.

그녀는 등에 지고 있던 청홍소검(靑紅小劍)을 빼 들었다. 그 모습을 가만히 바라보고 있던 백리추는 옆에 있던 나뭇가지 두 개를 아무렇게나 꺾었다.

"난 이걸로 하지."

"뭐?"

"무기를 들어주는 것만도 고맙게 생각하거라."

반규린은 뭐라 말하려고 했지만 나뭇가지를 들고 있는 백리추의 기도는 그야말로 무시무시했다.

어쩐지 백리추의 말은 진심인 것 같아서 반규린은 더욱더 몸이 굳어지는 것을 느꼈다.

'괜찮아, 괜찮아. 할 수 있어.'

겨우 자신을 진정시킨 반규린은 호흡을 고르며 백리추를 바라보았다. 백리추는 두 손을 늘어뜨린 채로 어떠한 움직임도 없이 냉소를 머금은 채로 반규린을 바라보고 있었다.

반규린은 천천히 호흡하며 백리추와 자신의 호흡을 맞추려고 노력했다. 하나, 둘, 셋, 넷. 속으로 천천히 숫자를 세던 반규린은 이십쯤 되었을 때 백리추의 야유를 들었다.

"계속 숫자만 세고 있을 셈이냐?"

반규린의 눈이 동그래졌다. 도대체 어떻게 안 것일까?

"너 같은 하수의 움직임은 안 봐도 뻔하다. 호흡을 맞추는 것이 무슨 의미가 있느냐? 내가 숨을 안 쉬면 그만일 텐데."

말을 마치더니 백리추는 정말로 자신의 호흡을 끊어버렸다. 반규린은 깜짝 놀라서 그를 바라보았지만 백리추는 담담할 뿐 진짜 숨을 쉬고 있지 않았다.

그야말로 절정의 내공에서 볼 수 있는 호흡법이었다.

'귀식대법(龜息大法)!'

상대의 호흡을 보고 그 빈틈을 찾아내려던 시도가 물거품이 되고, 더구나 상대의 고명한 실력까지 확인하자 반규린은 온몸에 힘이 풀리려는 것을 겨우 다시 다잡고 무너지려는 정신을 추슬렀다. 백리추는 하품을 했다.

"언제 공격할 거냐?"

그 말이 다 끝나기도 전에 반규린은 빈틈이 생겼다고 판단, 백리추를 찔러 들어가고 있었다. 반규린의 쌍검이 청망홍섬(靑網紅閃)을 펼치며 마치 푸른 바다에 붉은 태양이 떠오르는 듯한 화려하고 빠른 공격을 펼쳐낼 때, 그것은 단 두 번 휘두른 상대방의 회색 나뭇가지에 의해 씻은 듯이 와해되었다.

"아니?"

반규린은 놀라서 저도 모르게 소리를 냈다. 방금 펼쳐진 것은 단 두 수였지만 틀림없는 자신의 청망홍섬이었다.

다만 회색 바다에 떠오르는 회색 태양처럼 그것에 화려함과 생기발랄함은 없었지만 그보다 훨씬 빠르고 강했다.

원래 사사를 받은 것이 아닌 한 번 보고 그것을 즉시 따라 한 듯한 모습이었다. 그렇다면 눈앞의 상대, 백리추는 그야말로 백 년에 한 번 나올까 말까 한 천재였다.

하지만 놀라고 있을 때가 아니었다. 백리추의 회망회섬(灰網灰閃)은 어느새 반규린의 전신을 압박해 들어오고 있었다.

한 손의 나뭇가지는 반규린의 전신을 포박하는 듯했고 다른 것은 뾰족한 끝을 반규린의 가녀린 목줄기에 들이대고 있었다. 반규린은 순간 일곱 번이나 칼을 휘둘러 겨우 몸을 뺐다. 하지만 어느새 어깨에서 불로 지지는 듯한 통증을 느꼈다.

"으윽!"

반규린은 자기도 모르게 한쪽 무릎을 차가운 땅바닥에 꿇었다. 이미 왼쪽 어깨가 나뭇가지에 꿰뚫려 있었다. 백리추는 다른 한 개를 지루한 듯이 빙빙 돌리며 반규린을 내려다보았다.

반규린은 창백해진 얼굴로 입술까지 파래져 겨우 숨을 쉬고 있었다. 그 모습을 보고도 백리추는 살짝 혀를 찰 뿐이다.

"미안하군. 하지만 내 얼굴을 봤으니 각오는 했겠지?"

그의 손에서 나뭇가지가 날아가 반규린의 목을 여지없이 꿰뚫어 버리려는 순간,

"멈추시오!"

대갈일성이 들려왔다. 백리추가 놀라서 고개를 드니 수많은 사람들이 넓은 들판 곳곳에서 달려오고 있었다.

그들 중 하나가 가장 먼저 달려와 숨을 몰아쉬었다. 백리추가 아는 얼굴로 낮부터 자신들을 안내했던 장문 대리의 조카 한오영이라는 여검객이었다.

나머지 사람들도 열심히 달려와 그 뒤에 새까맣게 늘어섰다. 달빛을 받은 그들의 얼굴이 더없이 심각해 보였다.

"무슨 일인가."

백리추는 차갑게 말했다. 그러자 한오영은 숨을 몰아쉬며 대답했다.

"비상 신호가 들렸습니다. 현재 항산파 내에 침입자가 나타나 찾고 있는 중입니다. 일단 무기를 거두고 그 남자한테서 몇 걸음 물러나 주십시오."

백리추는 그 말을 듣고 냉소를 지었다. 자신이 누군가에게 명령을 받는다는 것은 꽤나 오래전의 일로, 잘 기억조차 나지 않았다.

말없이 나뭇가지를 치켜들자 한오영 이하 수십 명의 제자들이 일제히 검을 뽑아 들었다. 그 모습을 보자 백리추는 살짝 인상을 찡그렸다.

"지금 나랑 해보자는 건가?"

"이곳은 항산파의 경내이니 선배께서도 부디 그 법도를 지켜주시기 바랍니다."

“미치겠군. 와하하하핫!”

백리추는 고개를 들어 하늘이 떠나가라고 광소를 한 뒤 다시 한오영 등 항산파의 제자들을 돌아보았다.

“구영문의 일을 방해할 셈이냐?”

“여기는 항산파입니다. 불필요한 살생은 금지되어 있습니다.”

그렇게 말하는 한오영의 앞에는 이미 혀를 빼물고 죽어 있는 청묘들과 산산조각이 난 복면인들의 시신이 누워 있었다.

백리추는 그것들을 바라보자 미칠 듯이 화가 치밀어 올랐다. 하지만 어조는 더욱 냉정해졌다.

“이 녀석만은 내가 죽이겠다.”

“그럴 수 없습니다.”

한오영은 가슴속에서 이미 앞에 있는 상대에 대한 극심한 두려움이 일고 있었지만 겉으로는 더욱 강경하게 나섰다.

이대로 밀린다면 항산파의 자존심은 크나큰 상처를 입게 되고, 또 앞에 쓰러져 있는 백의의 남자는 나쁜 사람 같지 않은데 이렇게 허무하게 죽는 모습을 두고 볼 수는 없었다. 그래서 그녀는 목숨을 걸고 이렇게 앞으로 나선 것이다.

백리추는 그 모습에 더없이 짜증이 치밀었다. 성질대로 하자면 다 죽여 버리면 그만이었지만 정파의 인원을 마음대로 처치할 수는 없었다. 하지만 눈앞에서 구영문의 사람들이 처참하게 죽었다. 그 복수는 기필코 이루어야만 했다.

"그렇다면 내가 이 녀석을 구영문으로 데려가겠다. 눈앞에 널브러져 있는 것들이 안 보이느냐? 모두 이 조그만 녀석이 한 짓이다. 구영문으로 데려가서 책임을 물어야겠다."

하지만 한오영은 더욱 확실하게 고개를 저었다.

"그것도 안 됩니다."

"뭐라고?"

"그분은 항산파의 손님입니다. 그것이 사실인지 아닌지는 나중에 깨어나고 나서 확인할 일입니다."

이렇게 되자 백리추의 인내심은 거의 한계에 다다르고 있었다. 그때 그의 심지에 불을 붙이는 중얼거림이 들려왔다.

"체, 구영문이 뭐 별건가. 정말 웃기네."

그 말을 한 것은 바로 장여창이었다. 그는 오늘 하루 종일 이리저리 뛰어다니며 잔심부름을 하느라 바빴다.

산에서 태어나 산에서 자라 강철 같은 체력을 지닌 그도 지칠 수밖에 없었다. 게다가 아까 말도 나누고 안내도 해줬던 사람이 눈앞에서 죽을지도 모른다고 생각하니 어쩐지 재미없다고 느껴서 한오영을 돕기 위해 한마디 던진 것이었다.

그리고 그것은 역효과로 작용했다.

장여창은 불타는 듯한 시선으로 자신을 뚫어지게 바라보

고 있는 백리추를 발견했다.

하지만 아직 기감(氣感)을 익히기 전이라 다른 제자들이 다 느끼고 있는 극심한 살기를 장여창은 제대로 느끼지 못하고 한마디를 더 보탰다.

"뭐야, 저렇게 노려보면 누가 무서워할 줄 아나?"

그러자 백리추는 싸늘한 미소를 지었다. 마치 저승사자가 곧 죽을 자에게 보내는 미소처럼 소름이 끼치는 그 미소를 보자 한오영은 얼른 장여창의 앞을 가로막았다.

"어린 녀석이 실수로 헛소리를 한 것이니 너무 마음에 담지 마시기 바랍니다."

"선택해라."

"예?"

"이 녀석이냐, 저 녀석이냐?"

백리추는 자신의 앞에 쓰러져 있는 반규린과 한오영의 뒤에서 시무룩한 표정을 짓고 있는 장여창 중 한 명을 선택해서 자신에게 넘기라고 말하고 있었다.

그 말에 한오영의 표정도 변했다.

"그게 무슨 말씀입니까?"

"말 그대로다."

그리고 그는 진지한 눈빛으로 덧붙였다.

"내 말대로 하지 않으면 오늘 항산파는 없어진다."

그 말에 한오영을 위시한 제자들이 일제히 검을 뽑아 들었다.

일촉즉발의 긴장된 순간, 갑자기 사람들의 눈앞을 달빛처럼 눈부신 백색의 광채가 꿰뚫고 지나갔다.

"아, 아니?"

그것은 재빠른 속도로 무언가를 칭칭 감더니 낚시를 하듯 경쾌하게 들어 올렸다. 백리추조차도 전혀 생각지 못했던 그 움직임에 잠시 동안 넋을 놓고 있을 수밖에 없었다.

사람들이 눈을 들어 살펴보니 하얀 천이 방금 전까지 창백하게 누워 있던 반규린을 감싸고 있고 그것의 끝을 잡고 있는 자는 바로 그와 똑같은 상복을 입은 백의소년, 바로 백무연이었다.

백무연은 등에 진 관을 항산파의 제자들 쪽에 사뿐히 내려놓았다. 그러자 관 뚜껑이 스르르 열리며 그 속에서 머릿결이 약간 흐트러졌으나 세상모르고 곤히 자고 있는 설문취의 발그레한 얼굴이 드러났다.

"이, 이런? 문취가 왜?"

"좀 부탁합니다."

한오영이 깜짝 놀라서 백무연을 바라보니 이미 백무연은 뒤도 돌아보지 않고 백리추에게 다가가고 있었다.

백리추는 백무연이 다가오자 그제야 정신을 차린 듯 표정을 굳혔다.

"뭐 하는 놈이냐?"

“왜 내 친구를 해쳤습니까?”

점잖지만 차가운 어조와 태양이라도 얼려 버릴 듯한 싸늘한 눈빛은 백무연의 마음을 고스란히 보여주고 있었다.

반규린이 다시 다친 것에 대해 화가 난 것이다. 그에게는 이미 앞에 있는 사람이 누구인지는 중요하지 않았다.

하지만 백리추는 오늘 벌써 여러 번이나 후배들에게 모욕을 당하고 또 눈앞에서 자신이 잡고 있던 사람을 닭 쫓던 개 보듯 놓쳐 버리게 되자 가슴속 깊은 곳에서 울화가 치밀었다.

오랫동안 수양을 해온 그로서는 근 십 몇 년 만에 진정으로 느껴보는 분노였다.

“호호호.”

백리추는 심화를 이기지 못하고 입으로 소리를 내었다. 그 소리를 들은 항산파의 제자들은 모두 심신이 진탕되는 듯한 느낌을 받고 제대로 몸을 가누지 못하다가 겨우 똑바로 설 수 있었다.

하지만 백무연은 태산처럼 굳건히 서 있었다.

“왜 내 친구를 해쳤느냐고 물었습니다.”

백무연은 전혀 물러설 생각이 없었다. 눈앞의 남자는 방금 전까지만 해도 기어코 반규린을 해칠 뿐만 아니라 죽일 태세였다.

그 모습을 봤던 백무연의 자제력은 이미 심하게 흐트러져 있어 몸 곳곳에서 살기가 흘러나오고 있었다.

지금 기절해 있는 반규린이 봤다면 아마 깜짝 놀랐을 것이 었다.

백리추 역시 삼십이 넘도록 무공을 수련해 온 고수 중의 고수라 상대의 기도를 보고 보통내기가 아님을 알아차렸다. 분노만 하고 있다가는 오히려 상대에게 역습을 당할 판이었다.

'이런 녀석이 강호에 있었단 말인가?'

생긴 것은 정파의 인물 같지만 사파에서도 공명정대한 얼굴로 웃으면서 살인을 저지르는 인간들이 부지기수다.

하지만 그들이 약속이나 한 듯 하나같이 갖고 있는 사이(邪異)한 기운은 눈앞의 백의소년에게서는 전혀 보이지 않았다.

백리추는 상대의 내력을 알기 전까지는 섣불리 공격할 생각이 들지 않았다. 그렇지 않았다면 벌써 백리추가 손을 움직이는 순간 손 안의 나뭇가지를 상대의 미간에 깨끗하게 박아 넣었을 것이다.

"눈앞을 봐라."

이미 새빨간 고깃덩어리가 된 복면인들의 시신과, 처참하게 죽어 있는 청묘들의 시체가 쓰레기처럼 널브러져 있다. 백무연은 그것을 조용히 바라보았다.

"이게 네 친구가 한 짓이다."

백무연은 아무 말도 할 수 없었다. 앞에 있는 키 큰 사내의 말대로 반규린이 이들을 죽였을 가능성은 충분히 있었다.

하지만 그녀의 독무는 무시무시한 위력을 가지고 있었지만 그것으로 사람을 심하게 해치는 것을 백무연은 한 번도 본 적이 없었다.

그러나 눈앞의 키 큰 사내가 거짓말을 하는 것 같지는 않았다. 백무연은 가슴이 턱 막히는 느낌이 들었다.

"알겠습니다."

그 말에 백리추는 코웃음을 쳤다.

"그럼 저 녀석을 내놓아라."

"그렇게는 안 됩니다."

"뭐라고?"

"속죄할 기회를 주십시오."

"이에는 이, 눈에는 눈, 죽음에는 죽음. 더 이상 무슨 속죄가 필요하단 말이냐?"

"죽음을 죽음으로 씻는 것은 가장 의미없는 일입니다."

그 말에 장내에는 숙연한 분위기가 감돌았다. 피를 피로 씻는 복수의 업보는 강호의 오랜 전통이다. 하지만 누구라도 그것을 반성하고 막아보려 한 일이 있었는가?

그렇지 못했기 때문에 무림의 큰 혈투인 정사대전은 수많은 생명을 앗으며 오랜 세월 동안 계속되고 있었다.

항산파 제자들 중 과반수 이상이 대견하다는 눈빛으로 백무연의 등을 바라보았다.

하지만 백리추는 비웃음을 흘렸다.

"네놈이 그렇게 강하냐?"

입술을 일그러뜨린 백리추의 눈에서는 귀광이 번뜩였다.

"죽이고 싶어서 상대를 죽이는 사람은 없다. 그런 것은 피에 미친 살인귀들이나 하는 짓이야. 사람이 왜 사람을 죽이는지 아느냐? 그것은 자신이 그만큼 약하기 때문이야. 구영문 내문(內門)에서 살고 있는 나도 상대를 마음 놓고 살려두지 못한다. 그런데 네가 죽음을 죽음으로 씻지 못하겠다고?"

백리추의 손에 든 나뭇가지가 팍 소리를 내며 가루가 되어 흩어졌다.

"그렇다면 넌 여기서 죽어라."

말과 함께 백리추가 앞으로 손을 뻗었다.

그러자 무시무시한 내력의 파도가 장내를 엄습함을 느낀 항산파의 제자들은 반규린과 관 속의 설문취를 안아 들고 재빠르게 뒤로 빠졌다.

상대방이 두 손을 이리저리 교차시키며 격출하는 무공에 침착한 백무연도 놀랄 수밖에 없었다.

기포(氣布)!

백무연의 염포(殮布) 무공을 단번에 파악하고 그것을 즉시 따라한 것이 눈에 보이지 않는 기(氣)의 천이었다.

그것은 칼날과 파도처럼 빠르고 강하게 백무연을 휘감으려 했다. 그러자 백무연 역시 두 손을 들어 올렸다.

쾅! 콰쾅!

폭음과 함께 하얀 염포와 투명한 기포가 곳곳에서 부딪치며 굉음을 냈다. 주위의 흙먼지가 뿌옇게 날아올라 사람들의 시야를 가렸다. 주위 십 장 내로는 도저히 접근할 수 없을 정도로 내기(內氣)의 폭풍이 휘몰아치고 있었다.

폭음이 끊어지지 않고 계속되자 내심 걱정하던 한오영은 안도하면서도 한편으로는 놀라웠다.

구영문 내문의 사람과 맞먹을 정도라면 저 백무연의 무공은 도대체 얼마나 대단한 것이란 말인가?

그때 폭음이 씻은 듯이 사라지며 사방이 고요해졌다. 흙먼지가 나풀거리다 천천히 사람들의 머리 위로 가라앉자 사람들은 연신 기침을 하며 눈앞을 바라보았다.

백무연과 백리추가 굳은 채로 움직이지 않고 있었다. 둘 다 양팔을 힘없이 늘어뜨린 채 있는 것으로 보아 심각한 격전이 이어졌던 것 같았다.

오랜 침묵이 계속 된 후, 먼저 입을 연 것은 백리추였다. 그의 얼굴에는 도저히 믿어지지 않는다는 기색이 역력했다.

"넌 도대체 누구냐?"

"장의문의 제십삼대 문주 백무연이라고 합니다."

백무연은 담담하게 대답했다.

"장의문?"

백리추의 눈썹이 묘하게 일그러졌다. 기억이 흐릿하지만

어디선가 들어본 것처럼 어렴풋한 이름이다. 하지만 이런 문파가 있었는지에 대해서 정확히 확신할 수는 없었다.

어쨌든 눈앞에 있는 백의소년의 무공은 정말 놀라운 것이었다. 상대가 펼친 무공을 한 번 보고 그대로 따라하는 백리추의 반영신공(反影神功)은 지금껏 제대로 막아낸 상대가 손에 꼽을 정도였다.

더군다나 지금까지 이것을 막아낸 상대들이 고강한 내공과 경험에서 오는 임기응변에 의존했다면 이 약관도 되지 않아 보이는 백의소년은 내공보다는 오로지 천재적인 감각으로, 하지만 너무도 당연하게 대응했다.

신동으로 불렸던 어릴 적 자신의 모습을 보는 것 같았다.

'그리고 무엇보다 이 얼굴……'

처음에는 느끼지 못했지만 백의소년의 얼굴은 어디선가 본 적이 있는 듯 어렴풋한 느낌이 들었다. 기억력이 유난히 좋은 백리추였지만 이상하게도 백의소년에 대해서는 무슨 일이 있었는지 없었는지조차 잘 생각이 나지 않았다. 백리추는 몹시 이상한 기분이 들었다.

그때 백무연이 막혔던 숨을 내쉬며 눈을 떠 백리추를 바라보았다. 그의 투명한 시선과 눈이 마주치자 백리추는 마음속까지 청명해지는 듯한 느낌을 받았다.

"다시 갑니다."

"뭐, 뭐라고?"

백무연은 이미 양손을 들어 올리고 있었다. 아마 전력을 다해 내공이 회복되기를 기다린 듯 그의 손에서는 다시 달빛처럼 싸늘한 염포가 뻗어 나왔다.

그것을 본 백리추 역시 아무것도 쥐지 않은 빈손을 허공에 들어 올렸다. 다시금 폭음이 울리고, 백리추는 일단 상대를 제압한 후 자신이 궁금해하는 것을 물어보기로 마음을 굳혔다.

펑!

큰 소리와 함께 백무연이 정신없이 다섯 걸음쯤 물러나서 어깨를 들썩였다. 반면 백리추는 반 걸음만을 살짝 물러난 채로 미미한 웃음을 띠고 상대를 바라보았다.

하지만 겉모습과는 달리 속은 긴장으로 인해 더욱 싸늘해져 있었다.

'무서운 놈.'

자신은 이번의 공격에서 백무연의 초식에 구영문의 독문무공인 음영공(陰影功)을 섞어냈다. 원래의 공격에 얹어지는 이 은밀한 공력은 상대의 빈틈을 흔적 없이 파고들어 심한 내상을 입히는 무공이었다.

하지만 백무연은 순간의 부딪침에서 그 움직임을 대번에 파악하고 그것을 막아낸 것이다. 물론 이번에는 백리추가 약 오성(五成)의 힘을 실었기 때문에 백무연이 그 힘을 제대로 받아내기가 힘들었지만 문제는 백무연의 걸출한 감각이었다.

'저것을 제대로 키우면 정말 대단해질지도 모른다.'

백리추의 눈이 순간 번득였다. 어쩌면 이 소년은 끝없는 정사대전에서 정파 쪽에, 아니 구영문에 힘을 실어주기 위해 하늘에서 내린 인재일지도 모른다.

그리고 아직은 알 수 없는 소년의 정체. 백리추는 더욱더 소년을 잡아둬야 한다고 생각했다.

그러기 위해서는 이번에 약간 큰 힘을 써야 했다.

상대가 약간 다칠 수도 있었지만 그 정도 위험은 감수하기로 했다. 공력을 모으는 백리추의 장포가 서서히 부풀어 오르기 시작했다.

상대의 기세가 심상치 않음을 본 백무연은 눈빛이 어두워졌으나 마찬가지로 공력을 모았다. 어쩐지 처음에 했던 말과는 달리 상대에게 자신을 죽일 마음은 없는 듯했다. 그것은 다행한 일이었지만 막지 못하면 반규린이 죽는다. 그리고 그것은 참을 수 없다.

'반 소저를 지키지 못한다면 어떻게 살아갈 수 있겠는가?'

이미 백무연은 반규린을 생각하는 마음이 마음속 깊이 뿌리내렸고 그것은 반규린도 마찬가지였지만 둘은 그것을 잘 모르고 있었다.

더구나 상대의 마음에 대해서는 완전히 오리무중이었다.

어렴풋하게 서로를 느낄 때도 그들은 그것을 우정이라고

생각했다.

일단 지금의 백무연은 오직 반규린을 상대의 살수에서 구해야 한다는 일념 하나로 가득 차 있었다.

하지만 마음속으로는 이번의 상대의 공격에서 버틸 수 없음을 어느 정도 짐작하고 있었다.

상대, 구영문의 키 큰 사내, 백리추는 차원이 다른 고수였다. 그는 백무연이 지금껏 만나온 어떤 상대보다도 강했다. 신체와 내공뿐만 아니라 마음가짐에서도 상대는 너무나 강했다. 마치 생전의 아버지를 보듯이.

언제나 피맺힌 기침을 하면서도 독한 일념으로 자신의 무공을 지도하던 아버지.

그를 지탱하던 것과 이 남자를 지탱하는 것은 무슨 차이가 있는 것일까. 이런 생각을 하며 백무연은 어쩐지 그리운 듯한 눈빛으로 남자를 바라보았다.

이번 합이 끝날 때 자신은 분명 실 끊어진 연처럼 허공을 날고 있을 것이다.

하지만 자신은 물러설 수 없다. 아버지 역시 그랬던 것처럼.

“이얏!”

백무연이 먼저 기합을 지를 때,

“꺄아아아악!”

갑자기 섬광처럼 들려온 여자의 비명 소리.

백무연과 백리추만이 아니라 눈앞의 결투에 온 정신을 집중하고 있던 장내의 사람들은 모두 깜짝 놀라 소리가 들려온 쪽을 바라볼 수밖에 없었다.

너무 어리지만 너무나도 아름다운 어린 소녀. 그녀는 바로 항산파 전 장문인의 무남독녀 이해은이 아닌가?

그녀가 악몽에서 깨어난 것 같은 표정을 하고 어느새 이곳에 나타나 있었다. 입을 가리고 부들부들 떨고 있는 그녀의 뒤로 백무연이 잘 알고 있는 사람들이 달려오고 있었다.

멀리서 은가루를 뿌려놓은 듯 미광도포를 번쩍이는 한문기와 그 뒤를 쫓고 있는 자들은 머리를 깎은 두 명의 중, 바로 주지 스님과 젊은 스님, 지여였다.

일단 어이없어 한 것은 백리추였다.

"아니, 이 아이가 왜 여기에?"

방금 전까지 현공사의 본당에 있던 이해은이 갑자기 이곳에 나타난 것이다. 혈도를 풀었지만 항산파의 제자들이 감시하고 있었는데 어떻게 빠져나온 것인가?

좀 전에 이해은은 두 손이 묶인 채로 그다지 넓지 않은 본당에 꿇어앉아 있었다.

눈을 가렸던 가리개를 풀자 앳되고 아름다운 얼굴의 선이 드러났다. 오래된 절의 은은한 향이 어두운 주변에 감돌고 있었다.

백리추는 그녀의 혈도를 가볍게 친 뒤 깨어나기를 기다리며 조용히 생각에 잠겼다.

이번 사건은 심상치 않다. 존속살해라는 점도 분명 문제였지만 그보다 배후에서 느껴지는 이상한 기운이 있었다.

최근 정파도 사파도 아닌 제삼의 세력이 만만치 않은 움직임을 보이고 있었다.

몹시 치밀하고 철저한 자들이라 구영문조차도 정체를 제대로 알 수 없었는데 바로 그 세력이 이 항산파의 존속살해 사건에 손을 댄 것 같다는 정보가 입수된 것이다.

이에 구영문은 파격적으로 내문(內門)의 사람인 백리추를 내보냈던 것이다.

백리추는 첫 대면으로 이해은은 범인이 아닐 것이라고 짐작했다. 유난히 날카로운 그의 직감이 그 추측을 뒷받침해 주었다.

하지만 일부러 현공사의 본당까지 범행의 재연을 핑계로 데리고 왔다.

진짜 범인을 잡아내기 위해서였다. 그 범인이 내부의 소행인지, 아니면 외부의 영향을 받은 내부의 소행인지, 철저한 외부의 소행인지는 알 수 없으나 의심되는 사람은 현공사 내에서도 몇 있었다.

한문기도 그의 날카로운 눈에서 벗어나지 않고 있는 사람들 중 하나였다.

그리고 한문기는 이해은의 뒤에서 황급히 달려오고 있었다.

‘아이 하나도 못 지켰던 말인가?’

한문기에 대한 노여움이 백리추의 신경을 건드렸다. 그때 빠르게 다가온 한문기가 재빨리 다가와 이해은의 열 걸음 뒤에 섰다.

하지만 이해은을 잡지는 못하고 뒤에서 기회를 보고 있었다. 그 모습을 본 백리추는 더욱 황당했다.

“도대체 뭐 하는 거요?”

그러자 한문기가 백리추에게만 들릴 정도로 작게 말했다.

“그 아이의 손을 보시오.”

백리추는 한문기가 가리키는 대로 이해은의 손을 바라보았다. 얼굴을 가리고 있는 손에 자라난 손톱은 어린아이의 것 같지 않게 몹시 길었으며 무엇을 발랐는지 새까맣게 물들어 있었다.

그리고 그 위에 점점이 묻어 있는 것은…….

‘피?’

“오행화검진 하나가 단번에 뚫렸소.”

침통한 표정으로 조용히 말을 잇는 한문기였다.

“분명히 제자들에게 지키고 있으라고 했거늘 도대체 어떻게 된 것인지, 왜 저 아이의 손톱이 저렇게 됐고, 가공할 조공(爪功)은 어디서 터득한 것인지…….”

“꺄아아아악!”

하지만 다시금 소리를 내지르며 급히 어디론가 몸을 빼는 이해은의 모습은 누가 봐도 정상적인 정신을 가진 사람의 그 것이 아니었다.

백리추는 머릿속이 복잡했지만 일단 이해은의 앞을 빠르게 가로막았다.

"어디로 가려는 게냐?"

이해은은 그 말에 대답하지 않고 번개같이 손톱을 휘둘렀다. 백리추는 나뭇가지를 들어 막으려 했지만 생각보다 훨씬 빠른 상대의 조풍(爪風)에 깜짝 놀라 몸을 뒤로 날렸다.

하지만 이해은의 손톱에서 튄 핏방울 하나가 백리추의 입 술에 날아와 묻고 말았다. 백리추는 미간을 찌푸리며 침을 뱉 었다.

"제기랄!"

순간적인 움직임과 빠른 공격은 칠살(七煞)의 칠대살성(七 大煞星)과도 비견될 수 있을 정도였다.

거기에 생각이 미치자 백리추의 가슴이 싸늘해졌다. 아까 청묘의 등에 태우고 현공사로 올 때만 해도 저 아이의 손톱은 예쁘게 깎인 채였다. 누가 저 손톱을 자라나게 했단 말인가? 그리고 그때는 전혀 보이지 않던 저 광폭한 기도는 도대체 무 엇이란 말인가?

그의 예리하던 직감이 폭풍을 만난 배처럼 이리저리 흔들 리고 있었다. 백리추는 자기도 모르게 뒷머리를 감싸 쥐었다.

그때 기회를 엿보던 이해은이 다람쥐처럼 잽싸게 반대 방향으로 몸을 날렸다. 하지만 그쪽에는 이미 한문기가 검을 쥐고 서 있었다.

"하아압!"

한문기가 기묘한 자세로 검을 휘두르자 정신없이 달려가던 이해은도 동물적인 감각으로 위험을 느꼈는지 몸을 확 숙였다.

한문기는 마치 장난이라도 치듯이 허공에 검을 휙 휙 휘둘렀지만, 그때마다 이해은은 팔다리를 움직이며 정신없이 무언가를 피해내는 것이었다.

자세히 보니 이해은 주변의 땅바닥에는 무언가 긁고 지나간 듯한 자국들이 생겨 있었다. 그 모습을 본 백리추는 문득 한 가지 생각이 떠올랐다.

'저것이 바로 항산파의 비전절기인 벽공검법(劈空劍法)?'

허공을 격해 목표를 때리는 장법을 벽공장이라고 한다. 이것은 익히기가 어려워 이미 거의 실전된 무공이었지만 가끔 강호에 이것을 들고 간간이 나타나는 고수들이 있었다.

하지만 그 경지를 검으로 이루어낸 벽공검법은 오직 항산파에만 있었다. 그만큼 익히기가 어렵고 전수가 비밀스러워서 아직 백리추도 그것을 한 번도 보지 못했던 것이다.

그런데 한문기가 지금 그것을 쓰는 것을 보니 사태가 얼마나 급박하다고 느꼈는지 알 만했다. 한문기의 눈빛은 미미한 긴장으로 떨리고 있었다. 문파의 비전절기를 쓰는 순간에 외부인이 있는 것이 마음에 걸리는 것이다.

하지만 한문기가 모르고 있는 것이 있었다. 여기에는 어떤 무공이든 한 번 보면 즉시 따라할 수 있는 사람이 하나 있다는 것을.

그리고 그 사람, 백리추는 벌써 몇 번이고 반복해서 펼쳐지는 벽공검법의 정수를 이미 외워 버렸다. 백리추의 입가에 회심의 미소가 걸렸다.

'이거 참 고맙게 됐군.'

사실 백리추는 이곳에 오면서 사건을 조사함과 아울러 혹시라도 장문인 급이 시전하는 벽공검법을 한 번이라도 볼 수 있지 않을까 하는 기대가 있었지만 이렇게 정말로 보게 될 줄은 전혀 생각지 못한 일이었던 것이다.

백리추는 구름 위에 둥둥 뜬 것 같은 기분이 되어 여유있는 마음으로 벽공검법을 피해내는 이해은의 산짐승처럼 날쌘 동작을 바라보았다.

'그런데 벽공검법을 시전한다는 것은 마음이 급하다는 것이 아닐까?'

어느새 백리추의 흥분은 가라앉고 그는 다시금 냉정한 관찰자의 눈으로 한문기를 바라보게 되었다.

하지만 일단 한 번 흔들리기 시작한 백리추의 직관은 한문기의 속마음을 정확하게 집어낼 수 없었다.

굵은 땀방울을 흘리는 한문기의 이마를 노려보면서 초조해진 백리추는 입술을 일그러뜨렸다.

그 순간, 이해은은 한순간 몸을 기이한 방향으로 뒤집으며 훌쩍 뛰어 한문기의 공격에서 벗어났다. 벽공검법의 사정거리가 닿지 않는 곳인 듯 한문기의 낯빛이 살짝 변했다.

하지만 지시를 기다릴 것도 없이 무리지어 서 있던 항산파의 제자들이 달려가 이해은을 포위했다.

그때 부리나케 달려온 주지승과 지여도 현장에 겨우 도착했다. 무리하여 뛰었는지 주지승은 숨을 힘겹게 헐떡이고 있었고 그것은 지여도 마찬가지였다.

그들을 알아본 백무연이 예의 바르게 인사를 했지만 주지는 인사보다도 급히 입을 열었다.

“저 아이, 해은이가 어떻게 되는 겁니까? 여러 사람이 한 사람을 핍박하다니 너무합니다.”

“하지만 저 아이는 지금 정상이 아닌 것 같습니다.”

“그렇지만 이대로 있다가 저 아이는 분명 크게 다칠 겁니다. 부디 한 번만 도와주실 수 없겠습니까?”

그리고 주지승은 작은 목소리로 덧붙였다.

“저 장문 대리인 한문기가 자신의 죄를 숨기기 위해 일부러 해은이에게 손을 써서 이번에 제거하려 하는지도 모르는 일입니다. 소승은 그렇게 믿고 있습니다.”

“예?”

“생각해 보십시오. 충분히 가능한 일이 아닙니까?”

백무연은 마음속에서 설마 하는 의심이 들기도 했지만 아까 한문기가 시전한 무공은 백무연이 보기엔 확실히 어린아이를 상대로 너무 지나쳤던 감이 있었다.

그리고 돌아가는 상황이 급박해서 백무연은 일단 이해은을 구하는 것이 우선이라고 생각했다.

“그러면 일단 싸움부터 말리겠습니다.”

백무연은 주지와 지여를 일별하고 사람들이 몰려 있는 쪽으로 걸어갔다. 그가 다가오는 모습을 보자 한문기는 눈살을 찌푸렸다.

“왜 이쪽으로 오는 것이냐?”

“저 아이가 정상이 아닌 것 같은데 너무 핍박하는 것 아닙니까?”

그 말을 듣자 한문기는 매서운 눈빛으로 백무연을 쏘아보았지만 차마 이해은이 제자들까지 해쳤다는 말을 할 수는 없었다.

그리고 따지고 보면 이해은도 항산파의 제자였기 때문에 문파 내부의 일에 외부 사람이 끼어드는 것은 더욱 달갑지 않았다.

“네가 나설 자리가 아니다.”

그 말을 듣자 백무연은 얼굴을 굳혔다.

“아니, 나설 자리인 것 같습니다.”

"뭐라고?"

"지금 이해은은 혐의가 있는 상태이지만 그것에 대해 확신은 할 수 없는 상태입니다. 또 아까 펼치신 무공은 어린 아이를 상대로는 너무했습니다. 손속에 사정을 좀 두십시오."

"네놈이 도대체 뭘 안다고 나서는 거냐."

"혹시라도 저 아이에게 죄가 없다면 어떡하시겠습니까?"

"뭐, 뭐라고."

이렇게 되자 한문기는 마음대로 검을 휘두를 수도 없게 되었다.

한편 백무연의 말을 듣자 백리추는 한문기에 대해 품고 있던 자신의 의심이 더욱 굳어지는 것을 느꼈다.

한문기는 백무연을 잠시 바라보더니 더 들어볼 필요도 없다는 듯 돌아섰다.

백무연이 그 뒤를 쫓자 항산파 제자들이 검을 내밀었다. 그때 그 앞을 하나의 날렵한 그림자가 막아섰다.

"백 공자, 멈추세요."

"한 소저?"

끼어든 사람은 바로 한오영이었다.

"무슨 생각을 하고 이러시는 건지는 모르겠지만 지금의 일은 무슨 오해가 있는 것이 분명해요. 우리도 이 사매를 다치게 할 생각은 없어요."

한오영의 침착한 말에 백무연은 눈을 깜박였다. 그녀의 말에는 한 치의 거짓도 없는 듯했다.

백무연은 뭐라 말하려 하다가 한오영의 단호한 표정을 보고 고개를 돌려 포위망에 갇혀 있는 이해은을 바라보았다.

이해은은 충혈된 눈으로 주위를 빠르게 둘러보며 빈틈을 찾고 있었다.

그녀를 포위한 항산파의 제자들은 들고양이처럼 끔찍하게 변한 이해은의 모습에 안타까워하는 모습들이 역력했다.

이해은의 벌린 입가에서 맑은 침방울이 떨어져 내렸다.

백무연은 거기서 고개를 돌려 다시 한오영을 바라보았다.

"그렇다면 부디."

백무연은 말하며 고개를 숙였다. 한오영은 상대가 무슨 말을 하려는지 몰라 어리둥절한 표정으로 백무연을 바라보았다.

그리고 백무연의 입에서 매우 의외의 말이 흘러나왔다.

"제가 이해은 소저를 일단 제압하겠습니다."

그 말에 한오영은 물론 한문기, 백리추마저도 놀랐다. 저토록 재빠르고 강한 이해은을 손쉽게 제압할 자신이 있단 말인가?

　그렇다면 한문기가 '벽공검법을 쓴 것이 너무하다' 라고 백무연이 말했던 이유는 자신이 그보다 쉽게 제압할 수 있어서였단 말인가.

　한오영은 그런 생각이 들자 말조차 제대로 나오지 않았다.

　"괘, 괜찮겠어요?"

　"허락해 주신다면."

　"물론이죠."

　한오영이 신호하자 항산파 제자들은 널찍하게 물러났고, 그들이 비워준 공간에서 주위를 날카롭게 탐색하고 있는 이해은에게로 백무연이 천천히 다가갔다.

　한문기는 이마를 찌푸리고, 백리추는 나뭇가지를 입에 문 채로 숨소리도 내지 않고 그 광경을 바라보았다.

　긴장된 순간, 이해은은 백무연을 감지하고 고개를 뒤틀어 그를 노려보았다.

　달빛을 받은 붉은 입술이 묘하게 일그러져 있었고 번쩍이는 두 눈은 눈앞의 모든 것을 으스러뜨릴 듯 흉흉한 눈빛이었다.

　하지만 백무연은 전혀 주눅 들지 않고 담담하게 이해은을 바라보았다.

　그러자 이해은은 문득 고개를 움츠리고 괴성을 뱉어내며

홀쩍 뛰는 동시에 두 팔을 원숭이처럼 길게 뻗어 백무연의 하얀 목을 조르려고 했다.

그때 백무연이 어깨를 살짝 움직였는가 싶더니 어느새 눈부시게 흰 염포가 선녀의 옷자락처럼 이해은을 휘감으려 드는 것이었다.

염포가 사정없이 그녀를 옭아매는 순간 이해은은 먹물을 뿌린 듯 새까만 손톱을 들어 염포를 이리저리 할퀴기 시작했다.

강철처럼 단단하던 염포가 조금씩 찢어지기 시작했다.

하지만 백무연은 낯빛 하나 변하지 않은 채였다. 한오영은 그 광경을 바라보며 이상하게 여겼다.

'아니, 무슨 수가 더 있단 말인가?

그 순간 백무연은 뒤쪽을 슬쩍 바라보고 손을 살짝 튕겼다.

그러자 사람들의 뒤에 있던 하얀 물체가 스르르 올라오더니, 엄청나게 빠른 속도로 백무연을 향하여 돌진해 가는 것이 아닌가?

사람들이 깜짝 놀라는 순간 하얀 물체는 이해은의 앞을 덜컥 가로막았다.

이해은이 갑작스러운 사태에 당황해서 염포를 할퀴는 것조차 잊고 있을 때, 그것은 두 개로 분리되더니 가운데에 이해은을 넣어버린 채 손뼉을 치듯 굳게 닫혀 버렸고, 곧 땅바닥에 모로 넘어졌다.

그리고 그제야 사람들은 그것의 정체를 확인할 수 있었다. 그것은 바로 백무연이 가지고 왔던 하얀 관이었다.

모두들 어이가 없어서 말도 나오지 않을 때, 백무연이 조용히 덧붙였다.

"사자염습(死者殮襲) 제육례(第六禮) 입관(入棺)."

말 그대로 이해은을 입관시켜 버린 백무연은 침착하게 한오영을 바라보았다.

"이제 됐습니다."

놀란 한오영이 겨우 입을 벌려 뭐라고 말하려고 할 때 소름 끼치는 괴성이 들려왔다.

"꺄아아아악! 꺄아아악! 꺄아악!"

그것은 바로 관 안에 들어가 꼼짝없이 갇힌 이해은의 목소리였다. 하지만 관 안에 들어가 있어서 목소리는 작게 울릴 뿐이었다.

하얀 관이 조금씩 거칠게 움직였지만 결코 열리지는 않았다. 관을 두드리는 소리와 짐승의 울음소리 같은 괴성은 시간이 지남에 따라 차차 잦아들었다.

어느새 장내에는 다시 정적이 감돌았다.

백무연은 그 모습을 잠시 바라보다가 조용히 말했다.

"아마 나오기 힘들 겁니다. 저 닫힌 관에서 제 힘으로 나오는 사람은 지금껏 본 일이 없으니까요."

"그, 그렇군요."

한오영은 식은땀을 흘리며 대답했다. 항산파의 다른 제자들도 모두 질렸다는 표정으로 백무연을 바라보고 있었다. 그야말로 기상천외하고 누구도 흉내내지 못할 무공이었다.

반영신공의 달인인 백리추도 이번은 약간 어려운지 혼자서 뭐라고 중얼거리며 두 손바닥을 겹쳤다 폈다를 반복하고 있었다.

한편 한오영은 이제는 움직임이 멎은 하얀 관을 바라보다 문득 처음에 관 안에 들어 있던 설문취에게 생각이 미쳤다.

'설 사매가 저 안에 있었는데?

저 좁은 관 안에 두 명이 갇힌다면? 한오영의 등에 소름이 쫙 끼쳤다. 한오영이 백무연을 붙잡고 급히 물어보려 할 때 등 뒤에서 희미한 소리가 들려왔다.

"휴······."

그 소리를 듣자 한오영은 다시금 놀라는 동시에 겨우 안도의 한숨을 내쉬었다.

그것은 바로 귀에 익숙한 설문취의 한숨 소리였다. 뒤쪽을 바라보니 장여창이 이미 자신의 옷을 바닥에 깔고 설문취를 그 위에 눕혀 놓고 있었다.

하지만 그녀의 허리에 빨갛게 배어 있는 피를 보자 한오영은 또 한 번 놀랐다.

'아니, 어쩌다가 저렇게 다쳤단 말인가?

한오영은 얼른 설문취에게 다가갔다.

설문취는 눈을 꼭 감고 한숨을 쉬고 있다가 발소리를 듣고 눈을 살짝 뜨니 한오영이 다가오고 있었다.

창백한 얼굴의 설문취는 한오영을 보자 반가운 나머지 눈물을 흘렸고 그 모습을 보자 한오영도 금방 눈물이 나올 것만 같았다.

"한 사매."

"설 사매. 어떻게 된 거야?"

"침입자의 습격을 받아서 천지인 오행화검진이 무너졌어."

"뭐? 그게 정말이야?"

"응. 하얀 옷을 입은 소년한테… 그런데 내가 어떻게 여기 있는 거지?"

한오영은 그 말이 끝나기도 전에 고개를 돌려 백무연을 바라보았다. 백무연은 흰 관을 바라보며 가만히 서 있었고 한오영은 그런 그에게 천천히 다가갔다.

"당신인가요?"

"네?"

좀 전까지와는 달라진 한오영의 차가운 태도에 백무연은 이상함을 느꼈다.

"당신이 바로 침입자였군요."

그 말에 운집하고 있던 항산파 제자들의 눈빛이 달라졌다. 한오영이 검을 뽑아 들자 창연한 달빛에 반사된 싸늘한 광채가 장내를 가득 채웠다.

그때 한문기가 미간을 찡그리며 말했다.

"오영아, 그만 하거라."

"네?"

"어쨌든 이 사람은 우리 해은이를 잡는 데에 큰 도움을 주었으니 우리는 큰 은혜를 입은 셈이다. 그리고 지금 누가 침입을 했느냐가 중요한 것이 아니라 일단 해은이가 왜 이렇게 되었는지가 가장 중요한 문제이다."

한문기의 침착하고 냉정한 말에 한오영은 힘없이 검을 늘어뜨렸다.

맞는 말이었다.

한편 백무연은 그 말을 듣자 암암리에 끌어올리던 공력을 거두며 한문기에게 살짝 읍했다.

"감사합니다. 저는 사실 이 소저를 구하기 위해서 그곳에 갔었습니다."

"해명은 나중에 듣도록 하겠네. 일단 자네와 자네 친구는 얼마간 우리와 같이 있어줘야겠네. 자네들의 혐의가 전혀 없는 것은 아니니까."

백무연은 그 말을 듣자 속으로 생각했다. 일단 지금은 반규린이 상처를 입었기 때문에 그것을 치료해야 하는 상황이라 어차피 멀리 움직일 수가 없고 또 이번 사건의 전모를 파악하는 것은 반규린에게 중요한 일이므로 결국 어떤 식으로든 여

기에 있어야 하니, 한문기의 말에 따르는 것이 좋다고 생각했
다.

"알겠습니다."

백무연의 대답을 듣자 한문기는 고개를 돌려 백리추를 바
라보았다.

"저희 제자들이 도움을 줄 터이니 백리추 선생께서는 일단
시신을 수습하시지요."

그 말에 백리추는 침울한 눈빛으로 땅바닥에 아직까지 나
뒹굴고 있는 시체들을 바라보았다.

아무 말 없이 시체들을 내려다보며 서 있는 그 모습은 몹시
쓸쓸해보였지만 사실 백리추의 마음을 가득 채우고 있는 것
은 죽은 자들에 대한 애도가 아니라 이번 사건에 대한 의혹이
었다.

그는 그것에 온 신경을 집중하고 있느라 다른 것은 아무것
도 생각이 나지 않았다.

도대체 이해은은 어떻게 현공사의 감시를 뚫고 빠져나왔
으며 이해은의 손톱이 저렇게 길어진 것과 무서운 무공을 펼
친 것은 누가 손을 쓴 것인가?

아니면 자연적으로 된 것인가?

또 누가 손을 쓴 것이라면 과연 여기 있는 사람들 중에 누
구란 말인가?

백리추는 이미 마음속으로 모든 사람을 의심하고 있었다.

한문기는 처음부터 의심스러웠고 백무연과 그 친구도 순수한 의도로 이곳에 온 것 같이 보였지만 나타난 시기와 후속 사건이 일어난 시기가 일치하는 것이 역시 의심스러웠다.

장내에 때맞춰 나타난 현공사의 주지라는 승려와 그 제자도 보기에는 별다를 것이 없이 평범해 보였지만 역시 안심할 수 없었다. 지금 상태에서는 아무도 믿을 수 없다.

'일단 모두 데리고 현공사로 올라가서 조사를 다시 시작하자.'

백리추는 생각을 정리한 뒤 한문기를 바라보았다.

"그럼 모두들 현공사로 다시 올라갑시다. 도대체 어떻게 된 일인지 모르겠지만 일단 사실을 밝혀내야겠소. 장문 대리께서는 여기 있는 사람들 하나도 빠짐없이 모두 같이 올라갈 수 있게 조처하시는 것이 좋겠소."

"맞는 말씀입니다."

한문기는 고개를 끄덕인 뒤 옆쪽에 가만히 서 있는 주지승과 지여를 바라보았다.

"두 분은 어떻게 내려오셨습니까?"

"우리는 법당에서 제를 드리다가 이 소저가 갑자기 미쳐 날뛰는 것을 보고 얼른 달려왔습니다. 소승이 평소 닦고 있는 항마(降魔)의 염불이 혹시라도 통하지 않을까 싶어서였습니다."

주지는 한숨을 내쉬었다.

"어쩌다 이 소저가 저렇게 되었는지… 아무래도 자기 손으로 아버지를 해쳤던 것 때문에 심마(心魔)에 빠진 것 같습니다. 정말 총명한 소녀였는데……."

그 말을 가만히 듣고 있던 백무연은 몹시 이상한 생각이 들었다.

주지승은 일전에 분명 한문기를 범인으로 지목하지 않았는가? 그런데 왜 지금은 이해은이 직접 한 일일 것이라고 말하는 것일까?

백무연은 주지승을 바라보았지만 주지승은 자신에게 눈길도 주지 않았다.

다만 지여가 옆에 서 있다가 은밀히 시선을 보내며 눈을 찡긋거렸다. 하지만 백무연은 그 눈짓의 의미를 알 수 없어 더욱 혼란스러웠으나 일단 생각을 잠시 접어두고 반규린에게 다가갔다.

반규린은 새하얀 염포에 싸여 평화롭게 잠들어 있었다. 지금은 소년의 모습을 하고 있었지만 달빛을 받은 하얀 피부와 뚜렷한 이목구비는 눈부신 아름다움을 숨김없이 드러내고 있었다.

백무연은 반규린의 어깨에 입은 외상을 재빠르게 응급처치한 뒤 그녀를 업고 또 한편으로는 새하얀 관을 어깨에 짊어졌다.

그때 한오영이 그에게 다가왔다.

"도와 드리겠어요."

한오영의 말투는 차가웠지만 그 눈빛은 상대에 대한 태도를 어떻게 해야 할지 몰라 망설이는 것이었다. 백무연은 그녀를 잠시 바라보더니 고개를 숙여 인사를 하고 반규린을 맡겼다.

항산파의 제자 넷이 들것을 들고 와서 그녀를 싣고 산길을 올랐다. 한오영과 백무연은 그 모습을 잠시 바라보다가 곧 그들 역시 서둘러 그 뒤를 따랐다.

긴장으로 가득 찬 사람들은 서로를 의심의 눈길로 바라보며 현공사로 올랐다. 슬프고 아픈 인간 세상을 비웃는 듯 달이 몹시 밝았다.

第五章
소수마환(素手魔環) 1

장의문주

차가운 달빛 아래 준수한 소년이 하얀 입김을 뿜어내며 가만히 서 있었다. 그가 발을 디디고 있는 곳은, 암벽 위에 껍질처럼 달라붙어 있는 사찰(寺刹)로 이곳은 외양과는 달리 수백 년의 세월이 흐르도록 굳건히 서 있었다.

어둑어둑한 아래쪽은 감시조의 횃불 몇 개가 서로 멀리 떨어져 쓸쓸히 빛나고 있을 뿐 나머지는 모두 깊이 잠들어 있는 듯했다.

소년은 그 광경을 잠시 바라보다 곧 몸을 돌려 건물 안으로 들어갔다.

그 안에는 눈에 확 띄게 아름다운 소년이 앉아 있었는데 어깨 쪽에 단단하게 싸맨 붕대가 언뜻 내비쳤다. 그는 수정처럼 빛나는 눈동자를 들어 방금 들어온 소년을 바라보았다.

"백 공자, 어때요?"

"오늘도 항산파 제자들이 순찰을 돌고 있을 뿐, 별다른 이상은 발견되지 않았습니다."

질문한 소년은 남자로 변장한 반규린이었고, 대답한 소년은 역시 백무연이었다. 백무연은 반규린의 왼쪽 어깨를 쳐다보았고 반규린은 그 눈길을 느끼자 안심하라는 듯 말했다.

"이제 통증도 거의 없어요."

"다행이군요."

반규린은 백리추의 반영신공에 의해 어깨에 상처를 입었지만 그 상처는 그리 깊은 것이 아니었기 때문에 며칠이 지난 지금은 어느 정도 걷고 활동도 할 수 있게 되었다. 가끔 어깨에 쑤시는 듯한 통증이 남아 있었지만 반규린은 그런 것까지 굳이 내색할 필요는 없다고 생각했다.

반규린은 백무연이 자리에 앉자 그에게 물었다.

"요즘 어때요?"

"항산파에서는 여전히 삼교대로 감시를 하고 있고 제자들은 지친 기색이 역력하지만 아직은 긴장을 늦추지 않고 있습니다. 한문기는 깨어난 이해은에 대한 감시를 게을리 하지 않고 있습니다. 이해은은 손톱도 거짓말처럼 다시 짧아졌고 자신에게 일어났던 일을 기억하지 못합니다. 백리추는 항상 여기저기를 돌아다니며 수상한 낌새를 찾으려 하는 것 같지만 별 소득은 없어 보입니다. 주지 스님과 지여 스님은 하루에 한 번씩 법당에서 제를 드리고 있습니다."

"그런 건 나도 알아요. 중요한 건 이해은이 왜 그렇게 되었나 하는 것과 누가 그 범인이냐 하는 거잖아요. 누가 어떤 느낌인지, 그런 거 말이에요."

"글쎄요."

그 말에는 백무연도 정확히 대답을 할 수가 없었다.

어떻게 보면 다 수상한 것 같기도, 또 다르게 보면 다 혐의가 없는 것 같기도 하다.

이해은이 정신을 잃은 채 사람을 해치고 반규린이 백리추에게 부상을 입었던 밤, 백리추는 그때 있던 전원을 이끌고 현공사로 다시 올라가서 모두를 현장에 모아놓고 사건의 재조사에 나섰다.

그러나 별 성과는 없었다.

가장 문제가 됐던 것은 이해은의 감시가 소홀해졌던 문제였는데, 당시 백리추가 반규린을 상대하러 현공사를 내려왔고 그 뒤에 남아 있던 한문기와 항산파 십사조의 제자들이 그녀를 감시했다. 하지만 순간 수상한 사람의 그림자를 발견한 한문기가 그것을 쫓기 위해 검을 들고 뛰쳐나갔다.

그러나 그 수상한 기척은 어디에서도 찾아볼 수 없었고, 잠시 후 돌아온 한문기는 끔찍하게 죽어 있는 십사조의 제자들을 발견하게 되었을 따름이었다.

하나같이 크고 날카로운 것에 긁힌 자국이 선명한 치명상이었는데 그것은 이해은의 검은 손톱과 일치하는 듯했다.

"하지만 문제는, 한문기의 주장을 뒷받침할 만한 증거와 증인이 없다는 거예요. 결국 그 수상한 그림자는 발견되지 않았고, 그것을 봤을지도 모르는 십사조의 제자들은 모두 죽었으니까요."

반규린은 미간을 찌푸린 채 말했다. 백무연도 그 말에 고개를 끄덕이다 문득 고개를 들고 말했다.

"그 수상한 사람은 누구였을까요?"

"바로 그게 문제예요. 한문기의 말대로 그 사람이 정말 실존할 수도 있고, 아니면 한문기가 자기 제자들을 죽인 뒤에 둘러대느라 하는 말이었을 수도 있으니까."

"한문기가 자기 제자들을 말입니까?"

"모든 걸 의심해 봐야죠."

반규린은 당연하다는 듯이 말했다. 백무연은 마음에 들지 않는 듯 고개를 갸웃거리다가 그녀에게 물었다.

"그렇게 볼 수도 있겠지만, 만약 실존하는 사람이라면 어떻습니까?"

"글쎄, 누가 될 수 있을까요. 그렇다면 아마 범인과 한패이거나 바로 범인이었겠죠? 한문기의 주의를 따돌릴 정도였다면 정말 대단한 고수였을 거예요."

반규린은 잠시 말을 멈추고 생각을 하다가 말했다.

"그런데 스님들은 어때요? 의외인 것 같지만."

그 말에 백무연도 고개를 끄덕이며 대답했다.

"저도 그쪽을 생각하고 있었습니다."

"무공은 모르는 것 같지만 어쩐지 수상해요. 그때, 지여 스님이 실수로 나뭇가지를 밟아서 항산파 제자들을 백 공자가 상대하고, 저랑 지여 스님은 현공사로 달려갔잖아요. 그때 현공사 앞에서 지여 스님을 암자로 보내고 저 혼자 현공사로 들어가기로 했거든요. 그런데 나중에 일이 다 벌어지고 난 뒤에 주지 스님과 지여 스님이 현공사 쪽에서 뛰어왔다면서요. 그걸 듣자마자 이상하게 생각했어요. 도대체 그때 지여 스님은 어디를 갔다 온 걸까?"

그러자 백무연은 잠시 생각한 뒤 말했다.

"암자로 갔다가 현공사로 갔을까요?"

"거리가 너무 멀어요. 거기서 그렇게 가면 거의 한 시진은 족히 될 거리예요. 우리가 모르는 샛길이 있다면 또 모르지만 말이에요. 아마 암자에 들르지 않고 현공사에 곧바로 갔을 거예요. 그때 지여 스님이 했던 말이 생각나요. '암자로 돌아가서 주지 스님께 경과를 말씀 드리겠습니다' 라고. 근데 현공사에 주지 스님이 있었기 때문에 지여 스님은 그쪽으로 간 거예요. 그럼 나한테 거짓말을 한 걸까요? 만약 그렇다면 왜?"

"그러고 보니 저도 하나 생각이 나는군요. 주지 스님이 우

리에게 한 장문 대리가 범인이라고 거의 확신하는 어조로 말
하시지 않았습니까. 그런데 막상 백리추 앞에서는 '해은이가
아버지를 해친 것 때문에 심마에 든 것 같다' 라고 말했습니
다. 그리고 지여 스님은 제게 눈짓을 하더군요."

"그건, 많은 사람들 앞이니까 일부러 그렇게 말한 게 아닐
까요? 한 장문 대리에게 이쪽이 의심하고 있다는 걸 들키면
좋지 않은 일이 생길지도 모르니까요."

"그렇게 생각할 수도 있겠군요."

반규린은 백무연의 말에 고개를 작게 끄덕이고는 입술을
말아 올린 채로 골똘히 생각을 계속하다가 문득 입을 열었다.

"아니면 구영문의 사람일 수도 있어요."

"네? 하지만 구영문에서 온 사람과 짐승은 백리추를 제외
하고 모두 죽지 않았습니까?"

"과연 '모두' 라고 장담할 수 있나요? 우리가 본 건 백리추
일행이 이해은이 감금되어 있는 곳으로 도착한 모습이지, 그
들이 항산파에 처음 도착한 모습이 아니에요. 처음 도착했을
때는 한두 명이 더 있었는데, 그들은 따로 떨어져서 특별한
임무를 위해 어딘가에 숨어 있었을 수도 있는 거죠. 그리고
그것이 바로 이해은에게 몰래 접근하는 일이었던 거죠."

"하지만 왜 그런 일을 했겠습니까?"

"이해은의 무공이 대단했다면서요."

반규린은 그때 기절해 있었기 때문에 이해은의 상태를 직

접 보지 못했지만 백무연의 말을 들어 어느 정도는 알고 있었고, 백무연은 그 말에 고개를 끄덕였다.

확실히 그 나이에 그런 패도(覇道)적이고 빠른 무공은 비슷한 류를 찾아보기 힘들 정도로 대단한 것이었다. 정면으로 대결했다면 백무연조차 승리를 장담할 수 없을 정도였다.

"그런 인재라면 구영문에서도 탐낼 만하지 않을까요? 하지만 항산파에서 문파 창시 이래 최고의 기재인 이해은을 선뜻 내주지 않았고, 말을 듣지 않자 살인 사건을 꾸며서 이해은의 아버지이자 장문인이었던 이인묵을 죽이고 이해은을 범인인 것처럼 해서 자신들에게 넘기라고 했다. 하지만, 이번에는 고집스러운 한문기가 그 말을 듣지 않고 이해은을 범인으로 여겨 직접 처단하려 하자 다시 수를 써서 이해은을 몰래 빼내려고 하다가…… 근데 항산파 제자들은 왜 죽인 거죠?"

"저는 잘 모르겠습니다."

"아, 이건 너무 비약이 심한 추론인가?"

"하지만 모든 것을 의심해 볼 필요는 있다고 생각이 됩니다."

"맞아요. 당연한 말이에요."

반규린이 고개를 끄덕이자 그녀의 하얀 목덜미에서 파도처럼 물결치는 검은 머리카락이 부드럽게 움직였다.

둘 다 잠시 말이 없는 가운데 달빛만이 방 안을 환하게 비추고 있었다. 겨울임에도 불구하고 밤하늘에는 구름 한 점 보

이지 않았다. 달 외에는 텅 빈 하늘을 바라보다 문득 반규린
이 입을 열었다.

"이해은은 어떻게 그리 된 걸까요?"

"사람들도 그 이유를 여러 가지로 추측하더군요. 약물 투
여, 정신 이상, 정신을 잃은 듯한 연극 등. 하지만 그 어떤 것
도 제대로 된 추측은 아닌 것 같았습니다. 무엇보다 이해은의
무공은 진짜였고, 그 손톱은 정말 강철 같았으니까요."

"그래서 말인데요."

반규린이 침을 꿀꺽 삼키며 말을 이었다. 그건 뭔가 중요한
걸 말하려고 할 때의 습관이었다.

"환술(幻術)이라고 알아요?"

"환술 말입니까?"

"그래요. 환술이라고 하면 보통 사람의 정신에 영향을 미
치는 걸 말하는데, 드물게 사람의 신체에도 영향을 미치는 것
이 있다는 걸 얼핏 들은 적이 있어요."

"그렇다면 그 환술을 쓰는 사람이 이번 일의 핵심을 쥐고
있을 가능성이 있단 말입니까?"

"그래요. 사실 내가 쓰는 독무도 환술의 일종이지만, 그런
정도의 위력은 없고 다만 허상을 보이게 하거나 시력을 잠시
없애는 정도, 또는 기억을 잠시 흩트리는 정도에 불과해요.
아, 잠깐만……."

문득 반규린의 말이 멎었다. 그녀는 무언가 깨달은 듯 눈

을 빛내며 무언가를 중얼거리고 있었다.

"그렇다면, 이렇게 해서… 정말? 아니, 그러면……."

백무연은 생각에 열중해 있는 그녀를 물끄러미 쳐다보았다. 반규린은 갑자기 고개를 번쩍 들었다. 그녀의 얼굴은 어느새 여유를 되찾고 있었다.

"그러면 정말 환술일 가능성이 있어요."

"네?"

"생각해 봐요. 환술을 써서 이해은의 기억을 흩뜨려 놓거나, 또는 그녀를 조종해서 자신의 아버지를 죽이게 한다. 그리고 다시 환술을 써서 이해은에게 강한 무공을 쓸 수 있게 한다. 하지만 이해은의 경우처럼 신체에 변화가 일어날 정도가 되려면 환술에 당하는 사람에게도 그것에 보통 사람보다 훨씬 민감하게 반응할 수 있는 능력이 있어야 돼요. 그러면……."

갑자기 반규린은 벌떡 일어났다.

"이해은을 만나야겠어요. 지금 당장."

그러더니 그녀는 겉옷을 걸치고 밖으로 나갔다. 백무연 역시 그런 그녀의 뒷모습을 걱정스러운 눈길로 쫓으며 서둘러 뒤를 따랐다. 조용하던 바람이 점점 세차게 불고 있었다.

*　　　*　　　*

밖은 아직 어두웠다. 잔도는 지나는 사람이 없어도, 바람 때문에 삐걱거렸고 그 때문에 백무연과 반규린은 가끔 앞과 뒤를 살펴보았지만 사람은 보이지 않았다.

그들은 현공사의 본당에 도착했다. 본당 앞에는 그들이 얼굴을 모르는 항산파의 제자들이 늘어서서 외부인의 접근을 막고 있었다.

백무연과 반규린이 다가서자 그들은 말없이 차가운 검을 뽑았다. 백무연은 그들에게 정중하게 말했다.

"이해은 낭자를 한번 뵙고 싶어서 왔습니다."

"누구를 막론하고 출입은 금지다."

정파의 인물 치고는 꽤나 험상궂게 생긴 사내가 윽박지르듯 말했다. 하지만 백무연은 침착하게 계속 물었다.

"그럼 지금까지 여기에 들어갔던 사람이 한 명도 없었습니까?"

"꺼져라!"

상대는 대화라는 것을 잘 모르는 인간인 듯했다. 그의 방약무인한 태도에 백무연의 얼굴이 살짝 굳어지기 시작할 때, 반규린이 재빨리 백무연을 끌고 그곳을 빠져나왔다. 그리고는 주위에 아무도 없는 잔도까지 오자 혀를 내둘렀다.

"역시 안 될 줄 알았어요."

"너무 심하군요."

백무연은 기분이 상한 것 같았다. 하지만 반규린은 아이를 다루듯 웃음을 지으며 그를 달랬다.

"장문인뿐만 아니라 자기들 동문 사형제끼리 죽이는 사건이 일어났으니 저들의 분위기가 험악할 수밖에요. 물론 저 멧돼지같이 생긴 남자는 약간 무식한 면이 있지만, 뭐 신경 쓰지 말아요. 뚫고 들어갈 테니까."

그 말에는 도리어 백무연이 놀랐다.

"네?"

"자, 보고만 있으라구요."

그러면서 반규린은 오른쪽 소매를 살짝 걸어 올렸다. 하얀 팔목에는 쌀알 정도 크기의 오색의 점이 매화 모양으로 찍혀 있었다. 반규린은 그중 녹색의 점을 기다란 세침(細針)으로 번개같이 찔렀다. 그러자 붉은 피가 배어나고 은은한 향이 감돌았다. 백무연은 본능적으로 그 향기를 맡지 않고 숨을 죽였다.

반규린은 그런 백무연을 잠시 바라보더니 몸을 날려 현공사의 본당으로 향했다. 어느새 그녀의 몸을 감싸고 있던 향기는 유형의 안개가 되어 텅 빈 하늘에 비취색의 구름을 타고 나는 선녀의 모습 같아 보였다. 그러더니 그녀의 모습이 건물들 밑으로 쏙 감춰졌다.

그리고 한없는 정적이 감돌았다. 백무연이 본당 쪽으로 주의를 집중하자 방금 전까지만 해도 흘러나오던 살기가 씻은 듯이 사라져 있었다.

그것을 확인한 백무연은 빠르게 본당 쪽으로 발걸음을 옮졌다. 그곳에 있던 항산파의 제자들은 앉거나 누운 채로 잠들어 있었다.

비취색의 안개가 희미하게 남아 그들을 어루만지고 있는 광경을 지나 백무연은 열린 문으로 들어갔다.

방 안엔 이해은이 있었다.

그날 밤 이후, 이해은을 보는 것은 처음이었다. 괴물 같은 느낌이던 그날 밤과는 달리 어리고 순수한 소녀에 지나지 않은 외양에 손톱도 검은색이 아닌 하얗고 말간색이었다.

그녀는 돌로 만든 단에 앉아 운기조식을 하고 있었다. 기본기가 잘 갖춰진 듯 그녀의 머리에서는 아지랑이가 일렁였다. 반규린은 조용히 서서 그 모습을 바라보고 있었다.

백무연은 발소리를 죽이며 그녀 옆에 다가섰다.

반규린은 돌아보지 않고 계속 이해은의 모습만 쳐다보았다.

이해은은 잠시 숨을 멈췄다가 한숨을 쉬면서 눈을 떴다. 그녀의 앞에 있는 상복을 입은 두 명의 소년을 보자 그녀는 알 듯 모를 듯한 미소를 지었다.

"아버지가 아직 입관하시지 않은 건 사실이에요. 관이라기보다는 궤짝 같은 곳에 누워 계시죠. 그래서 두 분이 오셨군요?"

"아니, 우리는 아버지보다도 널 보러왔단다."

반규린이 말하자 이해은은 싱긋 웃었다. 어린 나이였지만 그 웃음에는 무언가 매혹적인 듯한 기운이 서려 있어 시선을 정면으로 받은 반규린은 같은 여자임에도 불구하고 흠칫했다.

하지만 이해은은 곧 웃음을 거두고 똑똑해 보이는 두 눈을 빛냈다.

"그래요? 반갑네요. 저한테 친구라곤 바람과 낙엽뿐이었는데."

"우리는 뭔가 알아볼 것이 있어서 왔어. 우리가 물어보는 것에 대답해 줄 수 있겠니?"

"얼마든지 해드리죠."

이해은은 여유있는 표정으로 대답했다.

그 모습을 말없이 바라보고 있던 백무연은 무언가 이상하다고 생각했다.

'어린애의 말투가 아니다.'

어린 나이에 아버지를 잃고, 그 뒤에 겪은 시련과 고통이 저 아이를 본래 나이보다 성숙하게 만든 것일까? 하지만 반규린에게 하는 말에서 느껴지는 왠지 모를 이질감은 무엇이란 말인가.

게다가 처음 보는 사람들에게 너무나도 침착한 저 태도.

자신이 처한 상황을 어느 정도나 알고 있는 것일까? 아니, 지금 저 아이는 과연 정상적인 상태일까? 백무연은 떨떠름한 기분을 떨쳐 버리지 못했다.

반규린은 숨을 크게 쉬더니 이해은에게 물었다.

"기억나니?"

이 말에 이해은은 잠시 입을 다물고 있다가 표정을 바꾸어 다시 생긋 웃었다.

"무슨 말씀이시죠?"

"모든 것."

그러자 이해은은 기묘한 미소를 지었다. 그것은 도저히 어린애의 것이라고는 보기 힘든 노회한 웃음으로, 자신이 처한 상황에서 교묘하게 벗어나려는 느낌이 가득한 표정이었다.

"무슨 말씀이신지 잘 모르겠는데요."

그러자 반규린이 말했다.

"넌 정상이 아냐."

그리고는 재빨리 움직여서 이해은의 맥문을 움켜쥐려 했다. 하지만 그녀의 동작은 더욱 빨라, 반규린이 잡으려던 쪽의 팔을 떨치며 세 걸음 정도 뒤로 물러났다. 이해은의 표정은 몹시 냉랭해져 있었다.

"오빠들이 동생에게 너무 심하게 손을 쓰는군요."

그러자 반규린은 소리 높여 웃었다. 그 웃음은 백무연이 한 번도 본 적이 없는 웃음이었다. 거기에는 분노와 비탄, 그리고 조소가 함께 실려 있었다.

"동생이라고? 넌 적어도 서른다섯 살은 넘게 먹었어."

그 말에 이해은의 표정은 낭패한 듯이 굳어졌고 백무연은 도대체 반규린이 무슨 말을 하는 것인지 알아들을 수 없어 놀란 눈으로 그녀를 쳐다보았다. 반규린은 입술을 비틀어 올리며 백무연에게 말했다.

"잡아요."

"네?"

"잡고 난 뒤에 설명해 줄게요."

반규린의 눈빛에는 상대에게 다른 말을 하지 못하게 하는 강한 확신이 실려 있어서, 백무연은 어느새 고개를 끄덕이고는 이해은에게 다가갔다.

백무연이 다가오자 이해은은 그를 무섭게 쏘아보았다. 그리고는 그녀의 작은 입술이 날카롭게 움직였다.

"넌 도대체 누구지?"

되려 그녀의 입에서 자신이 묻고 싶은 말이 나오자 백무연은 약간 어안이 벙벙했지만 그보다는 일단 이해은을 잡는 게 우선이었다.

백무연은 대답하지 않고 두 손을 들어 올렸다. 그의 손에서 하얀 빛무리가 실타래처럼 뻗어 나와 이해은에게 그물처럼 뻗어나갔다.

이해은은 사방으로 몸을 피해보려 했지만 이번에도 역시 꼼짝 못하고 그물에 잡혀서 퍼덕거렸다. 그러자 반규린이 다가가 재빠르게 혈도를 찍었고, 그녀는 염포를 온몸에 휘감은 채로 쓰러져 잠이 들었다.

반규린은 그녀를 잠시 내려다보다 갑자기 웃옷을 벗겼다. 백무연은 당황해서 고개를 돌렸다. 예전과는 달리 남녀가 유별함을 반규린의 교육을 통해 잘 알게 된 백무연이었다.

하지만 고개를 돌리고 있는 백무연에게 반규린은 냉랭하게 말했다.

"여길 보라구요."

그녀의 목소리에 언뜻 승리감 같은 것이 묻어났다. 백무연은 의아하게 생각하며 고개를 돌렸다. 그러자 이해은의 백설 같은 하얀 어깨에, 흉측한 붉은 이빨 자국과도 같은 것이 눈에 박혔다.

자세히 보니 그것은 작은 벌레였는데 꼼짝도 안 하고 바위처럼 붙어 있었다. 반규린은 아까의 세침을 꺼내 벌레를 푹 찔렀고 벌레는 몸을 부르르 떨더니 가루가 되어 흩어져 버렸다.

그 모습을 본 반규린은 코웃음쳤다. 벌레가 죽자 이해은의 숨소리도 점차 안정되어 가는 듯했다.

백무연은 지금의 상황이 도무지 이해가 되지 않았다.

"이게 도대체……?"

"내 짐작이 맞았어요."

"아니, 이게 다 어떻게 된 일입니까?"

"나중에… 나중에 설명해 줄게요."

그렇게 말하는 반규린의 표정은 기뻐하는 것도 같고, 놀리는 것도 같아서 백무연은 더욱 당혹스러운 표정을 지을 수밖에 없었다.

＊　　　＊　　　＊

환한 달빛 아래서 천으로 돌돌 말린 이해은을 들고 백무연과 반규린은 나는 듯이 달렸다. 잔도의 삐걱거리는 소리가 그렇게 거슬릴 수가 없었지만 일단 주변에는 아무도 없는 것 같았다.

둘은 겨우 자신들의 숙소로 돌아와 이해은을 내려놓고 염포를 벗겼다. 이해은은 아직도 세상모르고 쿨쿨 잠들어 있었다.

반규린은 그녀의 옆에 주저앉아 알 듯 모를 듯한 미소를 입가에 띠었다. 그 모습을 본 백무연은 지금까지 억눌러 온 궁금증을 더욱 참을 수 없었다.

"도대체……."

그때 마침 찍찍거리는 소리와 함께 눈이 새까만 쥐 한 마리가 판자 틈에서 고개를 내밀었다. 반규린은 그것을 보고 눈을 빛냈다.

"잘 보세요."

그녀는 품에서 작은 육포를 꺼내 쥐의 앞에 떨어뜨렸다. 그러자 쥐가 좋아라 하며 육포로 다가갈 때 반규린은 재빠르게 팔을 뻗치며 외쳤다.

“공포홍무!”

그것은 바로 며칠 전 구영문의 청묘들과 복면인들에게 시전해서 비참하게 죽게 했던 바로 그 기술이었다. 백무연은 그 일을 반규린에게 들어서 알고 있었으므로 그녀가 다시 태연하게 이 기술을 쓰는 것에 깜짝 놀랐다.

의지가 강한 반규린에게 살인의 죄책감은 적용되지 않는 것인가? 그렇다면 지금까지 반규린이라는 사람을 잘못 보고 있었던 것일까?

백무연이 끼어들 틈도 없이 순식간에 작은 안개의 줄기가 뻗어 나와 육포에 달려든 쥐를 온몸으로 감쌌다. 온통 붉은 기운으로 뒤덮인 쥐는 잠시 꿈틀하더니 석상처럼 경직되었다. 그러다 이내 꼬리를 획 말고는 판자 틈으로 쏜살같이 사라져 버리는 것이었다. 그것을 보고 백무연은 무언가 깨달은 듯 탄성을 질렀다.

“아!”

“이제 알겠죠?”

힘들게 웃으며 말하는 반규린의 이마에는 어느새 굵은 땀방울이 맺혀 있었다. 그녀의 흔들리는 눈빛은 이 일을 하기 위해 강한 결단력이 필요했음을 말해주고 있었다.

그 모습을 보자 백무연은 다행이라고 생각하면서도 반규린의 마음을 잘못 생각했던 자신이 부끄러워졌다.

백무연이 미안한 마음에 입을 열려 할 때, 반규린은 한숨을 내쉬며 말했다.

"그래요. 이걸로 확실해졌어요. 내가 아니었어요."

"…그렇군요."

"내가 쓰는 독무는 애초에 그렇게 강하지 않아요. 아무리 동물이라고 해도 이성을 마비시키고 원초적 상태로 돌아가게 해서 끔찍한 살해를 저지르게 할 정도는 되지 않죠. 지금까지 수십 수백 번을 써왔지만 단 한 번도 그런 적이 없었단 말이에요. 그래서 그날부터 줄곧 이상하게 생각해 왔지만 마땅한 생각이 떠오르지 않았어요. 그런데 아까 환술이 생각났고, 그렇다면 이해은이 환술에 걸린 게 아닐까 생각한 거예요. 그리고 그 정도로 강력한 환술을 쓰는 사람이라면 이해은을 쉽게 놓아주었을 리가 없다고 생각했죠."

"확실히 아까의 이해은 소저는 이상한 점이 있었습니다. 너무… 어른 같았지요."

"맞아요. 저도 처음에 대화를 나눌 때 사기(邪氣)가 확 느껴져서 순간적으로 놀랐어요. 겉모습은 멀쩡해 보였지만 제가 볼 때 그건 강력한 사술(邪術)에 걸린 것으로 보였어요. 그리고 말하는 걸 보고는 더 볼 것도 없다고 생각할 만큼 확신을 가졌죠. 아까 그건 이해은이 말한 게 아니에요."

"그렇다면……?"

"아까 벌레를 봤죠? 이해은에게 사술을 건 자가 그걸 통해 자신의 정신 일부를 심어놓은 거예요. 그리고 그 정도 환술을 걸 수 있는 자라면, 분명 내가 독무를 펼칠 때 그림자처럼 옆에 있다가 자신의 사술을 거기에 섞은 걸 거예요. 그래서 청묘들이 그렇게 미쳐 날뛰었던 거죠."

말을 잇는 반규린의 얼굴에는 분한 표정이 역력했다. 그때, 가녀린 목소리가 들렸다.

"으음."

이해은이 깨어나고 있었다. 그것을 보자 반규린은 얼른 몇 걸음 옆으로 비켜주었다. 이해은은 천진하게 일어나서 얼굴을 찌푸리며 기지개를 켜다가, 문득 낯선 소년들이 자신의 앞에 있는 것을 발견했다. 더구나 자신이 있는 곳도 평소 있던 곳과는 전혀 다른 곳임에 깜짝 놀라 본능적으로 몸을 숙이며 몇 걸음 뒤로 물러났다.

"다, 당신들은 누구죠?"

그러자 반규린이 이럴 줄 알았다는 듯 웃으며 백무연에게 말했다.

"어린아이는 낯선 사람에게 이렇게 대하는 게 정상적인 반응이라구요."

백무연이 그것에 대답할 말을 찾고 있을 때, 이해은이 날카롭게 소리쳤다.

"도대체 누구야! 나를 왜 여기로 데려온 거지? 내 검은? 아니, 그보다 우리 아버지는 어디에 있어요?"

그 말에 백무연은 잠시 정신을 잃을 것 같았다. 그것은 반규린도 마찬가지여서 홍조를 띠고 있던 얼굴이 삽시간에 창백해졌다.

이 소녀는 자신의 아버지가 죽었다는 사실조차 모른다. 더구나 그 범인이 자신으로 지목되었다는 것 역시 모를 것이다.

그녀의 기억은 누군가에 의해 환술에 걸리기 전, 바로 거기까지밖에 없는 것이다.

그런 생각이 들자 백무연과 반규린은 어쩔 수 없이 치밀어 오르는 슬픔을 억누를 수 없었다.

하지만 먼저 침착해진 것은 반규린이었다. 갑자기 분위기가 이상해진 것을 이해은이 깨닫고 똑똑해 보이는 눈을 깜박이며 둘의 눈치를 살피는 것이었다. 그 모습을 보자 반규린은 얼른 표정을 바꾸고는 애써 웃음을 지으며 이해은에게 말했다.

"아니, 우리는 아버지의 부탁으로 너를 보호하러 왔어. 널 노리는 나쁜 사람들이 있거든."

그 말에 이해은은 입술을 살짝 삐죽거렸지만 경계의 기색은 한층 걷힌 듯했다.

"진짜예요?"

"그럼. 당연하지."

반규린이 웃으며 다시 말하자 이해은은 고개를 돌려 백무연을 쳐다보았다.

"정말?"

그러자 백무연도 억지로 웃음을 지을 수밖에 없었다. 비록 내키지 않는 웃음이었지만, 그가 두 눈을 버들잎 모양으로 만들어 미소를 짓자 어둡던 주위가 환해지는 것 같았다.

"그렇… 습니다."

하지만 이해은은 눈을 가늘게 뜨며 고개를 저었다.

"그걸 어떻게 믿죠?"

"아니, 우리를 못 믿겠니? 우리가 나쁜 사람들이라면 벌써 너한테 해를 끼쳤을 거야."

그러나 이해은은 여전히 미심쩍은 표정을 지었다. 그 모습에 반규린은 태연한 듯 표정을 지어보였지만 내심 당황스러웠다. 어떻게 해야 이 아이를 설득할 수 있단 말인가? 그때 옆에 서 있던 백무연이 반규린에게 말했다.

"검을 좀 빌려주시죠."

"네?"

"하나면 됩니다."

그러면서 백무연은 살짝 눈짓을 하는 것이었다. 그 눈짓을 보고 뭔가 믿는 것이 있다고 판단한 반규린은 두말없이 청검(靑劍)을 내주었다. 이해은은 여전히 못 미더운 눈으로 그 모습을 바라보고 있었다.

그때, 백무연이 앞으로 한 걸음 나서며 검을 쥔 손을 뻗자 삽시간에 화려한 푸른 꽃이 여기저기에 피어났다.

그것은 갑자기 피어났던 것처럼 순식간에 사라졌지만 옆에 있는 목조 벽에 마치 도장을 찍은 듯 그 잔상이 새겨져 있

었다. 이것은 바로 한문기가 펼쳤던 벽공검법(劈空劍法)이었
다. 그 모습을 본 이해은은 눈을 크게 뜬 채 놀란 기색이 역력
했다.

"그, 그걸 어떻게 알았죠? 그건 아버지랑 나랑, 또 한문기
아저씨밖에 모르는 건데."

그러자 백무연은 태연하게 대답했다.

"소저의 아버님께서 증표로 가르쳐 주셨습니다."

"그래요?"

이해은은 눈을 깜박이다가 결국 마음이 기울어졌는지 경
계를 푸는 것 같았다. 그 모습에 반규린은 속으로 안도의 한
숨을 내쉬었다.

어떻게 백무연이 저것을 펼쳤는지는 알지 못했지만 어쨌
든 위기를 넘기고 이해은의 마음을 얻었으니 다행이다.

"그런데 오빠 이름은 뭐예요?"

이해은은 반규린을 바라보면서 물었고 갑자기 이해은이
질문을 하자 반규린은 살짝 더듬거렸다.

"반, 반철검이란다."

"그래요? 생긴 건 되게 예쁘게 생겼는데, 철검이 뭐예요?
그것보다는 반무린(潘霧璘) 같은 이름이 훨씬 어울리겠는데
요?"

그 말을 듣자 반규린의 등줄기에 식은땀이 한 방울 흘러내
렸다. 반규린은 더욱 더듬거리다가 겨우 대답했다.

“으음, 새, 생각해 볼게.”

“그래요. 철검이라니, 너무 깬다.”

그리고 이해은은 고개를 돌려 백무연을 봤다.

“오빠는 왜 그렇게 웃는 모습이 예뻐요? 연습한 거예요?”

“으, 으응?”

침착한 백무연도 이해은의 질문에는 당황할 수밖에 없었다. 그때 반규린이 화제를 살짝 돌렸다.

“요 며칠간 이상한 일은 없었니?”

그 말에 백무연의 눈빛도 진지하게 변했다. 그러자 이해은도 허공을 쳐다보며 골똘히 생각하는 표정이 되더니 문득 입을 열었다.

“음, 글쎄요? 뭐 특별히 이상한 거라면 밤에 종종 이상한 꿈을 꾸고 잠에서 깨면 찬물에 들어갔다 나온 것처럼 으스스하고 기분이 이상했어요. 휴. 하지만 이제 오빠들이 왔으니…….”

“이상한 꿈이라니?”

반규린은 얼른 말을 끊었다. 그녀의 눈이 반짝이는 것을 이해은은 이상한 듯이 바라보았다. 그리고 작은 입술을 벌려 말했다.

“듣고 싶어요?”

“응. 듣고 싶구나.”

“별거 아니에요. 밤에 자고 있으면 나 혼자 어두운 산길을 걷고 있어요. 그런데 어디선가 소복처럼, 아니, 눈처럼 새하얀 손이 나타나요. 정말 투명할 정도로 하얀 손인데 되게 예뻐요. 사람은 없고 손만 공중에 떠서 보이는데 그게 천천히 움직여서 동그라미를 그리는 거예요. 빨간색, 초록색, 노란색… 동그라미들이 되게 많아지고, 난 어느새 그 동그라미들을 바라보고 있다가 잠이 깨는 거예요. 별로 재미없죠?"

"아니, 충분히 재밌는데."

대답하는 반규린의 표정은 살짝 심각해졌으나 곧 다시 얼굴빛을 바꿔 밝은 모습으로 이해은을 바라보았다. 그런데 이해은은 갑자기 졸음이 오는지 하품을 하는 것이었다.

"아함, 졸려. 그럼 난 좀 잘게요. 잤는데 왜 또 졸리지…… 그런데 오빠들은 잘생기고 예뻐서 좋아요. 으음……."

이해은의 마지막 말에 백무연과 반규린은 얼굴이 살짝 붉어졌지만 이해은은 거기에 아랑곳하지 않고 어느새 눈을 감고 잠들어 버렸다. 반규린은 이해은의 숨소리가 길어지고 규칙적이 되자 한숨을 내쉬며 말했다.

"벌레가 기운을 많이 빼앗아가서 졸릴 거예요."

백무연은 고개를 끄덕이고 이해은을 바라보았다. 아름다우면서도 아이의 천진함을 아직 간직하고 있는 소녀였다. 그녀는 아까보다도 더 피곤한 듯 눈 밑이 눈에 띄게 짙어져 있어서 백무연은 문득 걱정이 되었다.

"괜찮을까요?"

"꼭 자기 여동생이라도 되는 것처럼 말하네요."

반규린이 놀리듯이 말하자 백무연은 오히려 미소를 지으며 대답했다.

"네, 예전부터 여동생이 있으면 좋겠다고 생각해 왔습니다."

"뭐라고요?"

반규린은 어이가 없는 듯 잠시 말이 없다가 곧 짓궂은 미소를 지으며 물었다.

"그런데, 아까는 어떻게 된 거예요? 이제 거짓말도 곧잘 하던데요?"

그러자 백무연은 무척이나 진지한 얼굴이 되었다.

"이 소저를 설득하기 위해서는 어쩔 수 없었습니다."

"농담이에요, 농담. 그런데 정말로 그 무공은 어떻게 한 거예요? 설마… 백 공자도 백리추처럼 반영신공을 익힌 건가요? 한 번 보면 모든 걸 다 외우는?"

"한문기 장문 대리가 쓰는 것을 봤는데 다행히 마지막 초식이 기억에 남아 있더군요. 화려한 초식이라 한 번 써봤는데 이 소저가 믿어줘서 다행입니다."

이렇게 말하는 백무연도 그것이 항산파의 비전절기라는 것은 알지 못했다. 어쨌든 반규린은 그 말을 듣고 고개를 끄덕였다. 그리고는 문득 생각이 났는지 심각한 얼굴로 백무연을 바라보았다.

"아까 그 꿈 말인데, 뭔가 생각나는 거 있어요?"

"글쎄요, 하얀 손과 동그라미들……. 그건 분명 사술을 준비하기 위한 최면의 한 종류일 거예요. 그 최면이 점점 강해져서 사술의 형태로 이 아이를 옭아맨 거예요. 일단 하얀 손을 가진 사람을 찾아볼까요?"

백무연도 그 말에 고개를 끄덕였다. 반규린은 말을 멈추고 인상을 찌푸린 채 잠시 무언가를 생각하는 듯하다가 곧 표정을 바꿔 입술을 말아 올렸다. 그녀를 막고 있던 문제 하나가 마음속에서 해결된 듯했다.

"일단 이제 범인을 알아내는 건 시간문제예요."

"네? 그 말은……."

"이해은에게 붙어 있던 벌레를 깨뜨렸으니, 시간이 지나면 범인은 그 사실을 눈치 채고 분명 이해은을 되찾으려 수를 쓸 거예요. 왜냐하면 여기 있는 이 소저는."

반규린은 말과 함께 고개를 돌려 이해은을 바라보았다. 평화롭게 눈을 감고 있는 그녀의 얼굴은 마치 마법에 걸려 끝없는 잠을 자야만 한다는 전설 속의 어린 공주 같았다.

문득 반규린은 눈을 깜박였다. 무슨 말인가를 하려고 했는데, 순간 그것이 얼마나 중대한 것인지 잊고 있다가 갑자기 생각나 버린 듯 낭패한 표정이었다. 갑자기 얼굴빛이 변하며 입술을 깨무는 그녀를 보자 백무연은 무언가 심상치 않은 기분이 들었다.

"왜 그러십니까?"

"이 소저는, 이 소저는……."

반규린은 더듬거리며 다음 말을 하지 못하다가 겨우 무겁게 입을 열었다.

"이미 악마에게 충분히 잠식당해 있으니까요."

『장의문주』 1권 끝